KB242654

사랑이 있으니 살아집디다

강순희 말하고 ——————— 유시민 듣다

사랑이 있으니
살아집디다

유시민 인터뷰·글 김세라 기록 4.9통일평화재단 엮음

도서출판 은빛

진실 찾기의 긴 여정

문정현(4.9통일평화재단 이사장)

우홍선 씨의 부인 강순희 님은 참으로 고귀한 분입니다. '꺾이지 않는 마음'으로 정의와 진실을 외쳤고, 또한 좌절과 시련을 이겨냈습니다. 그는 인간이 가질 수 있는 고통 중에 최악의 고통을 겪어야 했습니다. 인혁당은 박정희가 정권을 유지하기 위한 조작이라고 외쳤습니다. 그를 가까이 지켜보았습니다. 그는 천주교 세례를 받고 더 큰 힘을 받았습니다.

일제 강점기에 태어난 그는 어린 시절을 식민지 백성으로 불우하게 보내야 했으며, 해방을 맞았지만 새로운 국가는 그를 편히 두지 않았고 결국은 전쟁의 고통까지 겪어야 했습니다. 하지만 그에게 시련은 극복의 대상이지 두려움은 아니었습니다. 그렇게 하여 여자의 몸으로 당시로서는 유능한 인재들이 다니던 한국은행에 입사하였습니다. 그렇게 하루하루를 보내던 중 다정다감한 남편을 만나 새로운 행복을 시작하였습니다. 아들 하나에 딸 셋 얻어 토끼 가족 같은 행복한 나날들이 계속되는 줄만 알았는데, 남편이 어느 날 '간첩'이 되어 감옥에 갇히던 날 도저히 믿을 수 없는 일이 벌어지자, 결심합니다. '남편은 억울하게 갇혔다.' '남편은 무죄다.' 외치기 시작합니다. 우선 도서관을 찾아 1964년의 1차 인혁당 사건이 얼마나 엉터리였는지 알게 되었고, 정치인들과 종교계 등 사회 저명인사를 찾아다니며 '남편은 무죄다.' '인혁당 재판은 엉터리다.' '공판 조서마저 조작되었다.' 끊임없이 외쳤습니다. 그 목소리는 저를 비롯한 많은 사람들의 마음을 움직이게 하였고, 드디어 신문 지상에서도 인혁당 사건의 조작 사실이 보도되기 시작하였습니다. 당시 저는 천주교정의구현사제단의 일원으로 인혁당 사건의 조작 사실을 공개적인 성명서를 통해 세상에 알리기도 하였습니다.

하지만 세상일은 그가 바라는 대로 이루어지지 않았습니다. 남편은 그만 1975년 4월 9일 형장의 이슬로 사라지게 됩니다. 그토록 믿었던 민주주의는 그를 배신했고, 공명정대한 재판을 해 달라는 사회 저명인사들의 목소리는 묻혔으며, 월요모임과 목요기도회 등에서 하느님께 외친 그의 간절한 소망은 외면당하는 듯했습니다.

"남편 죽고 나니까 이놈의 세상이 사람 사는 세상 같지가 않았지. 사건을 조작해서 죄 없는 사람들을 결국 죽였잖아요. 이건 사람 사는 세상이 아닌 거야. 얼굴에 화장하고 다니는 사람들 보면, 뭐 좋다고 저러고 다니나 싶고, 사람들이 다 이상해 보이고, 몇 달을 누워 있었어요. 못 일어나겠더라고." 본문 197쪽

본문에 나오는 것처럼 그는 '다시는 못살 것 같았다'라고 회상했는데, 저도 사형 소식을 듣고 나서 가장 먼저 떠오른 것이 사형수의 부인들이었습니다. 남편도 없는 데다가 간첩의 가족이라는 사회적인 비난이 그들에게 쏟아질 텐데 어떻게 잘 버텨 나갈 수 있을지 너무나도 걱정이 되었습니다.

"산소에 가다 푸른 하늘을 보면 남편 넋이 거기 있는 것 같았어요. 진짜 그런 느낌을 받았어. '어쩌면 저 푸른, 당신의 푸른 넋이 머무를 것 같은 저 푸른 하늘에 나 이제, 나 외롭다고 응석부리고 싶다.' 뭐, 그런 글을 쓰기도 했어요. 그렇게 남편이 그리우니까 박정희를 미워하는 마음도 커졌어요. 내가 산소에서 어떻게 한 줄 알아요? '박정희 살인마! 천벌을 받아라!' 세 번씩 외쳤어요. 한 번만 하면 안 될 것 같아서 꼭 세 번 했어. 사람들이 다 이상하다고 쳐다봤지. 거기서 일하는 사람들은 내가 맨날 그러니까 다 알았고." 본문 200쪽

강순희 님에게는 그런 하루하루가 남편이 무죄임을 다시 한번 더 확신하는 계기가 되었고, 그렇게 하여 그 긴 32년의 세월이 지나 2007년 재심재판부는 인혁당 사형수들이 무죄였다고 확정을 지었습니다. 저도 그의 노력에 조그마한 보탬이 되었습니다. 1997년에는 '소위 인혁당 재건위 사건 명예회복과 진상규명위원회'를 지금은 작고하신 이돈명 변호사님과 함께 만들어 재심을 하자고 목소리를 높였고, 그렇게 하여 2000년에 만들어진 의문사진상규명위원회에서 드디어 국가의 잘못을 인정하는 조사 결과를 발표하였습니다. 그 덕분에 법

원이 재심을 받아들였던 거죠.

제 다리에는 1975년 4월, 그 고통스러운 현장의 기억이 새겨져 있습니다. 강순희 님을 비롯해 사형수 가족들과 한마음 한뜻이었기에 아픈 다리를 일으켜 세워 한 발 한 발 나아갈 수 있었습니다. 재심 재판부의 판결을 듣던 순간에는 마치 험난한 진실의 바다에서 거친 폭풍우를 뚫고 무사히 귀항한 선장의 마음과 흡사했습니다. 그제야 제 마음속의 무거운 짐을 조금 덜어 낼 수 있었던 것 같습니다.

강순희 님의 삶은 진실 찾기의 긴 여정이었습니다. 이제 그 기록이 세상의 빛을 봅니다. 이전에 인혁당 사건의 진실을 밝히는 책도 여러 권 나왔지만, 이렇게 그 사건의 기록 속에 묻혔던 한 개인의 일상들을 자세하고 감동적으로 드러낸 책은 처음일 것입니다. 그리고 한국의 현대사가 그의 삶에 어떤 영향을 주었는지도 세세하게 드러내고 있으니 참으로 소중한 책이라 생각합니다.

이 과정에 큰 힘을 쏟아 주신 유시민 작가에게도 감사드립니다.

그리고 김세라 작가님, 4.9통일평화재단의 보배 같은 우리 이창훈 실장님, 책이 나오도록 도와주신 은빛기획 노항래 대표님, 강순희 님의 소중한 손주인 우솔아 님과 손주사위 유성균 님 등 수고하신 모든 분에게 고생했다고 말씀드리고 싶습니다.

이제 책이 출간되었으니 아주 많은 사람들이 이 책을 볼 수 있기를 바랍니다.

군산에서 문정현 신부가 몇 자 적었습니다.

차례

우리의 만남은 운명이었나

유시민

2025년 5월 21일 오후, 휴대전화에 모르는 번호가 떴다. 그런 전화를 받지 않은 지 여러 해였다. 국회의 윤석열 탄핵과 헌법재판소의 파면 결정으로 일찍 열린 대통령 선거전이 절정으로 가던 시점이어서 어디 시사 프로그램 작가나 피디가 선거 비평 방송 출연 요청을 하려는 것이리라 짐작했다. 그런 경우 전화를 받지 않으면 문자로 용건을 남기는 게 보통이다. 아니나 다를까, 얼마 지나지 않아 문자가 왔다. 그런데 발신번호가 같지 않았고 내용도 짐작과 달랐다.

'인혁당 사건 유가족들이 출연한 4.9통일평화재단 사료실장 이창훈입니다. 재단 출연자인 우홍선 선생님의 부인 강순희 님이 꼭 통화를 하고 싶다 하십니다. 모르는 번호로 연락이 오더라도 첨부한 전화번호를 확인하여 받아주시면 고맙겠습니다. 무슨 이유로 통화를 하시려는지 여쭤봐도 말을 하지 않으십니다. 지금 연세가 아흔셋이고 외출을 거의 못 하십니다. 돌아가시기 전에 선생님에게 뭔가 전하고 싶은 이야기가 있어 그러시나 추측합니다.'

통화 기록을 확인하니 이창훈 실장이 첨부한 전화번호가 조금 전 받지 않았던 전화의 발신번호와 일치했다. 수많은 정보가 머리를 스치고 흘러갔다. 인혁당 사건과 4.9통일평화재단4.9재단은 알고 있었다. 우홍선이라는 이름도 모르지 않았다. 1974년 4월 25일 중앙정보부는 전국 시위를 벌이려고 한 대학생 조직 전국민주청년학생총연맹민청학련을 적발해 180여 명을 구속했다. 그런데 그게 전부가 아니었다. '인민혁명당 재건위원회'라는 조직이 민청학련을 배후 조종했다면서 별도로 73명을 구속했다는 발표가 뒤따랐다.

박정희 정권은 유신헌법에 근거를 둔 대통령 긴급조치 4호에 의거해 민청학련과 인혁당 관련자들을 국가보안법과 내란 선동 등의 죄목으로 군사재판에 회부했다. 민청학련은 미루어두고 '인혁당재건위' 이야기만 하겠다. 비상보통군법회의에서 비상고등군법회의를 거쳐 대법원까지, 유죄 선고를 확정하는 데 열 달밖에 걸리지 않았다. 대법원은 군사재판의 유죄 선고 증거와 법리에 손끝조차 대지 않고 상고를 기각했다. 중앙정보부가 피고인들을 참혹하게 고문해 허위 진술을 받아냈고 군사재판의 공판 기록까지 조작했다는 사실에는 완전히 눈을 감았다.

박정희는 대법원 확정판결 바로 다음날 새벽, 사형선고를 받은 여덟 명을 삼십 분마다 하나씩 사형대에 세웠다. 서울구치소의 「사형집행명령부」 기록에 따르면 1975년 4월 9일 오전 4시 55분 서도원 52이 첫 번째였고 김용원40·이수병39·우홍선45·송상진47·여정남31·하재완43을 거쳐 8시 30분 도예종51이 마지막이었다. 이름 옆의 숫자는 그들이 사형당했을 때의 나이다. 인혁당재건위 사건의 실상이 무엇이었는지, 여덟 명의 희생자가 어떤 사람이었고 무슨 일을 하며 살았는지 알고 싶다면 인혁당재건위 사건 사형수 8인의 약전 『다시, 봄은 왔으나』이창훈 지음, 삼인, 2025를 참고하기 바란다.

박정희가 저질렀던 수많은 사법살인 중에서도 가장 끔찍한 짓이었다. 대법원 심리는 정치적 살인에 합법의 너울을 씌워준 요식행위에 지나지 않았다. 대법원 판사들은 박정희의 정치적 연쇄살인에 협력했고 대한민국은 독재국가로 세계에 오명을 떨쳤다. 스위스에 본부를 둔 국제법학자협회는 그날을 '사법 역사상 암흑의 날'로 규정했다. 30년 넘는 세월이 지난 후 열린 재심에서 법원은 그날의 사형수 모두에게 무죄를 선고했다. 유족들은 국가 배상금을 출연해 4.9재단을 세워 인혁당 사건의 진실을 알리고 희생자를 추모하며 인권과 민주주의를 실현하려고 노력해 왔다.

강순희라는 이름은 기억에 없었다. 인혁당 사건 자료에서 보았지만 잊어버렸던 것 같다. 원래 신통치 않았던 내 기억력이 나이가 들면서 더 빈약해졌다. 그런 초대를 처음 받은 건 아니었다. 노무현재단 이사장으로 일하던 시기에 여러 번 겪었다. 연세 많은 후원자들이 굳이 나를 만나고 싶다고 했다. 노무현 대통령을 대신한다는 마음으로 찾아가 반나절 정도 이야기를 들어드렸고 때로는 같이 밥을 먹었다. 어려울 건 없었다. 시간을 내어 마음을 나누면 되는 일이었다. 이 번에도 비슷할 것이라 여기면서 전화를 걸었다. 법원이 인혁당재건 위 사건 재심 무죄를 선고한 것이 2007년이었으니, 아마도 노무현 대 통령께 하고 싶었던 말을 나한테 하실 모양이라고 생각했다.

그런데 그게 아니었다. 자신의 인생 이야기를 책으로 남기고 싶 다면서 나더러 그 일을 해 달라고 했다. 전화 통화로 판단할 일이 아 니었다. 이창훈 실장과 상의해 서울 상도동 언덕배기 아파트 단지에 있는 강순희 님의 집을 찾아가 '어머니'라 부르면서 이야기를 나누었 다. 돌아가신 내 어머니와 비슷한 연배여서 자연스러웠다. 두서없이 했던 대화에서 이 책과 관계있는 것을 추려보았다. 말하는 사람은 강 순희, 묻고 듣는 이는 유시민이다.

유시민　세상에 글 쓰는 사람이 많은데 왜 하필 저를 고르셨어요?

강순희　손주들이 작가를 알아본대서 내가 유시민 작가한테 부탁하 고 싶다 했어요. 나는 유 작가님을 잊지 않았어요. 옛날에 나를 위해 써 준 글이 있거든요. 그때 그 글을 읽고 참 좋았지. 이분이면 나를 기 억하겠다 싶었어요. 도와줘서 진짜 고마워요. 전에 글을 써줬을 때도 정말 고마웠고요.

유시민　제가 살면서 글을 많이 썼는데, 인혁당재건위 사건에 대한 것도 있었을 겁니다. 어머니가 그중 하나를 말씀하시는 것 같네요. 어떤 글인지 생각이 나지 않는데, 한번 찾아보겠습니다.

강순희　　노무현 대통령 생각하면 유시민 작가 생각나고, 유시민 작가 생각하면 노무현 대통령이 생각나요. 내가 구순 잔치에 노무현 대통령 초대하고 싶었어요. 돌아가셔서 못 하게 되었으니까, 문재인 대통령하고 유시민 작가 초대하려고 했어. 그랬는데 윤석열이 대통령 되는 바람에 구순 잔치를 안 했어요.

유시민　　그러셨구나. 노무현 대통령 떠올리면 어떤 생각 드세요? 돌아가신 지 16년이 넘었는데.

강순희　　우리 사건 재심할 수 있게 해 주셨잖아요. 그 은혜를 못 잊죠. 그분을 못 잊죠. 재심을 해서 무죄 선고를 받았을 때가 노무현 대통령 계실 때였어요. 그분 진짜 너무 안타깝게…. 전에 동우엄마*랑 의령에 있는 이수병 씨 산소에 갔을 때 노무현 대통령 묘역에도 갔어요.

* 동우엄마는 우홍선 바로 앞 순서로 사형당한 이수병의 아내 이정숙이다. 강순희의 구술 기록에 가장 자주 나오는 사람으로, 인혁당 구명운동과 진상규명 투쟁을 함께 했을 뿐 아니라 일상을 공유하면서 시대가 준 고통을 함께 건넜다. 이정숙은 재심 무죄를 받았던 2007년 남편의 모교 경희대학교가 수여한 명예졸업장을 대신 받았다.

유시민　　어머니 인생 이야기를 누구한테 들려주고 싶으신 겁니까?

강순희　　모두한테요. 같은 시대 산 사람들한테도, 젊은이들한테도 말해주고 싶어. '이것이 조선의 역사다. 한국의 역사다. 우리의 역사다!' 내가 산 이야기를 하려는 게 아니에요. 우리나라 역사가 이렇게 흘러왔다는 걸, 국민들이 이렇게 고생했다는 걸 말하고 싶은 거예요. 나는 어려서 하얼빈에서 살았고, 이북에서 공부했고, 전쟁 나서 피난 왔

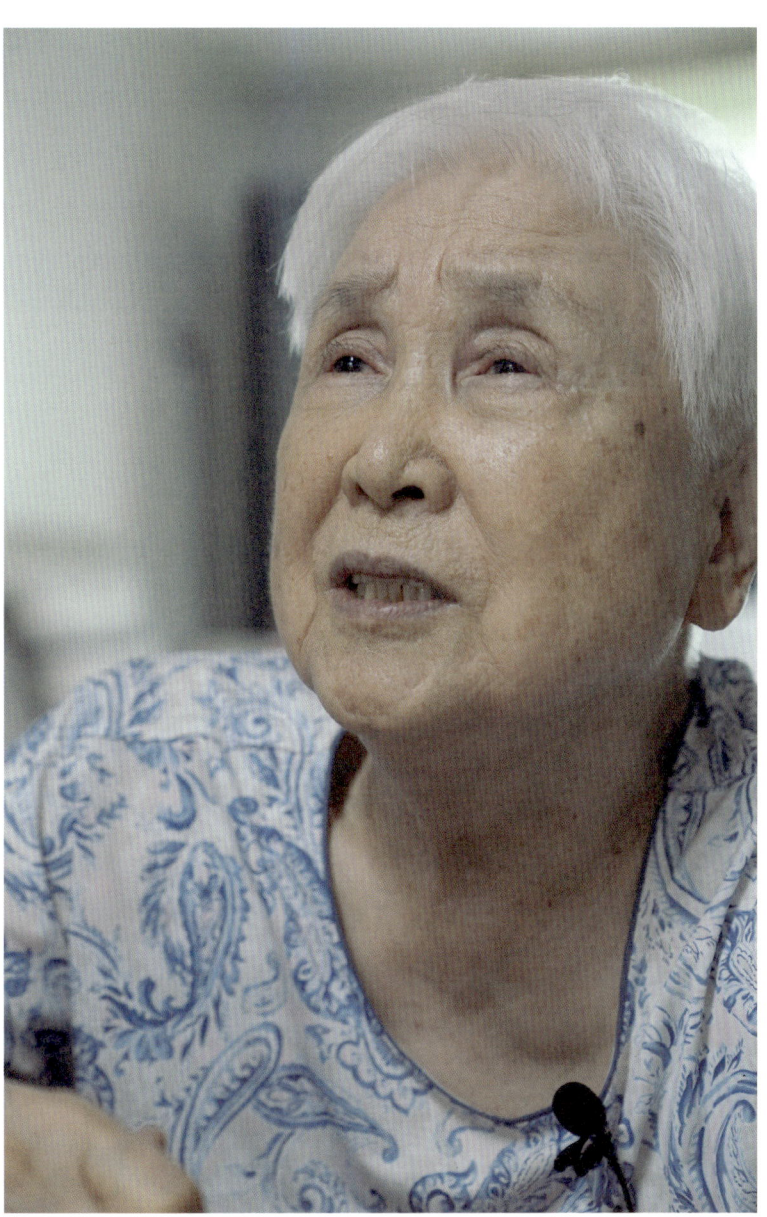

고, 여기 와서 또 난리가 나서 남편이 죽고, 그랬는데 나중에 다시 무죄 받아서 재단도 만들었다, 거기까지요. 자식과 손자들 이야기는 안 해요. 걔들의 인생과 걔들의 역사는 걔들 것이니까 내가 말할 필요 없지. 우리 증조할아버지가 독립단 단장이셨는데 일본 놈들 손에 돌아가셨어요. 증조할아버지부터 할아버지, 아버지, 나까지, 우리의 역사를 남기고 싶은 거예요. 내가 살아온 이야기만 쓰면 돼.

유시민   그냥 이야기를 하는 게 아니라 책으로 남기려는 것이잖아요. 이 일이 어머니한테 어떤 의미가 있는 거죠?

강순희   내가 해야 하는 마지막 일이니까요. 우리 역사를 적는 일은 중요하고 값어치 있어요. 이것만 하면 할 일을 다 했다는 마음이 들 것 같아요. 잘 써 주실 거니까, 난 오늘 죽어도 여한이 없어요. 그래도 행복할 것 같아. 지금까지도 불행하진 않았어요. 책 잘 써 주세요. 오늘도 아침에 요가하면서 소원을 빌었지. 사람들이 재미있게 읽어주면 좋겠어.

유시민   책을 내야겠다는 생각을 언제 처음 하셨어요? 어떤 계기가 있었나요?

강순희   얼마 안 됐어요. 내 이야기가 우리 역사라는 생각이 처음 든 건, 작가님한테 전화했을 그 무렵이에요. 오래전부터 생각했던 건 아니고. 옛날에 남편 죽고 나서 밖에 안 나가고 몇 달을 누워 있으면서 썼던 글이 일본의 「세카이世界」 잡지에 실린 적이 있어요. '나 이제 어디 가면 당신을 만나겠나.' 그렇게 시작하는 건데, 우리 도와준 선교사들이 가져가서 잡지에 낸 거였지. 남편 구명운동 하면서 호소문 쓰고 그랬는데, 방송국 피디로 일하던 친구가 나 보고 글 쓰라고 책 쓰라고 했어요. 그런데 남편 죽은 후라 그랬는지 아무것도 쓰기 싫더라고. 어머니한테 편지 쓰는 것도 싫었어. 만약 그때 썼다면 남편 사건에 관한 것이었겠지.

유시민　옛날에는 남이 권해도 안 썼는데 지금은 책을 내야겠다고 스스로 생각하시게 된 거네요. 누가 하라고 한 게 아니고.

강순희　그렇죠. 하루는 우리 손녀사위가 왔기에 이런저런 얘기 하다가 문득 생각나서 말해 봤어요. 뭐 하러 그런 걸 쓰느냐고 할 수도 있는데, 바로 좋다고 하면서 작가를 알아본다 하더라고요. 나는 유시민 작가한테 부탁하기로 마음먹었지만 어떻게 될지 모르니까 아무한테도 얘기 안 했어. 아들한테도 안 했고. 그러다가 이창훈 실장한테 전화번호를 물어봤지.

　　내게 고맙다고 한 글이 언제 어디에 쓴 것인지는 끝내 확인하지 못했다. 하지만 자신의 이야기를 듣고 글을 쓸 사람으로 나를 선택한 것이 노무현 대통령과 관계가 있다는 것은 분명해 보였다. 거절하기가 어려웠다. 그렇지만 불가능한 일 같았다. 아흔을 훌쩍 넘긴 분이라 모든 말이 잔가지와 잎이 사라진 나무 같았다. 신념과 의지는 뚜렷했지만 구체적 사실에 대한 기억은 대부분 잃어버린 것 같았다. 그런 이야기를 듣고 자서전을 쓰는 것은 깨진 돌과 기와 조각으로 무너지고 없는 집의 모양을 그리는 것만큼이나 어려운 일이다. 구술 자서전도 자서전인데 세부 사항을 남이 창작할 수는 없는 것 아니겠는가. 가족과 친지들끼리 기념품으로 나눠 가질 소책자라면 모를까, 정식 출판할 책을 만드는 건 안 될 일이라고 판단했다. 하지만 그렇게 말할 수가 없어서 난감했다.

그때 이창훈 실장이 말했다. "2011년 구술 기록이 있어요. 그때도 여든이 다 되셨지만, 예전 일을 아주 상세하게 말씀하셨어요. 직접 모으신 자료와 사진도 많습니다." 귀가 번쩍 뜨였다. 일단 기록을 보고 나서 할 수 있을지 여부를 가늠하기로 했다. 첫 만남을 마치고 돌아와 구술 기록을 살펴보았다. 다섯 차례 열다섯 시간 넘는 인터뷰였다. 인혁당 사건 관련 내용이 많았지만 그게 다는 아니었다. 대한민국 민주주의 역사의 큰 사건과 중요한 인물들에 대한 증언이 들어 있었다. 강순희의 가족사와 개인사는 우리 민족사 백 년의 여러 단면을 드러내 보였다. 책으로 낼만한 가치가 있고 독자가 공감할 것이라고 판단했다.

나는 비슷한 작업을 한 경험이 있다. 2009년 겨울 노무현재단의 의뢰를 받아 노무현 대통령 자서전 『운명이다』를 고인을 대신해 정리했다. 강순희의 구술 기록은 노무현 대통령만큼 많지 않았다. 하지만 필요하면 만나서 물어볼 수 있다는 것이 큰 장점이었다. 책을 쓰기로 마음먹고 두차례 더 인터뷰를 했다. 다음과 같은 말이 내 마음에 특별한 감정을 남겼다.

유시민　살면서 제일 좋았던 하루, 또는 제일 좋았던 시간을 떠올릴 수 있으신가요?

강순회　우리 신랑하고 데이트할 때가 제일 좋았지. 범어사 갔을 때.

유시민　역시 그날이었구나. 우홍선 중위하고 첫 데이트한 그날이 강순회 인생에서 제일 행복했던 시간이었군요.

강순회　그때 불렀던 노래가 '나 하나의 사랑'이야. 나 하나의 사랑….
나 혼자만이 그대를 사랑하여/ 나 혼자만이 그대를 갖고 싶소/ 나 혼자만이 그대를 사랑하여/ 영원히 영원히 행복하게 살고 싶소

　　스물한 살에 스물네 살 우홍선과 범어사에 놀러 갔던 날, 그 시간이 인생에서 가장 행복했다는 아흔세 살 강순회는 나지막이 그 노래를 불렀다. 내 손을 잡은 손가락에 살짝 힘이 들어왔고 촉촉해진 눈에서 빛이 번져나왔다. 구술 기록에서 보았던 문장이 떠올랐다. '사랑이 있으니 살아집니다.'

　　나는 '사람 강순회'가 살아온 이야기를 듣고 시간의 흐름에 따라 정리했다. 들은 그대로 옮기지는 않았다. 독자가 분명하게 이해할 수 있도록 생략하고 강조했다. 표현을 다듬고 순서를 바꾸었다. 그렇게 하라고 나한테 맡긴 것이라 믿고 그렇게 했다. 누군가 마음을 다칠까 경계하는 마음으로 생략한 것은 있지만 그 무엇도 지어내거나 왜곡하지는 않았다.

　　나 혼자 들은 건 아니었다. 여럿이 여러 차례 함께 들었다. 말한 이는 강순회 한 사람이지만 묻고 듣고 기록하고 정리한 이는 여럿이다. 역사학자 이임하는 4.9재단의 요청으로 이창훈·강선민의 지원을

받으며 다섯 차례의 구술 인터뷰를 했고 모든 질문과 답변을 기록했다. 이번 세 차례 인터뷰에는 손녀를 비롯한 가족들이 참여했다. 나는 여덟 차례 인터뷰를 모두 2025년 여름에 한 것으로 간주하고 책을 썼다. 질문과 답변 모두 2025년의 대한민국 정치 사회 상황과 강순희의 정서에 맞추어 순서와 내용을 조정했다는 뜻이다.

이 책은 집단 창작물이다. 이임하 박사가 만든 구술 기록을 사건이 일어난 시간에 따라 통합 정리해 초고를 만드는 작업은 작가 김세라가 했다. 나는 프롤로그를 쓰고 본문의 구조를 조정했으며 문장의 군더더기를 덜어냈다. 주인공 강순희가 하루 저녁에 한 호흡으로 그 모든 이야기를 한 것처럼 본문의 분위기를 조정했다. 일제 강점기부터 한국전쟁을 거쳐 군사독재 시대로 이어진 이야기여서 젊은 독자들이 생소하게 여길 사실이 많았다. 그래서 주인공이 말한 바를 이해하는 데 필요한 역사 정보를 되도록 간단히 추려 편집자 주 형식으로 넣었다. 4.9재단 이창훈 실장과 은빛기획 노항래 대표가 김세라 작가와 함께 그 작업을 수행했다.

'사람 강순희'를 만난 것이 운명인지 모르겠다. 노무현 대통령은 역사에 관심이 많고 정의감이 높은 분이었다. 그가 대통령이었던 때 인혁당재건위 사건 희생자들은 무죄 판결을 받았다. 나는 노무현의 정치적 동지였으며 국회의원과 장관으로 일하면서 그를 도왔다. 떠나기 전 마지막으로 둘이 만났던 때 그는 내게, 정치보다는 글 쓰는 일을 하는 게 좋겠다고 조언했다. 나는 우여곡절 끝에 정치를 떠나 글 쓰는 일로 돌아왔고, 그런 나를 강순희가 찾아냈다. 운명이라고까지 말할 수는 없을지 몰라도, 노무현 대통령이 맺어준 인연임에는 분명하다. 나는 그 인연을 받아들였다.

2011년 구술 기록을 읽으면서 여러 차례 눈시울이 뜨끈해지는 느낌을 받았다. 자신의 운명을 씩씩하게 살아온 강순희의 이야기를 들어보라. 그대도 그런 순간을 만나게 될 것이다.

1

하얼빈의 어린이, 평양의 여고생

인생 첫 기억

유시민 　지금 가지고 계신 기억 중에서 제일 오래된 게 뭔가요? 인생 첫 기억, 어머니 스스로 생각하기에 제일 오래되었다 싶은 기억이요.

강순희 　하얼빈* 갔던 일 같아요. 아버지**가 먼저 가셨고 나중에 엄마**하고 나하고 둘이 갔는데, 세 살 때였어. 하얼빈역에서 내려야 하는데 엄마가 못 내리고 있었어요. 아버지가 기차 안에 있던 우리를 보고 밖에서 '순희야, 순희야!' 불렀어요. 내가 먼저 아버지를 봤는데, 아버지가 우리더러 어서 내리라고, 차 떠나기 전에 빨리 내리라고 했던 게 생각나. 그게 내 기억 중에 제일 오래된 거 아닌가 싶어요.

* 하얼빈(哈爾濱)은 현재 중국 헤이룽장 성의 성도(成都)이다. 19세기 말 러시아가 블라디보스토크로 가는 철도를 깔고 군사기지로 삼았다가 전쟁에 져서 일본한테 빼앗겼다. 1909년 안중근 의사가 이토 히로부미를 사살한 사건으로 널리 알려졌다. 일본은 1931년 만주를 침략해 괴뢰 국가를 세우고 하얼빈을 대륙 침략의 전초기지로 삼았다. 강순희는 1935년 무렵부터 산업도시로 성장하고 있었던 하얼빈에 살면서 여느 사람들처럼 시내를 관통하는 쑹화강(松花江)에서 여름에는 물놀이하고 겨울에는 썰매를 탔던 듯하다.

** 강순희의 아버지는 강인각(康因角), 어머니는 이응일(李應一)이다. 두 사람은 각각 1913년과 1915년에 태어나 1931년에 혼인한 듯하다. 호적에는 아버지 이름이 강전각(康田角)으로 나와 있는데 작성자가 인(因)을 전(田)으로 잘못 적은 것으로 추정한다.

유시민　세 살 때 일을 기억하신다고요?

강순희　그럼요. 이건 누가 얘기해 줘서 아는 게 아니라 내가 기억하는 거예요. 유치원 다닐 때 일도 기억나. 집에 오는 길에 경찰서인지 교도소인지 모를 곳이 있었는데 사람을 때리는 것 같은 소리가 나고 비명 소리 같은 것도 들리고 그랬어요. 어린 마음에 나쁜 짓 하면 안 되겠다, 그런 생각을 했지. 그거 아직도 안 잊었어요.

유시민　초등학교 들어가기 전 일을 많이 기억하시는구나.

강순희　마당에서 밥을 짓다가 불이 난 일도 있었어요. 아버지 어머니 다 계셨고 세 들어 살던 집 아이도 같이 있었는데, 불이 나니까 아버지가 그 애부터 먼저 멀리 옮겨놓은 다음에 날 안아 옮겼어. 그때 발을 불에 데었는데, 흉터가 아직도 남아 있어요.

유시민　그것도 유치원 다니던 때였나요?

강순희　더 어렸을 때였는지도 모르겠는데, 화상 치료하러 병원 갔던 것도 생각이 나요.

유시민　하얼빈 가기 전 기억은 없으신 거죠?

강순희　그렇죠. 하얼빈역에서 아버지 만났던 게 첫 기억 같아요.

유시민　그만큼 강렬한 경험이었던 거죠. 어머니 얘기를 듣다 보니 특별한 책이 될지도 모르겠다는 예감이 듭니다.

강순희　그럴까요? 난 이제 흙으로 돌아가고 싶어요. 세상이 어떻게 돌아가는지, 앞으로 어떻게 될 건지는 모르겠고, 바라는 건 살아온 이야기를 적는 것뿐이에요. 내 개인의 역사가 아니라 우리의 역사, 조선의 역사, 한국의 역사니까.

유시민　아버지에 대한 기억이 많은 것 같습니다. 아버지 생각하면 뭐가 제일 먼저 떠오르시나요?

강순희　내가 아버지 사랑을 진짜 많이 받았어요. 불나서 발 다쳤을 때 아버지가 병원에 데려가셨던 일, 또 나중에 하얼빈에서 조선으로 돌아올 때 할머니 갖저고리 가지고 들어온 일도 생각나요. 해방되기 2년 전이야. 아버지가 할머니 드리려고 가져왔는데 국경 넘을 때 일본 경찰이 막았어요. 갖저고리 알죠? 추울 때 저고리 위에 입는 건데, 털 달린 가죽을 덧댄 옷이야. 아버지가 그걸 숨기지 않고 탁 꺼내 놓고 일본 순사한테 말했어요. 하얼빈에서 몇 년 일하고 돌아가는데 어머니 드리려고 한다. 세금이든 벌금이든 내라는 대로 내겠다. 당당하게 말하니까 순사가 웃으면서 그냥 보내줬어요. 그때 전축과 라디오 같은 것도 다 가지고 왔지.

유시민　가족이 다 하얼빈으로 간 이유가 뭐였어요?

강순희　그 얘기를 하려면 아버지 어머니가 혼인한 것부터 이야기해야 해요. 아니다, 아버지의 아버지와 할아버지 이야기부터 해야겠다. 우리 할아버지는 강송학, 중조부는 강운학이고, 평안북도 박천에 살았어요. 지금 북한 핵시설 있다는 영변 근처죠. 중조할아버지*는 일제 강점기에 독립운동 대장 하다가 경찰서에서 매 맞아 돌아가셨어

28

요. 근데 해방되고 나서 할아버지가 그 순사를 고소해서 잡았는데 세상에, 그냥 풀어줬대요. 손주 일곱 명이 따라온 걸 보고요. 우리 할아버지가 마음씨는 착한데 야무지지는 못했던 게지. 그래서 우리 아버지가 고생 많이 했어요. 증조할아버지 그렇게 돌아가시고 집안이 기울어서 학교를 초등학교 4학년까지밖에 못 다녔대요.

* 증조부 강운학의 독립운동과 순국에 관한 이야기는 강순희가 부모님한테 들은 것이다. 우리 국가보훈처에는 평안북도 박천군 태생 독립운동가 강운학에 대한 기록이 없고, 북한 당국이 관련 기록을 보유하고 있는지 여부는 알 수 없다.

유시민　어머니는 어떤 분이셨나요?

강순희　엄마는 영변에서 십 리쯤 들어간 시골에서 났어요. '영변 약산에 진달래꽃', 바로 그 영변이지. 큰딸이라 외할아버지가 학교에 보내려고 책가방도 사 주고 했대요. 그런데 외할아버지 동생 하나가 맨날 노름이나 하는 망나니였는데, 계집애를 뭐 하러 공부시키느냐면서 책가방을 없애버렸다고 해요. 엄마는 결국 학교에 못 갔지만 서당에서 배워서 글을 읽고 쓸 수 있었어요. 그래서 내가 엄마하고 편지를 주고받을 수 있었지.

아버지와 송화강

유시민　아까 부모님 혼인 이야기부터 해야 한다고 하셨는데, 궁금하네요.

강순희 할아버지들이 술 드시면서 사돈 맺었대요. 친할아버지가 결혼시키자고 하니까 외할아버지가 좋다 했다고. 아버지 열아홉 엄마 열일곱 살, 아버지 쪽은 양반이라고 해도 몰락한 집안이라 형편이 좋지 않았고 할머니가 반신불수로 누우신 상황이었대요. 그런 집에 시집가면 고생할 게 뻔하니까 외할머니는 속이 상해서 망한 양반집에 가서 뭐 하냐고, 차라리 죽는 게 낫겠다고까지 했다고 해요. 엄마 머리를 땋아 주다가 화를 참지 못해서 참빗으로 때리기도 했다는데, 정작 엄마는 아무렇지도 않았다 하더라고. 그랬던 외할머니였는데 새신랑이 와서 말에서 내리는 것을 보고는 입을 딱 다무셨다고 해요. 키 크고 인물도 훤한 사위가 쌀가마니를 척 들어서 내려놓는 걸 보고 마음이 바뀐 거죠. 나도 아버지 닮아 키 커요. 어린 나이에 혼인한 우리 엄마는 시집살이가 힘들었을 텐데도 싫지 않았고 힘든 줄도 몰랐다고 하셨어.

유시민 부모님 금슬이 아주 좋았던가 봅니다.

강순희 남자가 돈 좀 있으면 다들 첩 두던 시대였는데 우리 아버지는 달랐어요. 굉장한 애처가였고 자식들을 이뻐했지. 나는 더 이뻐했어. 큰딸이니까. 아버지 스물하나 엄마 열아홉에 나를 낳았는데, 나는 아버지 사랑을 진짜 많이 받았어요. 엄마는 학교를 못 다녔지만, 영리하고 사리 분별이 정확한 사람이었어요. 아버지가 사업하다가 곤란한 일을 당하면 엄마하고 상의하셨고, 엄마는 엄마대로 조언을 했죠. 많이 배우지는 못했지만 훌륭한 분들이라고 생각해요.

유시민　아버님이 하얼빈에 사업하러 가신 건가요? 그때는 그런 경우가 많았거든요. 저도 작은아버지가 만주에서 사업하셨다는 얘기 들었습니다. 1930년대 후반에 여러 해 동안요.

강순희　내가 1933년에 났어요. 그때는 아버지가 등기소에 다녔대. 공무원 비슷한 일을 한 건데, 먹고살기 힘들어서 혼자 하얼빈 가서 와이셔츠 사업을 했어요. 그 일을 하면서 엄마한테 오라 했고, 엄마가 세 살 먹은 날 데리고 기차를 탔던 게지. 하얼빈이 도시니까 회사들이 있었어요. 아버지는 회사 찾아다니면서 직원들한테 맞춤 와이셔츠를 팔았어요. 그런데 거기 일본 사람이 뭐를 차려 놓았는지 못 들어오게 하는 데가 있었나 봐. 그러면 알았다고 인사하고 나오고, 그 다음 날 또 가고, 또 막으면 인사하고 나오고, 그렇게 죽어라고 계속 가니까 나중에 그 일본 사람 말고 다른 직원들이 와이셔츠를 맞춰 주었다고 해요. 내가 본 건 아니고 들은 이야기예요.

유시민　일본이 만주를 차지하고 있을 때라 일본 사람들 위세가 대단했을 텐데, 아버님 사업은 잘되었나요?

강순희　아버지가 힘들게 와이셔츠 사업을 하다가 낡은 농기계를 외상값 대신 받은 적이 있었는데, 그 일로 농기계 무역에 뛰어들었어요. 조선 사람하고 동업해서 무역회사를 차렸는데, 일이 잘 안될 수도 있으니 직장에 사표는 내지 말라고 말렸대요. 그렇지만 사업이 잘되어서 그 사람도 직장 그만두고 왔다고 해요. 아버지는 나중에 다른 사업도 했는데 함께 일하는 사람들을 잘 살폈던가 봐. 혼자만 잘살지 말고 같이 잘살자, 남도 살리고 나도 살자, 그런 철학으로 사업을 한 것이지. 사업 때문에 아버지가 일본과 만주를 오가며 살았고 우리는 계속 하얼빈에 있었어요. 아버지는 다들 일본 사람이라고 생각할 정도로 일본말을 잘했어요. 스물일곱 살쯤에는 청년 사업가로 신문에 기사가 난 적도 있었다고 들었어요.

유시민　　유년기 대부분을 하얼빈에서 보내셨습니다. 그때 생활에 대해서 기억나는 것이 있을 것 같아요.

강순희　　이것도 유치원 다닐 때 일 같은데, 이웃 일본 할아버지가 나더러 '수니꼬, 수니꼬' 해서 내가 '수니꼬가 뭐냐'고 하면서 때렸대요. 철이 없어서 그랬겠지. 부모님이 사과하고 그랬다더라고요. 유치원 마치고 여덟 살에 학교에 들어갔어요. 하얼빈 금강초등학교, 조선인 학교였지.

유시민　　만주국에서는 초등학교가 두 종류 있었어요. 조선인과 현지인 아이들이 다닌 '국민우급학교', 그리고 일본 아이들이 다닌 '소학교'. 어머니가 들어가신 학교는 아마 이름이 '금강국민우급학교'였을 겁니다.

강순희　　내가 입학을 1학년 거의 끝나갈 때 했어요. 학교가 그때는 3학기까지 있었는데, 1학기가 4월에 시작된다고 하면 다음해 1월인가에 들어간 거야. 몸에 부스럼 같은 게 나서 그랬어요. 그러니까 성적이 좋을 리가 없지. 1학년 끝나고 통지표를 받았는데 죄다 '후까不可'였어요. '후까'는 '가可'보다 더 못한 건데도 엄마가 잘했다고 하면서 커다란 빵을 사 줬어.

유시민　　학교에서는 일본말로 공부하신 거죠? 만주국 시절이었으니

하얼빈 시절 독사진, 가족사진, 그리고 금강국민우급학교 입학사진이다.

일본말이 공용어였을 겁니다.

강순희 　중국어도 좀 가르쳤지만, 기본은 일본말이었어요. 학교에 일본 사람은 없고 조선 사람만 있었어요. 중국 사람도 없었고. 2학년 되니까 나한테 뭘 자꾸 시키는 거야. 2학년 마지막쯤에 여자 반장이 됐지. 남녀공학이라 남녀 반장이 따로 있었거든. 조선에 돌아온 4학년 때까지 재미있게 잘 다녔어요. 겨울에는 아버지하고 송화강에 스케이트 타러 다녔어요. 스케이트를 방에서 처음 신어 봤을 때 안 넘어졌어. 강에서도 잘 탔는데 어떤 남자애가 넘어지는 바람에 같이 넘어진 일은 있었지. 여름에는 강에서 수영했어요. 아버지가 물속 깊은 데서 헤엄쳐 보라고 해서 내가 아버지를 막 붙들었던 게 생각나요. 아버지가 일본과 만주를 오가면서 돈을 잘 벌었으니까 내가 수영도 하고 스케이트도 타고 했겠지. 그때 만주에서 독립운동한 분들은 고생했지만, 우리는 그냥 잘 살았어요. 일본 사람들이 차별을 많이 했는데, 중국 사람들한테는 조선 사람보다 더 심하게 했지.

유시민 　초등학교 4학년 때 조선에 돌아오셨다고 했는데, 고향 박천으로 오셨던 거죠?

강순희 　아버지가 나부터 들여보냈어요. 하얼빈에서 혼자 기차를 타고 신의주 거쳐 박천까지 왔죠.

유시민 　광복 2년 전이었는데, 혹시 아버님이 일본이 전쟁에 질 것을 예측하고 그렇게 하셨을까요?

강순희 　그것까지는 모르겠어요.

박천 태봉소학교

유시민　한국전쟁 터져서 남쪽으로 피난 내려온 때까지 칠팔 년 정도 북에서 사셨습니다. 초등학교, 중학교, 고등학교를 다 거기서 다니셨어요. 광복 전부터 한국전쟁 때까지 생활은 어떠셨나요? 학교 분위기는 어땠고, 무얼 어떤 식으로 배우셨어요? 열 살 넘었을 때니까 어느 정도는 기억하실 것 같습니다.

강순희　돌아와서 평안북도 박천군에서 살다가 평양으로 옮겼어요.

박천 태봉소학교 4학년에 들어갔는데 전학생이라 어려운 일도 있었죠. 내가 어려서부터 운동을 잘했어요. 운동장에서 철봉을 하는데 어떤 여자애가 비키라는 거예요. 근데 꼭 남자애같이 말하더라고. 학교마다 싸움 제일 잘하는 애가 있잖아요? 걔가 그 싸움쟁이 똘마니였어. 내가 빠

히 처다보면서 받아쳤지. '아이, 우습네. 남자 같네.' 학교에서 일본말만 써야 하는 때였으니까 피차 다 일본말로 했지. 조선에 와 보니까 여자애들이 남자처럼 막 '이놈 저놈' 하면서 말하더라고. 하얼빈에서는 안 그랬거든. 그러니까 걔가 나를 어떻게 하지 못하고 싸움쟁이한테 가서 자기더러 남자라고 했다고 일러바친 거예요. 그래서 청소하다가 그 싸움쟁이하고 나하고 일대일로 붙었어. 책상이랑 의자랑 쭉 밀어놓은 데서 둘이 머리끄덩이 잡고, 저 돌고 나 돌고, 저 울고 나 울고, 애들은 신나서 구경하고. 내가 누구한테 지나? 다들 그 싸움쟁이 편드는 척했지만, 속으로는 내 편이었을 거야. 다들 걔한테 꼼짝 못했거든. 그 싸움쟁이는 엄마 없이 할머니 손에 컸는데 얼굴이 이뻤어요. 싸웠지만 나중에는 친해졌지. 전쟁 났을 때 걔는 피난을 못 나왔고, 나한테 시비 걸었던 애는, 박천 무슨 잡화점집 딸인가 그랬는데, 피난 내려와서 장교하고 결혼해 살았는데, 죽었다는 소식 들었어요.

유시민 요샛말로 하면 일진 패거리가 전학생을 괴롭혔는데, 전학생이 굴하지 않고 일진하고 맞붙어 싸운 다음에 친해졌다는 스토리입니다. 하하.

강순희 나중에는 애들이 나도 무서워하더라고. 나한테 함부로 못 하는 거야.

유시민 웹툰 소재 될 만한 이야기네요. 어릴 때 일을 정말 잘 기억하십니다. 그게 어머니한테는 아주 큰 사건이었나 봐요.

강순희 애들하고 싸운 것 다 기억해요. 전쟁 나서 피난 올 때 강 건너던 것도 다.

유시민　저희 어머니가 여든아홉에 돌아가셨는데, 기억을 많이 잃으신 후에도 한 가지 사건은 어제 일처럼 생생하게 이야기하곤 했어요. 열아홉 살에 혼인한 직후에 아직 친정에 머물고 있었는데, 빨치산이 마을에 들어왔어요. 그 사람들이 돈 될 만한 것을 다 빼앗으면서 예단이 든 함도 가져가려고 했대요. 어머니가 그걸 껴안고 마당에 뒹굴면서 이건 안 된다고 버텼는데, 빨치산 대장이 그건 놔두라고 해서 지켰다고 해요. 그게 어머니 인생에서 어마어마하게 큰 사건이었나 봅니다. 함에 어떤 물품이 있었는지, 빨치산 대장 이름이 뭐였는지, 그날 밤 끌려갔던 외삼촌들이 어떻게 돌아왔는지, 빨치산과 내통했다는 혐의로 경찰서에 잡혀간 외할아버지를 어떻게 구해냈는지 다 기억하시더라고요.

강순희　나도 그런 기억 많아요. 지금 얘기하는 것도 다 그렇지. 내가 4학년에 전학 와서 5학년 때는 우등생 됐어요. 우등생이 대여섯 명쯤이었는데 가슴에 별 모양 배지 달았어. 교장이 일본 사람이었고 우리 담임은 교장의 부인이었는데, 주판 놓다가 틀리면 벌을 줬어요. 서로 때리게 하고, 화장실 청소시키고 했죠. 나하고 다른 친구 하나 빼고 다 벌을 받았어요. 나는 무시당하지 않으려고 긴장해서 공부했지. 우등생은 무시하지 않았으니까.

유시민　그땐 우등생에게 가슴에 별을 달게 했군요. 그런 이야기는 처음 듣습니다. 역사책 읽는 기분이에요.

강순희　역사가 따로 있는 게 아니라 우리가 사는 게 다 역사예요. 우리가 지금 이렇게 만난 것도 다 역사가 되는 것이지요.

평양의 집단주의 문화

유시민 초등학생 때 광복을 맞으셨죠? 광복 전후 세상 분위기 바뀐 거, 생각나시나요?

강순희 내가 6학년 때 해방이 됐어. 담임 선생님이 새로 왔는데, 서울 경성사범학교* 나온 사람이었지. 일제 강점기에 그 학교 나오는 건 굉장한 일이었어요. 그런 사람이 박천 같은 시골에 올 일이 없는데 해방되니까 고향에 돌아온 거야. 그 선생님이 마주르카Mazurka 스텝을 가르쳐줬어요. '딴 따란따 딴 따라라' 이렇게 시작하는 음악, 아시죠? 무슨 공연을 한다고 마주르카에 맞춰 춤출 사람 둘을 뽑는다면서 한 번씩 시키더라고. 반장이랑 부반장한테 먼저 시켰는데 못했어. 그런데 나는 해보니까 쉽더라고. 뭐 어떻게 했더니 금방 되더라고요. 선생님이 나를 뽑았어요. 그렇게 해서 마주르카 공연을 했고, 나중에는 전교생이 매스게임 연습할 때 단상에 올라가서 시범 보이고, 행사할 때도 앞에서 걸어가고 그랬어요. 북한에서는 그런 행사 많이 했거든.

* 일제는 대한제국 한성사범학교를 폐쇄하고 설치했던 조선총독부사범학교를 3.1운동 이후 소위 문화통치를 시작하면서 관립경성사범학교로 개편했고 1935년에는 경성여자사범학교를 세웠다. 광복 이후 두 학교는 경성사범대학으로 통합한 데 이어 1946년 미 군정청령 102호 '국립 서울대학교 설립에 관한 법령'에 따라 서울대학교 사범대학이 되었다.

유시민 북한은 처음부터 집단주의 문화였군요. 어릴 때 하얼빈에서 살다 돌아오셔서 청소년기에 김일성 정권 들어서는 과정을 겪으셨는데, 그때는 어떠셨어요?

강순희　어릴 때여서 뭐가 뭔지 잘 몰랐어요. 그런데 하나는 우리 남쪽에서도 인정해야 할 게 있어. 거기서는 모두 다 공부했어요. 남자 여자 똑같이 학교 다녔고, 시골 사람들도 애들을 학교 보냈어요. 일제 강점기 때는 안 그랬는데, 해방 후에는 다들 학교에 갔어. 전에는 공부 안 했던 사람도 그땐 공부하려고 했어.

유시민　일제 강점기에는 남이든 북이든 공부를 제대로 시키지 않았죠. 제 어머니도 해방되기 전에 소학교 다니셨는데, 학교에 가도 공부를 제대로 못 했다고 하시더군요. 전쟁 물자 조달하느라 맨날 송진이나 캐러 다니게 했다는 거죠. 여자들은 광복 후에도 그랬어요. 딸한테는 교육 투자를 적게 했습니다. 아들은 대학까지 보내려고 하면서요.

강순희　남쪽에 피난 와서 보니까 내 또래 중에는 학교 다닌 사람이 거의 없더라고요. 부잣집인데도 딸은 학교에 안 보냈더라고. 난 만주에서 유치원도 다녔고 한국 와서도 쭉 학교에 다녔는데.

유시민　북한에 사회주의 체제가 들어섰는데, 그 영향을 받으셨을 것 같아요.

강순희　우리가 서천마을이라는 데 살았는데, 우리집 축음기를 공출해 갔어요. 지게에 실어서 가져가더니 남자학교에서 아침마다 그걸로 노래를 틀더라고. 아버지가 만주에서 벌어온 돈으로 땅을 많이 샀어요. 딸이 고생할까 봐 걱정했던 외할머니한테도 집 지어드리고 땅도 사 드렸고요. 외할아버지 생신도 크게 차려드렸어요. 외할아버지는 생신 상 잘 받으시고 얼마 지나지 않아 돌아가셨어요. 일찍 가셨지.

유시민 박천에서는 몇 살 때까지 사셨나요? 그리고 왜 평양으로 이사하신 겁니까?

강순희 태봉인민학교 졸업하고 입학시험 봐서 박천여중 들어갔어요. 잘 다니고 있는데 이남에 다녀온 아버지가 박천으로 못 오고 평양에 자리를 잡아서 우리도 이사를 한 거죠. 나는 평양 제5여중으로 전학했어요.

유시민 아버님은 왜 이남을 오가셨나요? 신상에 변화가 있었나 봅니다.

강순희 북한에서 토지개혁*을 했잖아요. 아버지는 땅을 다 뺏겼고, 원래 사업하던 사람이니까 사업을 해보려고 이남으로 갔어요. 그런데 자본이 없어서 안 되더래요. 가망 없는 것 같아서 돌아온 거예요. 그때만 해도 남북을 오갈 수 있었으니깐.

* 해방 후 38선 이북 지역에서는 소련 군정의 지원을 받으며 1946년 봄 토지개혁을 실시했다. 그들 말로 하면 '일본인과 민족반역자와 대지주 등 5만 호의 땅과 농기구와 소를 몰수해 73만 호의 경작 농민에게 분배했다.' 조선인 지주들은 아무 대가도 받지 못하고 땅을 빼앗겼고 농민들은 소유권이 아닌 경작권을 거저 받았다. 김일성이 저항하는 지주들을 억압하고 산간벽지로 추방하자 많은 이들이 살기 위해 남한으로 이주했다. 김일성은 토지개혁으로 인기를 얻어 집권 기반을 형성했지만 한국전쟁이 끝난 뒤 농촌을 협동농장으로 개조하고 농민의 경작권을 빼앗았다. 북한의 토지개혁은 토지 소유권을 지주한테서 국가로 이전한 것으로 끝난 것이다. 땅을 빼앗긴 강인각은 일단 박천을 떠나 평양으로 간 다음 월남할지 여부를 고민했던 것으로 보인다.

평양에서 중학생 때 매스게임 연습을
끝내고 네 친구가 함께 사진을 찍었다.
오른쪽 두번째가 강순희.

중학 시절 달리기를 잘해 학교 육상 선수였다. 평생 건강의 디딤돌이 되었다.

유시민　　그러면 아버님이 소위 출신 성분 때문에 박천으로 못 돌아오신 겁니까?

강순희　　그렇죠. 잡혀갈까 봐 못 돌아온 거죠. 엄마가 박천 집하고 살림살이 전부 팔아 사업 밑천 만들어서 평양에 갔어요. 아버지는 거기서 고무신 공장을 했는데 친척 이름을 내세웠지.

자아비판 잘해서 선전부장이 되다

유시민　　평양은 박천과 많이 달랐을 텐데 잘 적응하셨어요?

강순희　　박천은 태어난 고향이에요. 늘 가고 싶었고, 친구들도 보고 싶었지. 그래서 한번 갔다 왔는데, 그 바람에 자아비판을 해야 했고, 또 그 때문에 학교 선전부장을 하게 됐어요.

유시민　　자아비판을 어떻게 하셨기에 선전부장이 되셨어요?

강순희　　평양으로 전학 온 게 중학교 1학년 때였는데, 거기서는 날마다 매스게임 연습을 시켰어요. 북한 매스게임이 유명하잖아요. 방학 중에도 학교 가서 연습을 하는데, 한번은 선생님한테 고향에 갔다 오면 안 되냐고 하니까 갔다 오라고 하더라고요. 허락을 받고 다녀왔지. 그런데 개학을 하니까 방학 중에 하루라도 연습 빠진 사람은 자아비판을 하라는 거예요. 나는 승낙 받고 갔으니 안 해도 되는데도, 나가서 자아비판을 했어요. 그런데 내가 말을 좀 잘했나 봐. 다들 하하호호 웃으면서 재미있게 듣더라고. 다음해 바로 3학년이 됐어요. 초등학교 학제가 바뀌면서 중학교 2학년을 건너뛰었거든. 담임 선생님이 나한테 우리 반 선전부장을 맡기더라고. 담임하고 민청* 담당 선생이 친했는데, 둘이 다 나를 이뻐해서 그랬는지, 학교 선전부장도 시키는 거야.

* 여기서 말하는 민청(民靑)은 1946년 창립한 북조선민주청년동맹(北朝鮮民主靑年同盟)이다. 조선로동당의 외곽 단체인 민청은 14살부터 30살까지 모든 청년 학생에게 가입 의무를 지웠는데, 여러 번 이름을 바꾼 끝에 사회주의 애국청년동맹이 되었지만 조직의 성격은 달라지지 않았다. 북한 정권 출범 전부터 지금까지 이 조직은 언제나 북한 체제와 수령에 대한 충성심을 북돋우고 강제하는 소위 '사상 교양' 사업을 수행해 왔다.

유시민　선전부장은 리더십이 있어야 하고 말도 잘해야 하죠.

강순희　공부도 잘해야 하고, 출신 성분도 따졌어요. 그런데 그때만 해도 출신 성분을 많이 따지지는 않았던 것 같아. 아무튼 선전부장 하면서 '구호단'이란 것도 했어요. 트럭 타고 돌아다니면서 무슨 구호를 외치는 건데 나름 재미있었어요.

유시민　생각나는 구호가 혹시 있으세요?

강순희　그건 기억이 안 나요. 구호 연습할 때는 힘들었지만 열심히 했어요. 원래는 구호단이 아니라 매스게임에서 무용하기로 되어 있었지. 반에 한 명씩 매스게임 중간에 무용하는 역할을 받았는데, 그건 하고 싶지 않더라고.

유시민　선전부장 활동은 어땠나요?

강순희　학교 선전부장은 한 달 반인가 하고 그만뒀어요. 계속했으면

금강산 묘향산 다 가볼 수 있었는데…. 5월 10일 이남에서 단독선거*
치렀잖아요? 그날 우리 반에서 데모가 일어났거든.

* 1948년 5월 10일 한반도의 38선 이남 지역에서 제헌국회 구성을 위한 국회의
원 선거를 실시했다. 미국과 소련이 저지른 조선의 '국토 분단'에 이어 남북에
각각 정부가 들어서는 '국가 분단'이 이루어진 것이다. 북에서는 관제 규탄시
위를 했고 남에서는 대규모 단독선거 반대 파업과 시위가 일어났으나 38선 이
남 대부분의 지역에서 선거를 실시해 당선자를 확정했다.

유시민　　그렇죠. 그날 국회의원 선거를 했어요. 우리 역사에서 아주
중요한 날입니다. 혹시 그 선거 반대하는 데모였어요?

강순희　　정치적인 게 아니었어요. 그런데도 오해를 받아서 골치 아팠
지. 학교에 교양주임 선생이 있었어요. 히틀러 같은 독재자 스타일이
라 학생들 질문을 묵살하고 마음대로 했어. 학생들이 싫어했지. 그런
데 그 사람이 사람 좋고 실력 있는 기하 선생님을 내쫓으려고 한다는
얘기가 돌았어요. 학생들이 뿔이 나서, 성실하게 잘 가르치는 선생한
테 왜 그러느냐면서 반대하고 나선 거였어.

유시민　　교양주임은 이념 교육과 체제 교육 담당하고 학생들 사상을
관리하는 교사 아니었나요?

강순희　　맞아요. 학교 가지 말고 어디에 모여서 데모를 하자는데 주
동자가 따로 있었고, 또 공부하기 싫어하는 애들이 앞장을 섰지. 나는
선전부장 된 지 얼마 되지도 않은 때였는데 따라가지 않을 수가 없더
라고요. 그렇지만 선생들이 와서 애들을 다 붙잡아 학교에 데리고 왔
어요. 전교생을 모아 놓고는 위원장이니 부위원장이니 간부들을 교

장실로 부르더라고. 내 이름도 불렀지. 대여섯 명이 교장실에 갔는데 정치보위부* 사람들이 딱 온 거야. 여기 같으면 옛날 중앙정보부야. 무시무시한 곳이지. 왜 데모했냐고 물었어요. 학생들이 시위하니까 정치적인 거라고 생각한 거죠. 이유를 말하면 되잖아요? 그런데 주동한 애들이 말을 못 하는 거야. 위원장 하는 애도 입을 닫고 있더라고. 그래서 내가 얘기했지. 교양주임 선생이 수업 시간에 어떻게 했는지 구체적으로 말하고, 그 선생이 학생들이 존경하는 기하 선생을 쫓아낸다고 해서 그렇게 한 거라고. 또박또박 얘기하니까 다 들어주었고, 더 문제 삼지 않았어요. 의심이 풀린 거야. 일단 그렇게 끝났는데, 다 끝난 건 또 아니었어요.

* 1948년 5월 10일 시점의 '정치보위부'는 북조선인민위원회 내무성 '정치보위국'이다. 북조선인민위원회 보안국으로 출발한 북한의 비밀경찰 조직은 '정치보위국'을 거쳐 1949년 '정치보위부'로 위상이 높아졌고 나중에는 국가정치보위부, 국가안전보위부, 국가보위성으로 이름이 바뀌었다. 예나 지금이나 초법적 권력기관으로서 모든 국가기관과 기업을 감시하면서 의심스러운 사람은 누구든 체포하는 등 북한 체제를 지키는 역할을 한다.

평양제1고녀 입학

유시민　이유야 어쨌든 데모에 가담한 건 문제라고 불이익을 주었나 봅니다.

강순희　졸업 앞두고 고등학교 입학시험을 봐야 했는데, 그때 평양에서는 제1고녀에 들어가면 서울에서 경기고녀 들어간 거나 마찬가지였어요. 공부 좀 하는 애들은 다 거기를 목표로 했지. 나도 그랬고. 그런데 우리 학교 위원장이랑 부위원장이랑 나랑 다 불합격한 거야. 우리보다 못한 애들이 붙은 걸 보니 성적 때문은 아니었어요. 하늘이 무너지는 것 같더라고. 아버지는 너희들 공부 시키려고 여기 사는 건데 여기서 안 되겠으면 이남으로 가자고 했어요. 그러면서 나더러 데모 주동했냐고 묻더라고. 아니라고 했어요. 실력이 있는데도 못 가니까 얼마나 억울했겠어요? 아버지가 나를 얼마나 아끼는지 아는데. 그렇다고 갑자기 이남으로 갈 수도 없어서 이러지도 저러지도 못했지요. 참 난감했어. 그런데 엄마가 지푸라기 잡는 심정으로 교장 선생님한테 부탁을 해놓고 왔대요. 어떻게든 학교에 갈 수 있게 해 달라고. 사실 엄마도 뭘 기대해서 그런 건 아니었을 거야. 그런데 정말 기적 같은 일이 생겼어요. 내 인생에는 아주 중요한 사건이었어요.

유시민　무슨 반전이 일어난 것 같네요.

강순희　맞아요. 반전이었죠. 아직 방학이라서 날마다 학교에서 매스게임 연습을 했어요. 그런데 하루는 몇몇 애들이 평양제1고녀 시험 있다고 수군수군하면서 어디로 가는 거예요. 놓치면 안 되겠다 싶어 무작정 따라갔지. 밖에 알리지 않고 연줄 있는 사람들만 알고 간 거였나 봐요. 즉석에서 지원서 쓰고 시험을 봤어. 연줄로 알고 온 사람만 시험 치게 하진 않더라고. 얼마나 다행인지 몰라. 내가 실력 없어서 떨어진 건 아니었으니까 시험은 문제없었어. 교양주임 선생한테 가서 구술 시험도 봤어요. 소련 2세라던가 했는데, 나더러 스트라이

46

평양제1고녀 시절. 당시 사진을 찾아보면 네 명이 짝이 되어 찍은 게 많다.

크에 왜 참가했냐고 묻더라고. 모두 하니까 따라 했다고 했더니, 여기 와서도 누가 하면 따라 할 거 아니냐면서 이런 학생은 안 받는다는 거야. 너무 약이 올라서 맘 잡고 따졌지. 그럼, 한 번 잘못한 학생은 재기할 수 없는 거냐고, 잘못을 깨닫고 더 훌륭한 학생이 될 수도 있지 않으냐고 했어. 선생이 듣다가 막 웃더니, 알았다면서 나가래요.

유시민　교양주임 선생이 말문이 막혀서 웃었는지도 모르죠. 추가시험 같은 거였나 봅니다. 대처를 아주 잘하셨네요.

강순희　누가 가르쳐 준 것도 아닌데 잘 좇아갔어요. 시험 다 마치니까 벌써 어스름 저녁이 되었어요. 예순한 명이 시험을 보고 다들 긴장해서 기다리는데, 합격자를 발표했어. 서른 명 이름을 부르고, 마지막 서른한 번째로 내 이름을 부르더라고.

유시민　우여곡절 끝에 입학하셨는데, 학교생활은 어떠셨어요?

강순희　다른 애들보다 열흘쯤 늦게 등교를 시작했어요. 처음에 조직부장까지 간부 여섯 명을 뽑았는데 나는 아무것도 안 하려고 마음먹었지. 뭐 하라고 해도 다 안 한다 했어. 우리집이 출신 성분이 안 좋으니까. 노동자와 농민이 제일 좋은데, 우리 아버지는 상업이니까 안 좋은 거예요. 그때는 아버지가 '함흥기계'라는 전기 상회를 했는데, 이모부를 사장으로 해놨어요. 그러면 아버지는 사무원 노동자가 되잖아요.

유시민　출신 성분 때문에 불이익을 받을까 그랬던 것이겠죠?

강순희　학교에 돈을 내야 했어요. 등록금 같은 건데, 출신 성분 따라 등급과 액수가 달랐어요. 아버지가 사장이면 더 많이 내야 해. 담임 선생이 학부모 등급을 조사했어요. 돈 밝히는 수학 선생이었는데, 내가 개인 상회 사무원도 노동자 아니냐고 물어보니까 맞다 하더라고. 그래 놓고는 나중에 발표 난 것을 보니까 아버지를 노동자가 아닌 개인사업자로 해놨어요. 나쁜 등급을 준 거야. 이의 있는 사람은 교무실로 오라고 해서 대여섯 명이 갔는데, 다른 애들은 들어갔다가 다 그냥 나왔어요. 나는 아버지가 상회 주인인 것은 사실 맞으니까, 속으로 기가 죽어 있었지만 그래도 따져 보긴 해야지 싶더라고. 지난번에 개인 상회 사무원도 노동자라 하지 않았냐고 했더니, 그렇다는 거예요. 그런데 우리 아버지 등급을 왜 이렇게 줬냐고 하니까 다 정해져서 이젠 어쩔 수가 없다는 거야. 그래서 내가 뭐라고 한 줄 알아요? 그러면 왜 교무실에 오라고 했냐고, 잘못된 거 있으면 고쳐주려고 오라 한 거 아니냐고 따졌어. 선생이 결국 나중에 괜찮은 등급으로 고쳐줬어요. 내 것만 고쳐준 거 같아. 나중에 선생이 우리집에 가정방문 와서 엄마한테 나하고는 뭔 말을 못 하겠다고 했대요.

유시민　공산당은 자본가를 적대시하니까요. 그래도 주눅 들지 않고 야무지게 따지셨네요.

강순희　내가 성격이 그랬어요. 부당하다고 생각하면 교장 선생님한테도 가서 따졌어요. 담임 선생도 스스로 부당하다고 생각했으니까 고쳐주었겠지.

유시민　아버님은 고무신 공장을 하시다 전기 상회로 바꾸신 건가요?

강순희　고무신 공장은 다 날려버렸어요. 아버지가 잘못해서 그런 게 아니라 옆에서 누가 찔러서 억울하게 그렇게 된 거예요. 전기 상회를 열어서 상인들이 함흥에서 가져온 기계를 사들여 되팔았어요. 이모부랑 외삼촌도 함께 일했죠. 사업이 잘됐어요. 물건 갖고 오는 보따리장수들한테 값을 잘 쳐주었거든. 얼마를 주면 당신이 이익이 남느냐고 물어보고 그대로 해주니까. 그리고 여관 안 가고 우리집에 자게 했어요. 그래서 물건이 아버지 가게로 다 오니까 누가 또 샘을 내서 아버지가 훔친 물건을 취급한다고 경찰에 찔렀어요. 아버지는 경찰서에 끌려가고, 인민군 놈들이 와서 물건들 지키고 있는데 진짜 얄미워 죽겠더라고. 조사해 보니 아버지 잘못이 없으니까, 그다음에는 탈세로 몰았대요. 탈세한 게 아니라 아직 세금을 내기 전이었다고 설명해도 못 알아듣기에 검찰에 가서 자세히 설명하니까 20일 만엔가 풀어줬어요. 우리 아버지는 양심적으로 장사를 했어요. 자기 욕심만 부리지 않고 거래하는 사람도 같이 잘살자는 철학을 가진 분이었어요.

유시민 한국전쟁 터지기 직전이었는데 학교 공부는 어땠나요? 평양 제1고녀에서는 뭘 어떻게 가르쳤죠?

강순희 학교생활은 재미있었어요. 국어 선생이 배가 많이 나온 사람이었는데, 수업 들으면서 나도 나중에 문학 선생 되면 좋겠다는 생각을 했죠. 1학년 때부터 친하게 지낸 친구가 넷 있었어요. 전쟁 났을 때 한 명은 같이 피난 왔다는 걸 아는데 둘은 어떻게 됐는지 몰라요. 같이 온 친구는 수십 년 연락하면서 살았는데 전화번호가 바뀌면서 연락이 끊어졌어. 학교에 '독보회'라는 게 있었어요. 신문 읽고 정리해서 학생들한테 말하는 건데, 내가 하도 아무것도 안 한다고 하니

2011년부터 이어진 여덟 번의 인터뷰를 4.9통일평화재단 이창훈 실장이 모두 참석해서 지켜보았다.

까 그걸 맡기더라고. 그것도 싫다고 했지. 우리 반에 배화고녀 다니다 온 애가 둘 있었어요. 이남에서 삐라 붙이고 다녔다 하더라고. 걔들이 서울말 쓰면 다들 놀리곤 했죠. 그중 한 애가 독보회를 맡고 나중에 조직 간사도 했어요. 나는 그런 간부 같은 것도 안 맡고 활동 같은 것도 안 하고 그냥 공부만 했어요. 그러다 전쟁이 났지.

2

한국전쟁을 견뎌낸 피난민

대동강을 건너다

유시민　피난길은 언제 나서셨나요? 중국군이 개입한 이후였겠죠?

강순희　전쟁 났을 때 다 학교에 모였는데, 집에 안 보내줄까 봐 겁났지만 어찌어찌해서 집에 왔어요. 일단 고향으로 가자고 부랴부랴 박천으로 떠나는데 그때 엄마가 서른여섯 살 아버지는 서른여덟 살, 아직 젊으니까 전쟁에 끌려 나갈 수도 있잖아요. 검문소 지나갈 때는 아버지를 노인처럼 보이게 했어요. 나도 동생 업고 머리에 뭐 뒤집어썼지. 피난 가는 길에 아버지가 돈을 다 불태웠어요. 제법 많은 돈이었는데, 내 용돈 모아둔 것까지 다 태웠어. 아깝지만 어떡해요. 피난 때 고생한 건 말로 다 못 해. 피난 나올 때 우리 가족 다 흩어질 뻔했어요. 엄마가 안 가겠다고, 여동생 셋이랑 집에 있겠다고, 아버지하고 나하고 열세 살 먹은 남동생만 피했다 오라고 했거든요.

유시민　아버님은 뭐라고 하셨어요? 그렇게 하려고 하셨어요?

강순희　그러자고 했어요. 엄마 말을 잘 듣는 분이었거든. 그런데 내가 아버지에게 말했지. 엄마 말대로 우리 셋만 가면 다니기 편하고,

아버지는 사업 잘하니까 어디 가도 돈 잘 벌 텐데, 그러면 그 돈 누굴 위해 쓰냐고, 우리끼리만 쓸 거냐고, 엄마 혼자 애 셋 데리고 어떻게 먹고살겠느냐고, 힘들어도 동생들 다 데리고 같이 가야 한다고 했어요. 아버지가 '그래, 네 말이 맞다' 하셨고, 엄마도 생각해 보니까 안 되겠다 싶은지 못 이기는 척 나오셨어. 그때 내가 열여덟 살이었는데 어떻게 그런 생각을 했는지 몰라. 내가 생각해도 참 기특해.

유시민　그 나이에 그런 생각을 하는 것도 쉽지 않지만, 생각한 대로 말하는 건 더 어렵지요. 평소 아버님하고 편하게 대화할 수 있었습니까?

강순희　아버지와 엄마한테 야단맞은 기억이 없어요.

유시민　자식 존중하지 않는 어른이 많은데 부모님은 안 그러셨나 봐요.

강순희　아버지는 내 말 잘 들어줬어요. 큰딸이니까 더 그랬겠죠. 나도 아버지 믿었고요. 어디 가든 돈을 잘 버니까. 그래서 내가 네 살짜리 업고, 엄마가 한 살짜리 업고, 여섯 살짜리랑 열세 살짜리는 걷게 하고, 그렇게 일곱 식구가 함께 나섰죠.

유시민　어린 동생들 데리고 떠난 피난길, 쉽지 않았겠습니다.

강순희　박천에서는 다락에 숨었어요. 처음에는 아버지와 삼촌이 숨었고, 미군 왔을 때는 여자 강간한다는 얘기가 퍼져서 여자들도 숨었어요. 그러다 영변으로 가서 외할머니 집에 숨었어요. 외삼촌과 이모들도 다 위태위태했어요. 외삼촌이 둘이었는데 큰외삼촌은 농사짓다가 인민군으로 끌려갔어요. 동네가 다 노동당 쪽이라 외삼촌들 이름이 자동으로 올라가 있었지. 작은외삼촌은 어려서부터 우리 아버지 따라 하얼빈으로 평양으로 다니면서 일했어요. 인민군으로 가야 하는데 안 갔으니 인민군한테 잡혀도 위험하고, 노동당 활동 안 했어도 이름이 올라가 있으니 국군한테 잡혀도 죽는 거야. 어느 쪽에 걸려도 위험하니까 숨어있었는데, 그 후에 어떻게 됐는지 몰라요. 인민군으로 끌려간 큰외삼촌은 여기 낙동강 전선에서 돌아가신 것 같아요. 나하고 나이가 같거나 어린 이모들도 있었는데, 외할머니가 불안하니까 어디 점을 보러 갔어요. 그런데 미군 놈들 온다는 소문이 들려서 외할머니한테 인사도 못 하고 영변을 떠났어요. 외할머니 남겨놓고 우리만 살겠다고 온 거야. 엄마는 그것 때문에 평생 마음이 아프다 했어요. 박천으로 다시 오긴 했지만 오래 못 있었어요. 국군이 후퇴한다고 해서 며칠 만에 또 떠났지. 할아버지는 집 지킨다고 박천에 남았고, 할머니는 청천강 배다리 박씨 동네에서 헤어졌어요. 할머니가 박씨고 그 동네에 아버지가 사 둔 땅이 있으니 어떻게든 먹고살 방도가 있을 것이라고 하면서요.

유시민 그때부터는 남쪽으로 계속 내려오셨던 거죠?

강순희 맞아요. 대동강 건너다가 아버지하고 생이별할 뻔했어요. 아버지가 뗏목을 만들어서 우리 태우고 강을 건너려다가 친구 부인을 만났어. 그 친구는 죽었고 부인이 애들 데리고 피난 가는 중이었어요. 자기네도 건네 달라 하니까 아버지가 우리를 강 건너에 내려놓고 다시 건너갔어. 그런데 위에서 '쌕쌕이'*가 나타나서 막 쏴대는 거야. '처갓집 비행기' '호주 비행기'라고 하던, 그 시끄러운 비행기 말이에요.

* '쌕쌕이'는 한국전쟁에 미군이 투입한 전투기 'F-86 세이버'다. 프로펠러 비행

기가 아닌 제트엔진 전투기여서 엔진소리가 컸다. 이승만 부인 프렌체스카 돈너(Francesca Donner)가 오스트리아 사람이었는데 오스트레일리아(호주)로 착각하는 사람이 많아서 그 전투기를 '호주 비행기'나 '처갓집 비행기'라고 했다. 위장한 인민군일 수 있다는 이유로 '쌕쌕이'가 피난민 대열에 총격을 가했기 때문에 피난민들은 낮에 숨고 밤에만 걸었다.

유시민   속도가 음속에 가까웠으니까, 어머니 말씀대로 '시끄러운 비행기' 맞아요.

강순회   쌕쌕이가 갑자기 막 뿌려대니까 피하느라고 난리가 났어요. 엄마는 동생들 모아 놓고 그 위에 엎드렸고, 아버지가 건너갔는데 친구 부인을 못 찾았어요. 애들 데리고 어딘가에 숨어버렸겠지. 아버지가 헛고생만 하고 다시 건너오는데 쌕쌕이가 또 쏴댔어요. 우리는 아버지와 헤어진 곳에 짐을 두고 어떤 건물에 숨었어요. 아버지가 우리 짐을 보고 '아, 죽지는 않았구나' 생각하고 강가를 다니면서 제 이름을 부르셨어요. 내가 그 소리 듣고 나가서 아버지를 만났지.

유시민   운이 좋았습니다. 피난에 관한 가장 강력한 기억이 그 일인가요?

강순회   그럴 리가요. 정말 말로는 다할 수 없지. 한번은 빈집에 들어가 숨었는데 대변이 끝도 없이 나왔어요. 얼마나 놀랐던지. 옛말에 그런 걸 '홍띠 갈겼다'고 해요. 생리도 끊어지더라고. 어떻게든 살아보려고 그랬는가 봐. 가족을 두고 혼자 떠나온 친구도 있었어요. 우리 집안의 고모 한 분은 보따리를 인 채로 총에 맞아 죽었어요. 어휴, 전쟁이란 게, 그런 거랍니다.

실오라기 같지만 질긴 생명줄

유시민 국군과 유엔군이 압록강까지 갔다가 중국군이 들어와서 후퇴한 때부터 박천을 떠나 남쪽으로 피난하셨던 것 같습니다. 그렇게 해서 대동강 건넌 다음에는 어디로 어떻게 오셨어요?

강순희 무작정 남쪽으로 걸었지. 낮에는 빈집에서 자고 밤에 걷는 거예요. 빈집은 주인이 피난 간 집이야. 뒤에서는 중공군 온다고 하지, 언제 어디서 또 펑펑 날아올지 모르지, 멈출 수가 없었어. 한번은 피난민들 줄지어 걸어가는데 앞뒤 다 쌕쌕이가 떴어. 어떻게 되었겠어요? 사람이랑 소랑 막 쓰러졌고, 어떤 사람은 도랑에 처박혔고, 우리는 그런 것 보면서 사이로 막 피해서 뛰고 했는데, 뭐라고 해야 하나? 사람 생명줄이 가늘디가는 실오라기 같았어. 이놈들이 사람 목숨 가지고 장난하나 싶었고, 나라 없는 설움도 느꼈고, 애국심이 막 생기고 그랬어요.

유시민 미군 전투기가 민간인 피난민 대열에 무차별 총격을 퍼부었으니 미군도 미웠겠어요.

강순희 이북에서 '미제국주의* 어쩌고' 하는 교육을 받았을 때는 그냥 하는 소리겠지 했어요. 그때는 미국 사람 미워할 이유가 없었으니까. 그런데 겪어 보니 정말 화가 나더라고요. 임진강 건널 때도 아슬아슬했다니까. 뒤에서 빨갱이 군대가 따라온다는데 우리는 잡히면 무조건 죽는 신세였어요. 아버지가 물이 깊지 않다고, 괜찮으니 들어오라고 해서 아버지 따라 강을 건넜어요. 그런데 앞에 국군이 딱 있는 거야. '여러분은 우리 총에 맞아 죽어도 좋다고 온 분들입니다.' 그러면서 맞아 주더라고. 국군 아니고 미군이었으면 우린 다 죽었을 거예요.

* '미제국주의'는 미국의 군사적 팽창주의를 비판하기 위해 만든 개념으로 냉전시대에 제3세계에서 널리 쓰였다. 20세기 들어 미국은 세계에 큰 영향력을 행사하면서 약소국의 자원을 약탈하고 내정에 개입했으며 군부를 배후 조종해 합법 정부를 전복하기도 했다. 러시아 사회주의혁명 이후 마르크스~레닌주의자들은 제국주의를 금융자본이 지배하는 국가독점 단계의 자본주의로 규정하고 그 정점에 미국이 있다고 주장했다. 강순희는 평양의 중학교와 고등학교에서 김일성 정권의 사상교육을 받았기 때문에 그 말을 알고 있었다.

유시민　미군이었다면 말이 안 통하니까 확인도 하지 않고 총을 쐈겠죠.

강순희　그놈들은 피난 오는 사람들을 오며 가며 쏘고, 앞에서 쏘고 위에서 또 쏘고. 애들 업고 보따리 이고 했으니 피난민인 거 뻔히 알 텐데도 거기다 드르륵드르륵, 그놈들 정말….

유시민　남쪽으로 어디까지 내려오셨나요?

강순희　경기도 지나 대전 거처 부산까지 갔어요. 빈집에서 자다가 중공군 온다고 하면 얼른 일어나 보따리 챙겨서 걷고 했지. 빈집 들어가면 피난민들 누워 있는데 꼭 시체 같았어. 방 한 칸에 여러 식구가 자는데, 나는 구석에 부모님이랑 동생들 옷이며 신발이며 꼭 챙겨놨어요. 잃어버리면 어떡해, 물건 살 데도 없는데. 내가 아버지 엄마까지 보호해야 할 것 같더라고. 내가 더 공부 많이 했으니까, 내가 더 많이 배웠으니까, 그렇게 생각했던 것 같아요.

유시민　'K-장녀'의 원조 같으세요. 어쨌든 그렇게 해서 일곱 식구가 크게 다치거나 죽은 사람 없이 부산까지 가셨나요?

강순희　대전까지는 큰일이 없었는데, 대전에서 아버지가 빨갱이로 몰려 잡혀갔어요. 피난민한테 못되게 구는 나쁜 놈이 많았지. 그래도 가족이 있으면 덜 했어. 혼자 내려 온 사람들은 툭하 면 빨갱이 아니냐 는 욕을 듣고 얻어 맞기도 하고 그랬 어요. 확인해 줄 일행이 없으면 꼼 짝없이 당하는 거 야. 우리 아버지는 자식들 여럿 데리 고 다니니까 운 좋 게 피했는데 대전 에서 고모부하고 같이 잡혀갔어요. 어머니하고 남동 생 데리고 아버지 면회 갔는데, 거기

강순희 가족의 피난길 행로

있는 사람이 나한테 늬 아버지 노동당원 아니냐고, 공산당 하지 않았냐고 묻는 거예요. 우리 아버지는 민주당*도 안 들고 노동당**도 안 들었다고, '무당無黨'이라고 하면서 막 싸웠어요. 실제로 이북에서 돈 좀 있는 사람들한테 민주당 들라고 할 때 아버지는 '나는 무당無黨이오' 하면서 안 들었거든요. 내가 잘 알아요. 다행히 아버지는 풀려났고 나는 대전에서 옷 장사 시작했죠.

* '민주당'은 조만식 등 민족주의자들이 북한에서 만든 조선민주당을 가리킨다. 자본가와 기독교인을 주요 기반으로 삼았고 시장경제 체제를 지향했으며 모스크바 3상회의 한반도 신탁통치 결정을 거부함으로써 공산주의자와 대립했다. 소련군이 조만식을 연금하는 등 민주당을 탄압하자 간부들이 대부분 월남했다. 남한의 조선민주당은 적지 않은 지지세를 얻었지만 크게 성공하지는 못했고, 서북청년회를 결성해 반공에 앞장서고서도 5.16쿠데타 직후 박정희한테 해산당했다. 북한의 조선민주당은 조선사회민주당으로 명맥을 이었지만 조선로동당의 외곽 단체로 전락했다. 강순희는 조선민주당이 '돈 좀 있는 사람들이 가입'한, 공산당과 대립했던 정당임을 알았지만 남한에서는 그마저 빨갱이로 취급했기 때문에 '아버지가 민주당도 안 들었다'고 강조했던 것이다.

** '노동당'은 조선민주주의인민공화국의 집권당인 조선로동당을 가리킨다. 조선사회민주당 등 북한의 다른 정당은 일당독재를 가리기 위한 장식품에 지나지 않는다. 조선공산당 북조선분국으로 출발해 북조선로동당을 거쳐 조선로동당이 된 북한의 집권세력은 처음에는 마르크스~레닌주의를 표방하다가 1972년 이후 주체사상을 지도이념으로 내세웠다. 조선로동당은 군을 포함한 모든 국가기관과 공장·기업소에 조직을 심어 정부와 민간의 모든 조직 활동을 감시하고 통제한다.

피난민 강순희의 생존법

유시민   옷 장사를 하셨군요. 누구도 도와주지 않으니 살아남으려면 뭐든 해야 했겠지요.

강순희   내 기억에 대전 온 것이 전쟁 나던 해 12월쯤인데, 거기서 1년쯤 살았어요. 빨갱이가 살았다는 집이 하나 비어 있어서 거기 들어가 살았어. 돈을 벌어야 하니까 시장 바닥에 가마니 펴고 옷을 팔았지. 내가 시집갈 때 해 가려고 준비했던 옷, 아버지가 입던 옷, 뭐든 다 파는 거야. 그런데 가만히 보니까 남이 파는 걸 사다가 이문을 붙여 파는 사람들이 있더라고. 그렇게 하면 돈이 남는다는 걸 알게 됐지. 장사하는 법을 배운 거야. 장사하는 사람은 따로 있는 줄 알았는데 아니었어요. 나도 할 수 있었어. 그때 미국 구호품이 많이 들어왔는데, 어떤 사람들은 그런 것을 구해서 싸게 팔았어요. 나는 그걸 사서 되팔아 이문을 남겼지. 그러다 하나를 더 알게 되었어요. 수선해서 팔면 더 많이 받을 수 있다는 거야. 겨울 코트를 5천 원에 사서 고친 다음에 몇 만 원 받고 파는 식이지. 그런 거 한두 개만 팔면 식구들이 한 달 살 수 있었어요.

유시민   옷 장사는 부모님과 함께 하셨어요?

강순희   사촌언니하고 함께 했어요. 고모 딸인데, 고모는 평양까지 왔다가 땅문서 가지러 간다고 혼자 돌아가서 못 나왔어요. 언니랑 같이 했지만 주로 내가 했어. 손님들한테 말 거는 것도 내가 했고. 아버지는 쌀장사를 시작했는데, 어디서든 사업 잘하고 돈 잘 버는 분이라

이남 와서도 뭔가 할 줄 알았지만 그때는 아니었어요. 그래서 할 게 없나 찾으러 서울에 갔어. 서울을 다시 수복한 후였거든. 영등포에 갔다가 일주일 만에 돌아왔는데, 빨랫감만 잔뜩 갖고 왔어. 내가 옷 장사 하다가 큰일 당할 뻔한 적도 있어요. 시장에서 어떤 아주머니를 알았는데 강원도 어느 교회에 다니는 사람이었어. 거기 가면 미군 부대 있어서 여자들이 많다고 옷을 팔러 가자는 거야. 돈 욕심에 겁도 없이 갔다가 미군한테 붙잡혔어. 아주머니가 교회 다닌다 하고 나는 학생이라고 하니까 놔줬어요.

유시민　장사는 잘됐어요? 옷 장사도 잘하셨을 것 같은데, 그렇죠?

강순희　점점 자리가 잡혀서 제법 잘됐어요. 밥은 먹고 살았어요. 토박이들은 꽁보리밥 먹는데 우리는 쌀밥 먹었지. 밥 못 벌어먹는 사람은 이해를 잘 못하겠더라고요.

유시민　장사도 재주 있는 사람이라야 하는 겁니다. 저는 집안에 사업하는 사람이 별로 없어요. 돈 버는 재주가 없는 거죠. 저는 꽁보리밥 먹는 집 출신이에요. 하하.

강순희　장사는 잘됐는데, 나는 학교 가서 공부하고 싶었어요. 전쟁 때니까 천막 쳐서 학교를 열기도 했어요. 충남고녀*에 가서 교장 선생님한테 말했죠. 이북에서 고3 다니다 왔는데 공부하고 싶다고, 대학 가고 싶다고 했어요. 그랬더니 들어오래요. 시험 쳐서 입학 허가 받았어요. 그런데 옷 장사를 할 사람이 없는 거야. 내가 사람들한테 이 옷이 이래서 좋고 어쩌고 설명하면 언니는 그냥 옆에서 웃기만 했거든. 그런 언니한테 옷 장사를 맡길 수 있겠어? 밥은 벌어먹어야 되잖아. 결국 학교 포기했어요. 공부 더 하겠다는 마음만 아니었으면, 거기서 계속 장사했으면, 돈 많이 벌었을지 몰라요. 하나 팔면 한 달 먹을 게 나오는데! 그 장터 자리가 엄청 비싼 곳인데 돈 조금 받고 팔 았어요. 그때는 자리 잡으면 그냥 자기 거였지. 옷을 떼어다 팔아도 되고, 만들어 팔아도 되고, 고쳐서 팔아도 되고, 한두 개만 팔아도 얼 마나 많이 남았는지….

* 강순희가 말하는 '충남고녀'가 어느 학교였는지는 정확히 확인하지 못했다. 1937년 대전공립여자고등보통학교로 출발해 1947년 6년제 충남공립여자중 학교로 개명했다가 1950년 분리해 나온 대전여고일 수는 있으나 충남여고는 1970년 개교했으므로 해당되지 않는다.

유시민   장사가 잘되는데 왜 자리를 파셨나요?

강순희   아버지가 대전에서는 안 되겠다고 부산으로 옮겼어요. 그게 1952년도였지, 아마. 송도에서 여름을 났는데 경치 좋은 곳에 천막을 치고 살면서 놀러 오는 사람들한테 물건을 팔았어요. 좌판 놓고 사과 니 뭐니 구하는 대로 놓고 팔았지. 바로 앞에 바닷물이 찰랑찰랑하는 데서 장사를 했는데, 큰 파도가 왔으면 쓸려갔을지 몰라. 고생한 거야 말도 못하지. 그땐 사람들이 많이 오는 일요일이 너무 싫었어요.

유시민   사람 많으면 장사 잘되는데 왜 싫으셨어요?

강순희   자존심 상하니까. 이북에서 피난 와서 좌판 장사해도 나름 프라이드가 있었어요. 일요일에 내 또래 아가씨들이 배 타고 놀러 간 다고 오는데 우리는 물건 팔아야 하니까 자존심이 상한 거야. 일요일에는 비 오면 좋겠다고 생각했어요. 대전에서 부산 왔을 때 초량인가 어디에서 짐 찾아 이고지고 올 때도 죽고 싶었어요. 나는 대전 살 때 산에 나무하러 가면서도 평양제1고녀 교복을 입고 갔어. 길 가다가 엄마가 사과 먹으라고 주면 길에서는 안 먹는다고 짜증냈어요. 어른들은 어땠는지 몰라도 나는 전쟁 전까지는 힘들었던 적이 없었어. 부족한 것도 없었고. 아버지가 뭐든지 잘했고 돈을 잘 벌었으니까, 아버지가 조금만 힘쓰면 뭐든 바로 해결할 거라고 생각했어요. 실제로 부산에서도 아버지가 쌀이며 반찬이며 어떻게 해서든 구해왔어요. 그러다가 겨울이 오니까 아버지가 영도에 하꼬방*을 하나 장만했어요. 생활력이 참 강하셨지.

* 하꼬방은 일본어 '하코(箱, 상자)'와 한국어 '방(房)'이 결합된 말로 판자로 지은 집을 말한다. 한국전쟁 시기 부산에 온 피난민들은 미군부대에서 구한 판자로 산비탈이든 공동묘지든 빈 땅 어디에든 집을 짓고 살았다.

유시민　전쟁 나고 그냥 있으면 안 되겠다고 해서 가족들이 다 남으로 오신 건데, 그 당시에 김일성이나 북한 체제에 대해서 어떻게 생각하셨는지요?

강순희　거기는 김씨 왕조지 공산주의가 아니에요. 그게 무슨 공산주의야? 북한은 빨갱이가 아니라 그냥 왕조예요!

유시민　맞아요. 그런 빨갱이가 어디 있냐고요.

강순희　빨갱이가 그런 게 아니라니까! 마르크스~레닌주의는 그런 게 아니에요. 나도 책 읽었어요. 돈 많은 사람하고 돈 없는 사람이 세금을 똑같이 내면 안 된다는, 그런 섬세한 거잖아요. 스탈린은 남북이 갈라졌을 때 이북을 점령 안 했잖아. 여기는 이승만이 오면서 미국이 점령했지만, 이북은 스탈린이 점령 안 했어요. 아니, 이승만이 미국에서 무슨 독립운동 했어요? 해방되니까 미국 앞잡이로 온 거지. 그리고 독립운동했던 김구 암살했잖아요? 그런 놈이 무슨…. 내가 이렇게 말한다고 해서 뭐라 할 사람 없을 거야. 내 말 틀린 거 없어요. 나, 바보 아니에요.

유시민　피난 오기 전 어렸을 때부터 북한 체제가 문제 있다고 생각하신 건 아니죠? 말씀하신 대로 학생들한테 날마다 매스게임 연습에 동원했으니까, 지금 우리가 보는 전체주의 독재 징후가 그때 이미 나타났던 것 같아요. 남쪽으로 온 거는 잘한 선택이었다고 생각하시죠?

강순희　잘한 거지. 거기 있었으면 뭐 했겠어요. 이북에 친척 만나러 가는 것 있었는데 난 신청 안 했어요. 다 죽었을 텐데 뭘. 또 내가 거기서 얼마나 살았다고. 나는 만주에서 살았고 박천에서 조금 살았고 평양에서도 조금 살았고 그랬으니까, 특별히 정든 데도 없었지.

유시민　그러네요. 박천과 평양 합쳐서 칠팔 년 정도 사셨네요. 세 살 전은 기억이 없으시고. 결국 피난 내려오기 전까지는 하얼빈에서 제일 오래 사셨어요.

내키지 않았던 한국은행 입사

유시민   공부를 하고 싶었지만 못 하셨어요. 먹고사는 게 먼저였으니까요. 영도 판잣집에 살 때는 뭘 하셨나요?

강순희   고아원에 취직했어요. 부산에서 제일 오래된 남강고아원. 사촌 형부가 미군 통역사였는데 그 고아원 출신 동료 소개로 들어갔지. 면접 보러 갔더니 총무가 혹시 무용 해 봤냐고, 애들 가르칠 수 있냐고 묻더라고. 해봤다고 하면 거짓말이고, 안 해봤다고 하면 취직이 안 될 것 같아서 '해보지는 않았지만 하면 되겠지요' 했어. 그러니까 웃더라고. 면접 보러 갈 때 나름 신경 써서 옷을 입었고 머리는 양 갈래로 땋아서 빨간 리본을 맸어요. 피난민이지만 옷 한 벌은 갖춰놓고 있었죠. 내가 거기 취직해서 10주년 기념 행사를 제대로 해줬어요.

유시민   10주년 기념 행사를 어떻게 하셨기에?

강순희   아이들 무용 연습시켜서 공연했어요. 내가 안무를 짰지. 이북에서 배운 거 잘 써먹었어요. 초등학교 때 선생이 안무하는 걸 봤잖아. 그렇게 하면 되겠다 싶더라고. 마주르카 추고 동요 부르고, 전쟁 때니까 그 노래도 했어요. '전우의 시체를 넘고 넘어~'* 그 노래. 군무가 어울리는 노래였으니까, 아이들 다섯 명 뽑아서 옷이랑 스타킹, 신발까지 빨간색으로 맞춰 입혔지. 행사 손님들이 칭찬 많이 했어요. 나중에는 미군 부대 가서 공연을 했는데, 공연 끝나고 옷이니 뭐니 한 트럭 받았어요. 그게 고아원 입장에서는 다 돈이었거든. 거기서 40일 정도 일하면서 기념 행사 치렀고 돈도 벌어 주었으니까 원장이 나를

남강고아원 시절. 가장 적성에 맞았고 행복했던 사회활동으로 기억한다. 맨 아랫줄 오른쪽 무릎 자세를 한 이가 강순희다.

엄청 좋아했어요. 며칠 다니다 말겠지 싶었는데 잘했고 애들도 잘 따랐으니까. 침모 아들이 군인이었는데 휴가 나와서는 나더러 나이팅게일 같다고 했어요. 그런데 거기, 애들 밥이 참 형편없었어요. 옷도 어디서 시찰 나온다고 하면 그때만 괜찮은 걸로 입히고 말이야. 그런 게 마음에 안 들더라고. 그래도 애들 무용 가르치고 동화 읽어 주면서 즐겁게 지냈어요. 평생 그렇게 살고 싶었어. 행복하니까.

* 1950년에 나온 유호 작사 박시춘 작곡 '전우야 잘 자라'라는 노래의 첫 소절이다. 한국전쟁 내내 국군 장병이 애창했던 이 노래는 국방부의 정식 군가가 아니어서 진중가요(陣中歌謠)라고 한다. 1950년 9.28 서울 수복 직후 육군 연예부대에 근무하던 박시춘이 명동에서 유호를 만나 하룻밤에 만들었다는 이야기가 있다. 1960년대에 가수 현인이 부른 버전이 널리 유행했다.

유시민　보육교사 일이 잘 맞았나 봅니다.

강순희　내가 진짜 하고 싶었던 건 학교 선생이에요. 아이들 가르치는 게 재미있고 좋았어. 어떻게 보면 남강고아원에서 그 소원을 이룬 셈이지. 그렇지만 초등학교 선생 되고 싶었으니까, 여기 오래 있으면 안 되겠다는 생각도 했어요. 공부 더해서 문학 교수나 작가, 변호사 같은 것을 하고 싶기도 했고. 마음으로는 판사고 검사고 교수고 뭐고, 다 할 것 같았어. 자신도 있고 욕심도 있었지. 전에는 아버지가 돈 잘 벌었고 내가 학교 공부 못하지 않았으니까 그런 희망을 가져도 괜찮았어요. 그런데 6.25 전쟁 일어나는 바람에 인생이 다 바뀌어서, 결국 초등학교 선생은 못 하고 한국은행 들어갔어요.

유시민　아무나 갈 수 있는 직장은 아닌데, 한국은행에 어떻게 들어가셨어요?

강순희   누가 우리 살던 하꼬방에 찾아왔어요. 박천 살 때 아버지 주치의가 있었는데 그 동생도 의사였어요. 평양의대 교수였던가? 그 사람이 피난 와서 한국은행 의무실에 의사로 있었어요. 우리 아버지한테 한국은행 시험 있으니까 따님 시험 보게 하라고 한 거예요. 시험 공고가 난 것도 아니었으니까, 뭐라도 연줄이 있어야 한국은행이 사람 뽑는다는 걸 알 수 있었어요. 아버지가 가서 시험 치라는데 나는 싫더라고. 아이들 가르치는 일을 하고 싶었으니깐. 그래도 가야지, 어떡해.

유시민   시험 준비를 하셨어요?

강순희   준비는 무슨 준비! 전시에 누가 그런 걸 하겠어요? 그래도 은행이니까 글씨는 깨끗이 써야겠다, 수학 문제 나오면 맞든 틀리든 깨끗이 써야겠다, 그런 생각은 했어요. 수험번호도 1번이었어. 나까지 다섯 명이 합격했지. 그렇게 해서 한국은행 부산지점에 들어갔어요. 1953년 1월인데, 내가 스물한 살이었어. 입사할 때 신체검사를 받았는데 입고 있던 내복이 기운 데가 있었어요. 좋은 순모 원단 내복이었지만 그걸 남한테 보이는 게 그렇게 자존심 상하더라고. 속이 상하니까 은행도 싫고, 은행에 가라고 한 아버지도 밉고 그랬지.

유시민   그때 남강고아원 그만두신 것이군요.

강순희   사표 내니까 붙들고 난리가 났어. 나도 그만두고 싶지 않았지. 은행 다닌다는 말은 안 하고 집안 사정이라고만 했는데, 원장이 월급을 두 배로 올려주겠다면서 붙들었어요. 그래도 어떡해, 그만둬야지. 은

70

한국은행 재직 시절 직장 동료들과 야유회를 갔다. 맨 오른쪽이 강순희. 동래독진대아문은 임진왜란 이후 세워진 관청 출입문이었는데 일제가 건물을 통째로 옮겨서 사진을 찍은 1954년에는 동래 금강공원 내에 있었다. 지금은 원래의 자리 동래부 동헌 옆으로 옮겨져 있다.

행 들어간 뒤에도 한 달에 한두 번은 찾아갔어요. 근데 내가 옷차림이 점점 달라지니까 애들도 거리감이 생기는지 조금씩 멀어지더라고. 그러니까 나도 점점 덜 가게 되었어요. 그런데 날 유난히 따랐던 사내아이가 하나 있었어요. 걔가 누나 동생 하자고 찾아오곤 했는데 나도 동생이 여럿이라 어떻게 해야 할지 모르겠더라고. 오면 빵 사 주고 했지.

유시민   은행원 생활은 어떠셨어요? 일하면서 막 즐겁지는 않았을 것 같아요.

강순희   그랬죠. 하고 싶은 건 학교 선생인데 은행 다녀야 했으니까. 그래도 할 일은 다 했어요. 처음에는 돈 세는 데 들어갔는데, 일주일쯤 되니까 지불계장이 데려갔어요. 돈 세는 일만 몇 년씩 하는 사람도 있었는데, 엄청 빨리 옮긴 거지. 다음에는 총무계로 갔다가, 세출계로 갔다가, 새로 생긴 국채계에 스카우트 되었어요. 내가 은행 다니면서 한동안 우리 식구를 먹여 살렸지. 나는 월급으로 로션 하나 안 샀어.

유시민   꿈을 포기했군요. 가족을 위해서.

강순희   아니요, 포기하지 않고 계속 노력했어요. 일하면서 야간대학에 다녔지. 은행 들어간 지 몇 달 후였는데, 건너편에 경남사대라고 야간대학이 생겼어요. 교육학과에 지원하고 시험을 쳤는데, 공부를 제대로 못 한 상태에서 봤지. 교수님을 찾아가서 학교 선생 하고 싶다고 솔직하게 얘기했어요. 형편이 이러이러해서 준비를 못 하고 시험을 봤는데 붙여만 주면 따라갈 자신이 있다고, 등록금은 한꺼번에 못 내니까 나눠서 내겠다고, 공부만 하게 해 달라고 했어요. 그랬더니 교수님이 등록금을 내줬어. 한국은행 직원이니까 믿고 도와준 거죠. 그렇게 그 학교 다녔는데, 나중에 등록금 갚으면서 교수님한테 넥타이 선물했어요. 정말 고마웠거든.

유시민 뜻이 있는 곳에 길이 있다고, 그래서 꿈을 이루셨어요?

강순희 인생이란 게 마음먹은 대로 되진 않는 것 같아. 퇴근해서 학교 가면 눈이 나빠서 맨 앞줄에 앉았는데 그 자리가 늘 비어 있었어요. 내가 나이를 두 살 올려 말해서, 동기들이 '눈 나쁜 누님'을 배려해준 거였지. 나는 키가 커서 '늘씬한 학생'으로 통했어요. 교수님이 1년만 더 다니면 고등학교 선생으로 일할 수 있게 해준다고 했는데, 결혼하고 서울 오면서 그만뒀어요. 나중에 보니까 그 학교 없어졌더라고.

우홍선을 만나다

유시민 우홍선 선생님은 어떻게 만나신 겁니까?

강순희 같이 은행 다니던 친구랑 영화 보러 자주 다녔어요. 걔도 눈이 나빴는데, 그때는 왜 그랬는지 모르겠는데 여자가 안경 쓰는 걸 안좋게 봤어. 그래서 우리는 일할 때만 안경을 썼지. 그날도 저녁에 같이 〈황혼〉*을 보러 가기로 했는데 친구한테 손님이 왔어요. 군복 입은 남자더라고. 영화는 틀렸다 생각하고 집에 가려는데 친구가 같이 만나자는 거야. 둘이 애인 사이인 줄 알고 싫다 했더니, 그런 거 절대 아니라는 거예요. 그래도 내가 뭐 하러 끼랴 싶어서 안 가겠다고 하는데, 그 사람도 같이 가자고 막 권해서 같이 다방에 갔어요. 알고 보니까, 그 친구 애인이 전쟁 중에 사고로 죽었다고, 그 소식 전해 주려고 온 남자였어요. 죽은 사람이 목사 아들인데 엄청 친한 친구였대요. 그래서 그랬나? 나중에 보니까 우리 남편이 기독교에 대해서 모르는 게 없더라고. 성경을 다 꿰고 있어. 그날 얘기를 많이 했어요. 그 사람이 친구보다 나하고 얘기를 하려는 거야. 나는 남자하고 다방에 간 게 그날이 처음이었어. 차 마시다 실수라도 할까 봐 속으로 긴장했지. 그래도 이북에서 자라서 남자랑 내외하는 건 없었어. 솔직하게 대화하니까 그냥저냥 재미있더라고요. 〈황혼〉은 못 봤지만 재미있었어. 친구와 그 사람은 집이 같은 쪽이었고 나만 반대 방향이었는데, 헤어질 때 볼일이 있다면서 나하고 같은 쪽으로 간다 하더라고. 그래서 친구랑 헤어지고 둘이 갔어요. 초량 다음인가 어디에서 내리려고 하니까 내일 일요일인데 같이 산에 가지 않겠느냐고 묻더라고요. 내일 부대로 돌아간다 하지 않았냐고 했더니 미스 강 대답에 따라서 자기도 결정하겠다는 거야. 가자고 했지. 그래서 다음날 첫 데이트를 했어요.

* 〈황혼〉은 1952년 개봉한 윌리엄 와일러 감독의 영화이다. 미국 소설가 드라이저(T. Dreiser)의 소설 『시스터 캐리(Sister Carrie)』를 원작으로 만들었으며 로렌스 올리비에와 제니퍼 존스 등 당대의 스타 배우들이 출연했다. 이 영화 때문인지 소설 『시스터 캐리』의 한국어 번역본 제목을 『황혼』이라고 한 경우도 있었다.

유시민   그거 물어보려고 볼일 있다며 따라온 거였겠죠? 어느 산에 가셨어요?

강순희   금정산 범어사*에 갔는데, 가면서 노래를 불렀어요. 자기가 먼저 부르면서 가더라고. 성악 하는 친구한테 배웠다면서 '노래의 날개 위에 그대를 보내오리, 행복에 가득 찬 그곳 아름다운 나라로~'** 그 노래를 너무 잘 부르는 거야. 나도 한 곡 하라고 해서 '나 혼자만이 그대를 사랑하여~'** 불렀어요. 한창 유행하던 노래였는데 은행 다니면서 배웠지. 비가 와서 피했는데 옆은 다 뚫려 있고 지붕만 있는 그런 데였어요. 거기서 비 내리는 거 보면서 불렀어요. 그랬더니 유행가 말고 다른 것도 해 보래요. 나를 테스트하나 싶더라고. 이북에 있는 친구들 생각하면서 '사랑하는 나의 친구 언제나 돌아오려나, 썩은 나뭇가지에서 꽃이 필 때에 오려나, 일구월심 나의 맘에 그대 마음 간절하다~'**를 불렀어요. 그랬더니 자기가 받아서 '웬 아이가 보았네 들에 핀 장미화, 갓 피어난 어여쁜 그 향기에 탐나서~'**를 부르더라고. 알고 보니 그게 그 사람 십팔번이었어.

* 범어사(梵魚寺)는 부산 금정산 중턱에 있으며 해인사·통도사와 더불어 영남 3대 사찰로 통한다. 설화에 따르면 신라 문무왕 때 의상대사가 세웠다고 하는데 여러 차례 불타 재건한 이력이 있다. 한국전쟁 때 국군 전사자 유골 안치소로 썼을 정도로 시내에서 접근하기 좋으며 부산 도시철도 1호선에 범어사역을 만들 만큼 인기가 높다.

** '노래의 날개 위에~'는 멘델스존 작곡 'Auf Flügeln des Gesanges'의 번안 가곡이고, '나 혼자만이~'는 손석우가 작사·작곡하고 송민도가 불러 히트를 친 '나 하나의 사랑'이다. '사랑하는 나의 친구 언제나 돌아오려나'는 곡명이 검색되지 않는 것으로 보아 대한민국에서는 부르지 않은 듯하다. '웬 아이가 보았네'는 괴테의 시에 베르너가 곡을 붙인 노래 '들장미*(Heidenröslein)'다.

유시민   첫 데이트에서 '노래 배틀'을 하신 거네요.

강순희   그날은 노래 부르고 별 이야기 없이 돌아왔어요. 그런데 다음날 출근해서 일하는데 대리가 '강 양, 편지 왔어!' 하는 거야. 그때는 '미스'들한테는 성에 '양'자를 붙여서 '김 양' '강 양' 그렇게 불렀어요. 웬 편지인가 했더니, 어제 헤어지고 바로 써 보낸 거였어요. 자기 감정이 이러이러했다, 그 감정을 설명할 수가 없다, 뭐라고 규정지을 수 없다, 뭐 그렇게 썼더라고요. 직접 표현하진 않았지만 좋아한다, 끌린다, 그런 말이잖아요. 바로 알아들었죠. 척 하면 척이지. 그래서 나도 답장 썼어요. 편지 기다리고 있었다, 당신 말 알아들었다, 그 마음 알겠다, 나도 그렇다, 그렇게 서너 줄 쓰는데 전화가 왔어. 지금 부산 와 있다고, 저녁에 만나자고. 그때 그 사람이 대구에 근무했는데 막 부산 온 거였어요. 다방에서 만났더니 자기 얘기 먼저 들으래. 그래서 이거 먼저 보고 얘기하라고, 답장 서너 줄 쓰다 만 걸 보여줬어요. 그거 읽고는 한숨을 푹 쉬더니 이러더라고. '그럼, 우리 이 길로 가봅시다.' 요즘 애들 말로 프러포즈를 한 거야. 그렇게 사귀어서 결혼했으니깐, 그게 프러포즈였지. 나중에 들어보니까 자기가 편지에 좋아한다는 말을 안 써놔서 내가 못 알아들었을까 봐 직접 말하러 온 거였대. 편지 보내놓고 걱정돼서 쫓아온 거야. 자기만 고단수인가 뭐, 나도 다 알아듣지.

유시민   '밀당' 같은 거 없이 바로 마음을 확인하신 거네요. 뭐가 좋으셨어요?

강순희   글쎄요, 그 사람이 아는 게 많았어요. 나이는 겨우 세 살 많

우홍선과 데이트. 꿈 같던 시절이었다.

은데 무슨 선생님 같았어. '친구'라고 하기에는 나보다 많이 높았어요. 이야기도 참 잘했어요. 처음 만났을 때 내 친구 놔두고 주로 나하고 말했는데, 별 이야기는 아니었어요. 그림 얘기, 치약 얘기, 뭐 그런 일상적인 거였는데, 나도 잘 보이고 싶다는 마음 없이 자연스럽게 이야기했죠. 서로 잘 통했던 거지. 인상도 마음에 들었어요. 마주 앉았는데 멋있어 보이는 거야. 키도 컸어요. 나도 키가 큰데, 우리 엄마는 내가 조금 작았으면 하셨어요. 그 시절에는 그랬나 봐. 그런데 이 사람이 나중에 우리 엄마한테, 자기는 내가 키가 커서 더 좋다고, 그래서 더 마음에 들었다고 하더라고. 그때 나는 이 사람 키가 커서 좋다고는 생각하지 않았어요. 학교니 집안이니 하는 것도 안 봤어요. 아예 물어보질 않았어. 그냥 같이 있으면 좋았고, 얘기하면 재미있었지. 그러니까 만났고, 마음에 드니까 결혼한 거야. 계산이 없었어요, 진짜. 사람들은 이해 못 할 거야.

유시민　순수하게 사람만 보고 혼인하기로 마음먹는다는 게 쉬운 일은 아니거든요.

강순희　어느 학교 나왔는지 따질 필요가 없었어. 나도 교육받은 사람인데, 나보다 아는 게 많은데, 뭐. 그냥 고등교육은 받았을 거라고 생각했어요. 그 사람 나온 학교를 1차 사건* 때 중앙정보부 서류 보고 알았어요. 정보부에 조사받으러 갔더니 남편이 어느 학교 나왔냐고 묻더라고. 모른다고 했더니 연애결혼 했다면서 그런 것도 모르냐면서 뭐라더라, 똥구멍까지 다 알고 결혼했을 텐데 뭘 모른다고 하냐고. 참 저질스럽게 묻더라고요. 그렇지만 진짜 몰랐으니까, 뭐.**

* 이 책에서 '1차 사건'은 1964년 8월 14일 중앙정보부장 김형욱이 발표한 '인민혁명당 사건'을 가리킨다. 4·19혁명 이후 혁신계 정치세력은 민주민족청년동맹(민민청), 통일민주청년동맹(통민청), 민족자주통일중앙협의회(민자통) 등의 단체를 만들어 민주화운동과 통일운동을 펼쳤다. 5·16쿠데타로 권력을 찬탈한 박정희는 혁신계 활동을 강력하게 탄압하다가 한일국교정상화 회담에 대한 대학생들의 반대 투쟁이 정권 퇴진 요구로 번지자 1964년 6월 3일 계엄령을 선포한 다음 '인민혁명당이라는 지하조직이 북한의 지령을 받고 국가변란을 일으키려고 학생 시위를 배후 조종했다'고 발표했다. 중앙정보부가 41명을 구속해 검찰에 송치했으나 서울지검 공안부의 이용훈·김병리·장원찬 검사가 증거가 없다면서 기소를 거부하고 사표를 냈다. 검찰 지휘부는 당직검사 정명래를 시켜 기소를 강행했는데 박한상 의원이 국회에서 중앙정보부가 도예종 등 피고인들을 물고문 전기 고문했다는 사실을 폭로해 큰 파문이 일었다. 검찰은 14명의 공소를 취하하고 13명에 대해서는 공소장을 변경해 적용 혐의를 완화했지만 1심 재판부는 그마저도 11명에게는 무죄를 선고하고 도예종·양춘우 등에 대해서만 '북괴 고무 찬양' 죄로 징역형을 주었다. 그러나 항소심 재판부는 1심과 달리 도예종·양춘우·김금수·이재문·임창순·김병태·김경희·전무배·박중기·박현채·정도영 등에게 최대 징역 3년 형을 선고했으며 대법원은 상고를 기각해 형을 확정했다. 우홍선은 1년 후 체포되어 따로 재판을 받은 끝에 징역 1년 집행유예 3년 형을 받았다. 1차 사건 관련자들 중 도예종과 우홍선은 1974년 '2차 사건'인 '인민혁명당재건위원회' 사건으로 사형당했고, 이재문은 1979년 '남조선민족해방전선(남민전)' 사건 때 사형선고를 받고 복역하다가 고문 후유증으로 옥사했다. 후일 재심에서 법원은 1차와 2차 사건 관련자 모두에게 무죄를 선고함으로써 박정희 정권의 중앙정보부가 혁신계 정치활동을 국가변란 시도로 조작해 무고한 사람을 죽이고 가두었다는 사실을 인정 했다.

** 우홍선은 1930년 경남 울주군에서 우만석과 이기종의 1녀 4남 중 막내로 태어났으며 부친은 1944년 사망했다. 언양고등학교의 전신인 언양농업전수학교를 수료하고 1950년 9월 학도병으로 입대했다. 육군종합학교 31기 간부후

보생으로 군사교육을 받고 강원도 화천의 전선에 투입되었다가 다리에 총상을 입은 뒤 병참 장교로 대구에서 근무했다. 우홍선은 그 시기에 우연히 강순희를 알게 되었고, 강순희는 연애하던 때도 혼인한 후에도 남편이 어느 학교를 나왔는지 물어본 적이 없었다.

유시민 떨어져 살아서 연애 시절에 자주 만나기는 어려웠겠어요.

강순희 자주 만났어요. 처음에는 그 사람이 중위였는데 병참장교로 대구에 근무해서 자주 못 만났지. 대신 날마다 편지를 보냈는데, 연락병이 편지 심부름을 많이 했어요. 그때 한국은행 통근차가 트럭이었어요. 아침에 내가 통근차 기다리고 있으면 연락병이 편지를 건네줘. 나는 그거 읽고 일하면서 틈틈이 답장을 써요. 저녁에 통근차 내리면 연락병이 미리 와 있다가 내 편지를 받아 가고, 다음날 아침에 또 그 사람 편지를 가지고 오고, 그런 식으로 했어요. 나중에 부산 8병참기지창에 근무했을 때는 날마다 데이트했죠. 그때 주고받은 편지를 친정에 두었는데, 사라 태풍* 때 친정집과 공장이 쓸려가면서 다 없어졌어.

* 사라 태풍은 1959년 9월 17일 한가위에 한반도를 덮쳤다. 최대 풍속 85m/sec를 기록한 태풍의 중심이 영남 해안을 통과하면서 남부지방에 특히 큰 피해를 입혔다. 사망·실종 849명에 부상자가 3천 명에 가까웠고 37만 명 넘는 이재민이 생겼으며 배가 부서지고 논밭이 물에 잠기는 등 직접 피해 규모만 1,700억 원이 넘었을 것으로 추정한다. 당시 부산에 있었던 강순희의 친정집과 아버지의 공장도 비바람과 홍수로 심각한 피해를 입었다.

3

행복한 '남북통일 가족'

새로운 인생

유시민 혼인을 언제 하셨나요?

강순희 1954년 스물한 살에 만났고*, 스물둘에 약혼했고, 스물셋에 결혼했고, 스물넷에 큰딸 낳았어요. 해마다 하나씩 한 셈이지. 부산 지점 다닐 때 약혼했는데 결혼 앞두고 서울 본점으로 옮겼어요. 결혼 해서 서울 살 거였거든. 전근 가면서 성의껏 인사를 했어요. 지점장 과 직원들 돌려 보라고 편지도 썼고, 백 명쯤 되던 직원들 점심때 나 눠 먹으라고 사과도 몇 상자 돌렸고. 남자들도 전근 가면서 그렇게는 안 했어요. 결혼식은 서울 교회에서 했어요. 시어머니가 교회 다니기 도 했고, 그 사람 제일 친한 친구가, 전쟁 때 죽은 그 친구가 목사 아들 이었으니까, 그런 인연으로 목사님 주례로 교회에서 결혼했어요. 결 혼반지 때문에 아슬아슬했어. 결혼식 때 반지를 끼워주잖아요? 결혼 반지를 미리 맞춰 놨는데, 돈이 없어서 찾질 못한 거야. 할 수 없이 가 짜 반지를 준비했지. 그런데 군인들이 축의금을 모아 줘서 겨우 반지 를 찾았어요. 결혼식 하는 날 아침에!

* 강순희는 이야기를 하면서 '세는 나이'와 '만 나이'를 섞어 쓰는 듯했다. 본인은 생일 전과 후를 구분하는 것 같은데 듣는 사람은 파악하기 어렵다. 1933년 태어났으니 1954년 우홍선을 처음 만났을 때 강순희는 세는 나이로 스물두 살이고 만으로는 스물한 살이다. 나이 셈법이 일정하지 않은 점에 대해 독자들께 너그러운 양해를 부탁드린다.

유시민　진짜 반지로 식을 치르셨으니 다행입니다. 신혼여행은 가셨나요?

강순희　결혼식 하고 정동 어디 호텔에서 잤어요. 다음날 일어나서 바로 방 구하러 다녔지. 신혼여행은 못 갔고요. 그래도 불만 없었어. 신혼여행 그거, 가면 어떻고 안 가면 어떠냐고 생각했으니까. 사람들은 이해 못 했을 수도 있는데, 우린 그런 형식 안 지키면 어떠냐고 생각했거든. 나는 이 사람 만나기 전에도, 누구하고 결혼해도 맞춰서 살 수 있을 것 같았어요. 의사든 정치인이든, 어떤 사람하고 결혼해도 잘 살 자신이 있었어요. 어디서 온 자신감인지는 모르겠지만. 우습죠?

유시민　근거 없는 자신감은 아니었던 것 같아요. 어려서 사랑을 많이 받고 자란 사람은 자존감 높고 자신감 강하다는 말이 있는데, 자신감보다는 자존감이라고 해야 맞지 않나 싶습니다.

강순희　부모님 사랑 정말 많이 받았어요. 특히 아버지가 많이 이뻐했죠. 큰딸이니까. 내가 태어났을 때 '이놈, 하나 달고 나왔으면 좋았겠다'고 하셨다고는 하지만요.

유시민　옛날에는 그런 말들을 했다 하더군요. 신혼살림은 어디에서 꾸리셨나요?

강순희　창신동이었나, 동대문 쪽에 문간방을 하나 얻었어요. 살림이 별거 없었어. 주인집이 우리 들어갈 방에 안 쓰는 장롱을 놔둔 게 있었어요. 치워 준다고 하기에 놔두라고, 우리가 쓰겠다고 했지. 그렇게 시작했어요. 나는 계속 은행 다녔고 그 사람은 경기도 포천 병참부대 대위로 근무했어요.

유시민　여자는 결혼하면 직장을 그만두던 시대였는데 한국은행은 안 그랬나 봅니다.

강순희　나는 십 년이나 더 다녔어요. 한국은행은 그만두라고 안 하더라고. 은행 다니면서 애를 셋이나 낳았어요. 셋째 우리 아들 낳고 그만뒀지. 내가 임신을 해도 겉으로 티가 크게 안 났어요. 산달이 되어도 남들은 임신 중인 걸 잘 몰랐어요. 키가 컸고 치마저고리 입으면 배가 가려지니깐 그랬던 게지.

유시민　여자가 결혼하면 퇴직하는 관행이 민주화 이후에야 없어졌습니다.

강순희　그게 다 여자를 차별하는 거예요. 나도 은행에서 승진을 안 시켜주니까 억울하더라고. 결혼하고 본점에서 근무할 땐데, 아무튼 여자는 대리든 뭐든 위로 안 올려줘요. 내가 상사들한테 제법 인정받았는데 말예요. 너무 약이 오르는 거야. 그래서 국회에 가서 막 항의하고 싶었어요. 그때 미국 영화에서 보니까 주인공이 입양아 차별을 비판하려고 국회에서 연설하는 장면이 있더라고. 나도 국회 가서 막 그러고 싶었어. 우리 부모님은 아들딸 차별을 안 했어요. 나하고 여동생들한테 계집애라고 함부로 하지 않았어요. 이북이 이남보다 남

녀가 더 평등하긴 했지. 이북에서는 남자들이 지나가는 여자 보고 '히 야까시(ひやかし, 집적거림)' 못 했어. 했다가는 혼났으니까. 여자가 덤비 면 남자는 꼼짝도 못 해.

유시민 　남쪽은 달랐나요?

강순희 　여기 오니까 길 가는데 군인들이 뭐라고 하더라고. 자존심이 너무 상했어. 이삼십 년 지나고 나서야 달라졌지. 지금은 여자들이 뭐든 지 다 하죠. 교수도 하고, 장관도 하고. 지금 시대 같았으면 나도 뭘 해 도 위로 올라갔겠지. 그나마 우리 손녀가 내 소원 풀어줘서 다행이야.

유시민 　요새는 딸이 대세입니다.

강순희 　요새는 딸 아들 다 똑같아요.

남남북녀 가족의 일상

유시민 　우 선생님은 언제까지 군에 계셨던가요?

강순희 　큰딸 태어난 다음해, 1958년 전역했어요. 포천 병참부대가 마 지막 근무지였죠. 그이가 학도병으로 참전했다가 다리에 총을 맞았 대. 그래서 병참 장교가 됐다더라고. 그런데 그 사람은 '군인' 자체를 싫어했던 것 같아. 평소에도 군인은 군인이지 사람 아니라고 했어.

유시민 　군인이 되고 싶어서 입대한 게 아니었겠죠. 학도병 모집에 응하셨으니, 형식으로는 자원입대였지만 어차피 징집을 피할 수 없 는 상황이라서 그랬을 겁니다.

강순희　소위인가 중위인가 때, 이런 일이 있었대요. 시골 부대에 근무했는데 하사 하나가 주민들을 괴롭혔어요. 혼을 냈더니만 그놈이 남편한테 총을 들이댔어요. 진짜 나쁜 놈이지. 그냥 우물쭈물하다가는 진짜 무슨 일이 벌어질 것 같더래. 그래서 '쏴라, 이놈아!' 하고 가슴을 딱 내미니까, 그놈이 무릎을 딱 꿇고 빌더래요. 얼마나 씩씩해요? 우리 남편이 그러면서도 어른 공경하고 예의도 깍듯했어요. 노력하는 사람이었어. 머리가 좋았고 공부하는 걸 좋아했어요. 그러니까 군에 있으면서 서울대 강의 들으러 다녔겠죠. 나하고 결혼하기 전에 군복 입고 친구랑 서울대 법대 가서 청강을 했다더라고요.

유시민　두 분 모두 학구파였네요. 어머니도 은행 다니면서 야간대학 다니셨잖아요.

강순희　그러네요. 그때 남편하고 같이 청강하러 다녔던 친구가 김영광* 씨예요. 나중에 신문에 삽화 그리는 일을 했죠. 전쟁 때 죽은 친구하고 김영광 씨가 남편하고 제일 가까운 사이였다고 해요. 김영광 씨하고는 학도병도 함께 갔다고 들었어요. 그 사람이 제대하고 갈 데가 없었을 때 우리집에 묵었어요. 부모가 안 계신다고 했던가? 어려서부터 우리 시어머니가 아들처럼 챙겨줬대요. 내가 아기 낳고 은행에 휴가 낼 때도 자기가 시동생인 것처럼 가서 얘기해 주고 그랬어요. 나도 시동생처럼 대했고요. 그 사람 부인이 제일은행에 다녔던 게 기억이 나요. 그런데 1차 사건 터지고 크게 고생했어요. 왜 안 그랬겠어요? 여행사 운영하다가 건설회사 다녔는데, 2차 사건 때 우리 남편이 죽었으니 더 놀랐겠죠. 그 뒤로 연락이 끊겼어요.

* 김영광은 우홍선과 같은 동네에서 사흘 먼저 태어났으며 같은 초등학교에 다녔고 학도병 참전도 함께했다. 1956년 육군 대위로 예편해 혁신계 활동을 했으며 국회의원 김수선의 비서로 일했고 통민청 중앙간사장으로 활약했다. 박정희가 1961년 친북행위자로 몰아 사형시켰던 조용수의 「민족일보」 기자로 활동하기도 했던 그는 건설회사에 근무하던 중 1차 사건으로 징역 1년 집행유예를 받았다.

유시민 아무리 죽마고우라도 너무 엄청난 사건이니까 그럴 수 있죠.

강순희 남편이 좋은 친구 많았고 사람들하고 두루 잘 지냈어요. 그런데 친구들 모일 때 나를 데리고 간 적이 많아. 가서 보면 다 남자들이고 내가 홍일점이야. 그런데도 꼭 나를 끌고 가요. 다른 집은 다 남자들만 오는데.

유시민 배우자를 인생의 동반자로 존중하신 것 아닐까요?

강순희 그 사람이 맨날 그랬어요. 사람은 살면서 선택을 잘해야 하는데 배우자를 잘 고르는 게 제일 중요하다고. 나를 잘 만났다고 생각했는지, 내 의견을 무시하지 않았어요. 무시했으면 내가 가만있지도 않았겠지만. 남편 떠난 다음에 지인이 해준 이야기인데, 한번은 얘기를 하다 말고 일어서더래요. 무슨 약속 있냐고 하니까 아내를 만나기로 했다면서 휙 가버렸대요. 그때는 어이없었다 하더라고. 그 사람하고 이웃에 산 적이 있어요. 갈현동 살 때였는데 바로 길 건너편으로 이사 온 거예요. 그 집에 놀러 갔을 때 남편이 과일을 포크로 찍어서 나한테 줬어요. 그걸 보고 다른 집 여자들이 남편한테 바가지 긁었나 봐. 남편들이 안 되겠다고, 우리더러 빨리 이사 가라고 우스개를 했지.

군 복무 중 우홍선.
셋이 함께한 사진의 맨 위가 우홍선이고
오른쪽이 죽마고우이고 '1차 인혁당 사건'에
함께 연루되었던 김영광이다.
아래는 한국전쟁 중인 1951년 8월
속성 장교 양성학교인 육군종합학교 졸업 사진.
아래 메모에 '사고를 뭉치들아 빛나게 죽자'고
적혀 있다.

유시민　그 시절에는 남자들이 아내를 존중하지 않은 경우가 많았죠. 애정 표현도 잘 안 했고요.

강순희　우리 남편은 자상했어요. 치약 짜는 방법까지 가르쳐줬다니까. 내가 하는 말을 귀 기울여 들었고요. 그때 죽지 않고 살아서 혹시라도 정치를 했더라면 여자들을 위한 정치, 여자들 편에 서는 정치, 여자들 말에 귀 기울여주는 정치를 했을 거야. 남편이 경상도가 고향이었고, 친구들도 같이 활동했던 사람들도 대부분 그랬어요. 그쪽이 보수적인 동네잖아요. 그런데도 남편은 달랐어요. 물론 나도 나름 자존심 있어서 그 사람한테 기죽어 살지 않았어. 그이가 나를 얕잡아 봤으면 안 살았을지 몰라. 난 하고 싶은 말 다 하고 살았거든.

유시민　두 분은 그런 면에서도 잘 맞으셨나 봅니다.

강순희　내가 신랑 만난 게 남북통일이에요. 우리 만남이 곧 남북통일이었어요.

유시민　아, 그렇게 생각하시는군요. 좋은 말씀입니다.

강순희　난 지금도 이 노래를 하루에 한 번씩은 불러요. "당신과 나 사이에* 박정희가 없었다면/쓰라린 사별만은 없었을 것을/해 저무는 거리에서/떠나가는 당신을/가슴 아프게 통곡하며/보내드리지 않았으리/산새들도 내 마음 같이/목메어 우노라." "해야 솟아라 해야 솟아라/말갛게 씻은 얼굴 고운해야 솟아라/산 너머 산 넘어서/이글이글 해뜬 얼굴/고운해야 솟아라/달밤이 싫어 달밤이 싫어/눈물 같은 골짜기에 달밤이 싫어." 이거, 박두진 시 맞죠? 그분 시를 내가 좋아했어요. 이 작품이 내 마음에 들어서 외웠어요.

* 노래는 가수 남진이 1967년 발표한 '가슴 아프게'를 개사한 것이고, 시는 박두진의 1946년 작품 '해' 일부를 암송한 것이다.

유시민　어머니는 진짜 '북녀' 같아요. 스케일 크고, 억세고, 자존심 강하고, 생활력 대단한, 그런 분이세요. '남남북녀'라는 말이 있는데 어머니와 우 선생님이 전형 아닌가 싶어요.

강순희　나는 남편한테 불만 없었어요. 아내로서 대접받고 살았어요. 남편 사건 터져서 고생은 했지만 남편 잘못이라고는 생각 안 했어. 시집 조카들이 이런 내가 신기했나 봐. 부모님 다 계셨고 한국은행 다니는 사람이라 얼마든지 남자를 고를 수 있었을 텐데 삼촌한테 시집와서 고생했다고, 그런데도 불평하는 걸 못 봤다고, 어떻게 그럴 수 있냐는 거야. 남들은 그렇게 생각할 수도 있겠죠. 하지만 나는 안 그랬어요. 불만 가질 게 뭐 있냐고, 살면서 문제가 생기는 건 어쩔 수 없는 것 아니냐고, 그 사건 때문에 나도 분해 죽겠다고, 세상하고 싸우느라 정신없다고, 옥에 갇힌 사람한테 내가 뭐라 하겠냐고.

유시민　과연 '북녀'십니다.

강순희　우리는 대화할 때 말이 안 끊어졌어. 잘 통했어요. 취미도 비슷했고, 둘 다 영화랑 드라마를 좋아했어요. 어쩌다 싸워서 말 안 하고 있을 때도 '어디서 뭐 하는데, 갈래?' 하면 '맘대로 해', 이러면서 같이 영화 보면서 풀고 했지.

유시민　그때 본 영화 기억하세요?

강순희　영화 많이 봤어요. 신랑이 출장 가고 없으면 혼자서도 갔어요. 비비안 리 나오는 〈애수〉*는 두 번 같이 보고 혼자 한 번 더 봤어요. 1차 사건 터져서 남편이 피해 다닐 때 막내를 임신하고 있었는데 혼자 극장에서 〈스파타커스〉* 봤어요. 그 영화 여주인공이 힘든 중에도 아기를 낳아요. 나도 임신하고 있었을 때라 느낌이 특별하더라고. 〈외인부대〉* 〈백주의 결투〉* 〈가스등〉*도 혼자 봤어요. 내가 좋아한 배우들이 나왔어요. 그레고리 펙, 윌리엄 홀든, 조셉 코튼 같은 배우들. 조셉 코튼이 우리 남편 비슷한, 뭐랄까 좀 갖춘 사람 이미지였죠.

* 〈애수(哀愁, Waterloo Bridge)〉는 1940년 개봉한 미국 영화다. 머빈 르로이 감독 작품으로 비비안 리와 로버트 테일러가 출연했다. 〈스파타커스〉는 스탠리 큐브릭이 감독하고 커크 더글러스와 로렌스 올리비에 등이 출연한 1960년 작품인 듯하다. 〈외인부대〉는 장 뽈 벨몽도가 주연을 맡았던 1984년 작품이 유명한데 시기로 보면 지나 롤로브리지다와 장 끌로드 파스칼이 출연한 1955년 이탈리아 프랑스 합작영화 〈외인부대〉였을 가능성이 높다. 〈백주의 결투〉는 제니퍼 존스, 조셉 코튼, 그레고리 펙이 출연한 킹 비더 감독의 1946년 작품이고 〈가스등〉은 잉그리드 버그만과 샤를 보와이에가 출연한 조지 큐커 감독의 1948년 영화이다.

유시민　혼자 보거나 남편하고 보거나, 영화는 다 그렇게 보신 것 같네요.

강순희　시어머니하고 같이 보기도 했어요. 큰애 낳았을 때 잠깐 우리집에 와 계셨거든. 그때 같이 영화관에 다녔어요. 신랑이 출장 가서 둘이 있을 때였는데, 돈이 3백 원인가 있었어. 동네 극장 입장료가 150원이라 내가 여쭤봤지. '어머니! 돈 3백 원밖에 없는데 영화 볼까요, 아니면 맛있는 거 사다 먹을까요?' 그랬더니 어머니가 극장 가자고 하시더라고. 남편이랑 셋이 마포 어디 극장에서 윌리엄 홀든이랑 제니퍼 존스 나오는 〈모정〉*을 봤는데 시어머니가 재밌었는지 맨날 그 얘기 하셨어요. 셋이 다방에도 갔어. 남의 집에 셋방 살았지만 가끔은 그렇게 기분 내면서 살았죠. 저녁 먹고 다방 갈 때 같이 가자고 하면 따라 나오셨어요. 셋이 차 마시곤 했어요.

* 〈모정(慕情, Love Is a Many Splendored Thing)〉은 헨리 킹 감독의 1955년 작품으로 영화의 무대가 된 홍콩과 앤디 윌리엄스가 부른 같은 제목의 노래를 세계에 널리 알렸다.

법 말고 정으로 살자

유시민 시어머님하고 사이 좋으셨나 봅니다. 고부 갈등이나 고된 시집살이 같은 건 없었던 거죠?

강순희 시어머니는 지금도 보고 싶어요. 나한테 참 잘해주셨거든. 물질을 주셨다는 게 아니라 마음 편하게 해주셨다는 거예요. 뭐든 다 이해해 주셨지. 결혼 앞두고 인사하러 갔을 때 뭐라고 하신 줄 알아요? '야야~, 우리는 법으로 살지 말고 정으로 살자.' 얼마나 멋있는 말인지! 그러면서 절하지 말라고 하셨어요. 깨어 있는 분이었지. 아버지가 일찍 돌아가셔서 남편이 결혼 전까지 어머니하고 살았어요. 연애할 때 남편 만나러 가면 어머니가 계셨는데, 늘 예비 시어머니답게 하셨어요. 한번은 어떤 놈이 따라와서 마침 집에 들어오는 시어머니

군복 입은 뒷줄 가운데가 우홍선이다. 제대를 앞둔 때 청강생으로 서울대 문리대에서
수학했다.

한테 방금 들어간 아가씨가 딸인지 물어봤어요. 왜 그러냐 했더니 나쁜 사람 아니고 군인이라고 하더래요. 그래서 시어머니가 남편이 중령이라고 해서 돌려보냈대.

유시민   예나 지금이나 고운 여인은 남자가 쫓아오기 마련이죠. 아들이 중위인데 예비 며느리를 '중령 부인'으로 높였으니, 순발력이 보통 아니셨어요.

강순희   직장 다닐 때 애들 놔두고 일 보러 나가면, 친정엄마는 애들 두고 나간다고 뭐라 했지만 시어머니는 괜찮다 하셨어요. 살아 계시면 정말 잘해드릴 텐데. 보고 싶어요. 당신 아들이 특별히 잘해주는 것 같지 않은데도 며느리가 불평 없이 살아주니까 고마우셨던가 봐. 신랑 없을 때 시어머니랑 둘이 같이 막 흉보다가, 시어머니가 진짜로 뭐라고 하면 내가 아니라고, 안 그런다고 신랑 변명해 줬어요. 생신 때 동네 할머니들이랑 막걸리 잡수시라고 용돈 드리잖아요. 5만 원을 봉투에 넣어 드리면 저한테 10만 원을 도로 주셨어요. 부산 친정에 갔다가 언양 시댁에 가면 자고 가라고 하세요. 그러면 시어머니랑 자고 아침에 봉투 하나 받아 나왔지. 남편 죽은 다음에 사람들이 시어머니를 위로하면, '나는 괜찮은데 우리 며느리 어쩌면 좋으냐'고 하셨어요. 그런 시어머니 세상에 잘 없죠. 그런데 다음해에 큰아들까지 위암으로 세상 떠났어요. 두 아들을 다 잃었으니까 마음이 어땠겠어요? 교회에 열심히 다니셨는데, 그걸 다 견뎌내려고 그러셨던 것 같아.

유시민   우 선생님이 아버님 일찍 여의고 훌륭한 어머님과 사셨군요. 군에서 나온 뒤에는 어떤 일을 하셨나요?

강순희　부산에서 시어머니하고 같이 과자 사업인가 했는데 잘 안돼서 그만두고 친정아버지가 하던 배터리 회사에서 일했어요. 제일축전지제작소라는 회사였는데, 내가 한국은행 다녔으니까 먹고사는 건 문제없었어요. 월급이 적지 않았거든. 애들도 구두 신겨서 키웠어요. 그 정도는 충분히 할 수 있었어. 또 내가 돈 욕심 별로 없었어요. 부자를 부러워하지 않았어요. 남편이 돈 잘 못 벌어도 괜찮았어. 내가 바보 같았나? 일이 잘 되고 말고가 꼭 뜻대로 되는 건 아니잖아요. 게을러서 그랬던 게 아니라면요.

유시민　그렇죠. 열심히 성실히 해도 일이 잘 안 될 수 있지요. 친정아버님은 사업을 계속하셨나 봅니다.

강순희　내가 결혼했을 즈음에는 아버지가 일본에 소뼈 수출하는 사업을 했어요. 그다음에 배터리 회사를 차렸는데 병으로 큰일 당할 뻔했어요. 큰애 낳기 전이었는데, 돌아가시는 줄 알았지만 다행히 일어나셨지. 배터리 회사 하실 때도 남들이 '법 없어도 살 사람'이라 할 정도로 직원들한테 잘해줬어요. 그렇지만 배신도 당했고 고생도 많이 하셨어요. 그때도 또 누가 세무서에 찌르고 괴롭힌 거야. 그래도 아버지는 끄떡 안 했어요. 꿋꿋하게 막아내고 끝까지 지켜서 회사를 아들한테 물려줬어요. 아들이 나중에 부도를 내기는 했지만.

유시민　혹시 사위가 일 당하는 것을 보셨나요?

강순희　1973년에 돌아가셨어요. 너무 일찍 가신 거지. 집안에 인도네시아에 대사로 간 사람이 있었어요. 아버지가 거기 갔다가 독주를 마셨는데 그게 화근이 되어 간경화에 걸리셨어요. 그 와중에도 엄마한테 인도네시아에 돈 벌 일 많다고, 부산 일은 아들한테 물려주고 둘이 가서 호텔 살면서 돈 벌자고 했대요. 엄마가 싫다고, 친구들 버리고 갈 수 없다 하니까, 그러면 다른 마누라 데려간다고 농담하고 그랬어요. 그러다 돌아가셨어요. 그래도 사위가 험한 일 당하는 거는 안 보고 가셨으니, 그건 다행이죠.

유시민　그래도 1차 사건 때부터 우 선생님이 수배되고 잡혀가고 해서 친정아버님이 걱정을 많이 하셨을 것 같아요.

강순희　그랬죠. 그래도 우리 신랑을 참 좋아했어요. 병석에 누워서도 사위 보면 '나가서 뭐 먹어라' 하시고…. 신랑도 우리 아버지를 좋아했어요. 아버지 돌아가신 다음에 비석에 '사랑하는 아버지'라고 쓰자니까 남편이 우리가 아버지 사랑했다고 할 수 있냐고, 그냥 '사랑의 아버지'라고 쓰자고 해서 그렇게 했죠. 아버지는 사위한테 딸 고생시키니 어쩌니 하는 말 일체 안 하셨어요. 엄마도 그랬고요. 엄마도 사위 때문에 마음고생 많이 했고, 정보부 가서 조사도 받았어요. 그때는 그게 얼마나 무서운 일이었는지 몰라요. 남편 죽었을 때 엄마는 너무너무 속상해하면서도 나한테는 '넌 영리하니까 어떻게든 이겨낼 거야', 그렇게 말했죠.

유시민　어른들 사랑을 정말 많이 받으셨습니다.

강순희　아버지랑 엄마가 날 정말 사랑해 줬어요. 엄마는 동생들 편지는 한 번 읽고 말아도 내 편지는 주머니에 넣고 다니면서 보고 또 보고 했대요. 신랑 때문에 경찰서로 정보부로 끌려 다녔을 때도 그놈들이 나한테는 독하게 하지 않았어요. 뭔가 좀 배려해 준달까, 살짝

봐준달까, 아무튼 희한하게도 그런 느낌이 있었어요. 우리 부모님이 베풀고 살아서 그 덕을 보는 건가 했어요. 그뿐인가. 시어머니 사랑도 많이 받았어요. 며느리들이 시어머니를 어쩐다고들 하는데, 난 그런 마음 하나도 없었어요. 어떨 때는 친정엄마보다 시어머니가 더 보고 싶다니깐.

유시민 어머니가 어른들한테 받았던 사랑을 자녀들한테 물려주셨죠?

강순희 그럼요. 내가 받은 만큼 우리 애들한테도 사랑을 듬뿍 주고 싶었지. 내가 딸 셋, 아들 하나, 4남매 낳았어요. 언제였나? 우리 딸이 한번은 '엄마는 아빠만 사랑했어.' 그런 말을 한 적이 있는데, 그건 아니지. 아무려면 남편을 더 사랑했겠어요? 자식들을 더 사랑했지! 어떻게 해서든 애들은 내가 지킨다는 각오로 살았어요. 뭣보다도 아들딸 차별 일절 안 했어요. 남편도 마찬가지였고. 하나 마음이 아픈 건, 애들이 자라면서 아빠와 보낸 시간이 너무 짧았다는 거⋯. 막내가 초등학생 때 남편이 그렇게 됐으니까. 그때 막내가 상고이유서라고 뭘 썼는데, 그거 보고 변호사가 울었어요. 막내가 쓴 거랑 내가 쓴 거를 다른 가족들한테 돌리면서 이렇게 쓰라고 했어요. 내용은 기억이 안 나는데, 아무튼 막내가 똑똑하고 글을 잘 썼어요.

4

사랑하는 이를 위하여

인혁당 사건, 당신네만 반공하는 거 아니요

유시민   우 선생님하고 대화가 잘 되었다고 하셨는데, 영화나 노래 말고 시국 상황에 대해서도 평소 이야기를 나누셨나요?

강순희   지금 나라가 어떻다는 이야기는 같이 했죠. 내가 이북에서 학교를 다녔잖아요. 거기서 미제국주의니 뭐니 하는 교육을 받았어요. 유엔UN은 '거수기계'라고 했어요. 그때는 이놈들이 그냥 이런 소리 하는구나 하고 말았는데, 여기 와 보니까 그게 아주 엉터리는 아니구나 싶은 거예요. 남편이랑 주고받고 얘기했는데 나도 논리가 있었어요. 소련이랑 중공中共이랑 이념 투쟁하는 거로 한참 시끄러웠을 때는 내가 농담도 했어요. '여보, 중공에서 당신 안 사 가나? 당신 사 가면 이길 텐데!'

유시민   그때는 중공이었죠. 우 선생님이 어떤 활동을 하는지 어머니는 그때 아셨어요?

강순희   통일운동 하는 거는 알았죠.* 1960년 4.19 나고 남편이 통민청 중앙위원회 위원장 하고 민자통 조직위원회 간사 한 것도 알았어요. 한번은 남편이 남산 무슨 회관에서 연설한다고 해서 따라가서 본 적 있어요. 난 한국은행 다니고 있었으니까, 남편이 말실수라도 할까 봐 조마조마했죠.

* 4.19혁명이 일어나 자유가 주어지자 한국 사회에는 민주화·사회개혁·민생회복·평화·통일 등을 주장하는 대중운동이 일어났다. 교원노동조합을 비롯한 노동운동 세력이 빠르게 성장했고 한국전쟁 시기 양민학살의 진상을 밝히고 책임 규명하려는 움직임도 일어났으며 분단 고착화를 비판하면서 평화통일을 추진하자는 주장이 폭넓은 지지를 받았다. 통일민주청년동맹(약칭 통민청)과 민족자주통일중앙협의회(약칭 민자통)는 대표적인 통일운동 단체였다.

유시민 숨기는 거 없이 아내한테 다 얘기하셨나 봅니다.

강순희 내가 남편에 대해서 모르는 건 하나도 없었어요. 다 꿰고 있었어요. 하지만 남편이 밖에서 하는 활동 하나하나를 다 알지는 못했어요. 내가 알아야 할 건 다 얘기해 준다고, 자기가 말 안 하는 건 내가 몰라도 되는 거라서 그런 거라고 했으니까 일일이 묻지 않았죠. 신랑 행동이 뭐에 어긋나는 게 없었어요. 이상한 게 하나도 없었어요. 그래도 나라가 어수선하고 학생들을 막 잡아가고 할 때라, 내가 비상금을 주기도 했어요. 5천 원이었나?

유시민 5.16 나고 우 선생님이 잡혀간 적 있죠?

강순희 1961년 6월이었는데 내가 우리 셋째, 우리 아들 임신한 때였어요. 그때 막 이사를 해서 짐도 다 못 풀고 있는데 아침에 경찰이 들이닥친 거야. 무서워서 화장실에 들어가 내다보지도 않았지. 아유, 진짜 조그만 거 하나도 어기지 않고 살았는데 경찰이 사람 잡으러 왔으니 얼마나 무서웠겠어요. 나는 겁이 나서 나오지도 못했는데 그새 남편을 잡아갔어. 걔네들 눈에는 우스웠던지, 여편네가 나오지도 않더라면서 자기들끼리 그렇게 웃더래요. 그 일을 당하고도 출근을 했는데 좀 늦었지. 얼마나 울었는지 몰라. 은행 못 다니게 되면 우리 식구 어떻게 살지? 끌려간 남편은 어찌 되나? 걱정이 끝이 없었어. 그런데 은행 사람들은 내가 지각해서 우는 줄 알았나 봐요. 남의 속도 모르고. 스무 날 정도 지나서 남편 풀려난다고 해서 중부경찰서에 갔어요. 불룩한 배를 하고 둘째 딸을 데리고 갔는데, 경찰관들이 우리 딸 예쁘다고들 하고 그러더라고. 그런데 남편은 벌써 나갔다는 거야. 그날이 7월 17일 제헌절, 잊을 수가 없어.

유시민　그 사건은 그렇게 지나갔는데 1964년에 1차 사건이 터졌어요. 그 사이 3년 동안 어떤 일이 있었던 건가요?

강순희　1961년 그 일 지나고 우리 아들 낳았지. 내가 은행을 그만뒀고, 우리 식구 모두 부산으로 이사했어요. 부산 살면서 1차 사건을 당한 거였지.

유시민　은행은 왜 그만두셨어요?

강순희　무슨 제도가 바뀌면 퇴직금*이 없어진다고 해서 그만뒀어요. 그해 9월에 아들 낳고 두 달 휴직했는데 휴직하는 동안 사표를 냈어. 퇴직금 받은 걸로 남편이 부산에 있는 자기 외삼촌하고 비누 원료 사업을 시작했죠. 남편이 전역하고 시어머니랑 과자 사업하다가 그만두고 친정아버지 배터리회사 다녔다고 했잖아요? 그 다음에 한 게 비누 원료 사업이었어요. 그때 집은 서울 부암동에 있었고 아들이 두 살

될 때까지 거기 살았어요. 그러다가 부산 동래로 이사해서 사업을 제대로 하려던 참에 1차 사건이 터진 거였지.

* 이승만 정부는 공공기관에 우수 인력을 확보하려고 근속기간을 1년 연장하면 석 달 치 넘는 돈을 주는 방식의 특수한 퇴직금 제도를 도입했다. 박정희 정부는 이러한 공공기관 재직자 우대조치를 '사회악'으로 규정하고 근로기준법에 따라 1년 근속에 한 달 치 퇴직금을 주도록 하는 한편, 일률 지급하던 시간외 수당을 실적 기준으로 지급하도록 규정을 바꾸려 했다. 시간외수당 지급기준 변경은 바로 이루어졌지만 퇴직금제도 변경은 30년이나 뒤 김영삼 정부에서 시행했는데, 강순희는 남편의 신상에 대한 불안감과 퇴직금 손실 우려 때문에 그런 소문이 퍼진 1961년 서둘러 사표를 낸 듯하다.

유시민　1차 때는 우 선생님이 바로 붙잡히지 않았습니다. 한동안 피해 다녔죠?

강순희　그랬죠. 남편이 어디 나가고 없는데 경찰이 집에 왔어요. 남편 없다고 하니까 그냥 가더라고. 그런데 김금수* 씨가 와서 또 남편을 찾는 거야. 없다고 하니까 그냥 갔어. 그때만 해도 나는 그 사람 이름도 몰랐어요. 그런데 조금 있다가 김금수 씨가 또 왔어요. 누군지는 모르지만 있는 그대로 말해 주는 게 낫겠다 싶어서 조금 전에 경찰이 왔다 갔다고 했어요. 그런데 그 사람이 알았다 하고 나가다가 경찰한테 잡힌 거야. 경찰이 다녀갔다는 말을 나한테 들었다고 했나 봐요. 내가 이 얘기를 왜 하냐면, 나중에 중앙정보부 끌려갔을 때 이걸 가지고 나를 닦달하기에 내가 받아쳤거든.

* 김금수(1937~2022)는 부산고에 다니면서 사회과학 학습 서클을 만들고 서

인혁당 1차 사건과 2차 사건 사이 우홍선은 사업체를 운영했고, 강순희는 양재학원에서 수학했다. 평화로웠던 시절, 사진관에서 쥐어준 골프채를 짚고 사진을 찍었다.

울대 재학 시절에도 '후진국사회연구회'라는 서클을 결성하는 등 일찍부터 학생운동과 사회운동에 참여했다. 민민청 간사장으로 활약하다가 1차 사건으로 옥살이를 했다. 한국노총 정책실장, 한국노동교육협회 대표, 한겨레신문 노동문제 담당 논설위원, 한국노동사회연구소 소장, 전태일기념사업회 이사장, 민주노총 지도위원, 노사정위원회 위원장 등을 역임하면서 한국 노동운동 발전과 사회개혁을 위해 평생 헌신했으며 만년에는 KBS 이사장을 지냈다.

유시민　어머니도 중앙정보부에 잡혀가셨나요? 거기 무서운 곳이었는데.

강순희　숨어 다니던 남편이 힘들었지, 나야 뭐. 그런데 다음날 신문에 남편이 이북과 관련이 있고 부암동 우리집에서 회의를 했다는 뉴스가 막 나오는 거야. 그때부터 남편 잡으려고 경찰이 우리집을 지켰어요. 근데 웃기는 게, 그때 우리집에 진짜 도둑이 들었어. 밤에는 제대로 안 지켰다는 얘기지. 내 머리맡에 있던 라디오며, 우리 큰딸 입히려고 트렁크에 넣어놨던 새 옷이며, 가져갈 수 있는 걸 홀랑 다 가져갔어요. 재봉틀 위에 놔뒀던 내 외출복이랑 재봉틀도 가져가려고 재봉틀 대가리를 빼다가 불꽃이 번쩍하는 바람에 내가 깼어요. 깜짝 놀라서 누구냐고 소리를 질렀더니 냅다 도망가더라고. 그 도둑 못 잡았어요. 그래서 우리집에 한동안 라디오가 없었어. 나중에 재심할 때 내가 그 얘기를 했지.

유시민　그 라디오를 북한 방송 들었다는 증거로 삼지 않았던가요?

강순희　정말 웃기는 얘기였어. 그래도 경찰하고 안 좋은 일만 있었던 건 아네요. 애들 데리고 바닷가 가면 다 올망졸망 어린애들인데 아빠가 없으니까, 그 사람들이 짐 들어주고 그랬어요.

유시민　가족들 감시하러 온 정보 형사들 아니었나요?

강순희　불쌍해 보였나? 그 사람들한테 먹을 거 권하면 시어머니는 주지 말라고 미워 죽겠다고 하시고. 그래도 같이 먹고 애들이랑 놀고 같이 데려오고 했어요.

유시민　중앙정보부 조사도 받으셨는데, 거긴 경찰이랑 다르잖아요. 무섭지 않으셨어요?

강순희　아유, 무섭죠. 왜 안 무서웠겠어요. 저승사자 같았지. 날 데려가려고 하니까 우리 아버지가 붙들었어요. 정보부 놈들이 괜찮다고 걱정하지 말라고 하니까, 아버지가 정말 안전할 거라면 종이에 각서 쓰고 사인하라고 했죠. 그날이 우리 아들 생일이었어요, 9월 19일. 난 막내를 임신해 있었는데 정보부 가니까 남편 어디 있냐고 묻더라고. 모른다고 했지. 내가 임신 중인데 저번에 유산한 적 있어서 혹시 또 그럴까 봐 안 가르쳐준 것 같다고 했어요. 모른다는데, 그것도 임신한 여자인데, 어떻게 하질 못하겠나 봐. 그래서 그랬는지 내가 이북 출신이라고 시비를 거는 거예요. '너, 이북에서 민청* 그런 거 들었지?' 하기에 '이북에서 학생은 다 민청원이에요' 했지. '그러면 여성동맹*에 들었어?' 하기에 또 대답했지. '여성동맹은 어려서 안 들어갔어요.' 그렇게 이것저것 캐묻더니 남편 친구들 이름을 대라는 거야. 김영광 씨는 워낙 친해서 애들 이름까지 알았으니까, 아무개 아버지는 아는데 다른 친구들은 모른다고 했어. 이런 식이었지. '김금수 몰라?' '김금수가 누군데요?' '김금수 찾아가니까 네가 경찰이 지키고 있다고 가라 했잖아.' '김금수를 모르는데 그 사람이 김금수인지 이금수인지 내가 어떻게 알아요?' '두 번이나 찾아왔다며.' '알았으면 처음 왔을 때 얘기해 줬겠지. 누군지 모르니까 처음 왔을 때는 그냥 뒀다가, 또 왔기에 친구든 경찰이든 있는 그대로 얘기해 줘야 할 것 같아서 얘기한 거라고. 이제 내 말이 과학적으로 증명됐네!' 그러고선 내가 말했어. '이보시오. 당신네만 반공하는 거 아니오. 나도 목숨 걸고 여기까지 왔소.' 그랬더니 이러는 거야. '네까짓 게 무슨 반공을 해!'

* 앞서 말한 바와 같이 '민청'은 북한의 관제 청년단체로 14세부터 30세까지 모든 사람이 의무적으로 가입하기 때문에 조직원 대부분이 학생과 군인이었다. '여성동맹'은 1945년 설립할 때부터 18세 넘은 모든 여성의 가입을 강제했다. 강순희는 민청에 자동 가입되었고 여성동맹은 가입 자격이 없었다. 그런 사실을 체험으로 알았기 때문에 강순희는 중앙정보부 요원의 말을 단호하게 반박할 수 있었다.

유시민　　안 밀리고 잘 싸우셨네요.

강순희　　그런 말을 들으니까 분해 죽겠더라고. 그래서 막 울었어요. 소리 내서 엉엉 울었지. 우는 걸로 항의한 거야. 그랬더니 나 담당하는 사람이 '억울하죠, 아주머니', 이러면서 달래더라고. 그 사람도 이북에서 왔던가 봐요. 그때 나만 당한 게 아니야. 우리 엄마도 정보부 끌려가서 조사받았어요. 엄마가 딱 들어가니까 자기들끼리 실실 웃으면서 그러더래요. '저 사람이 우홍선이 장모야?' 엄마가 이랬대요. '왜? 내가 우홍선이 장모 자격이 없냐?' 그러니까 옆에서 다른 놈이 그랬대. '이 할머니가 여기가 어딘지 알고. 그 사람이 누군 줄 알아?' 엄

마가 쏴붙였대. '누구면 너한테나 높지, 나하고 무슨 상관이야!'

유시민　친정어머니도 '북녀'셨군요.

강순희　이북 여자들 못 말려요. 부암동 우리 집에서 회의를 했느니 어쩌느니 하기에 내가 '남편이 나를 약 먹여놓고 회의를 했겠느냐'고 했어요. 어떻게 내가 모를 수가 있나 이거지. 그러면서 이 말은 해줬어요. 내가 1년에 한두 번은 친정에 간다고. 언제 갔는지는 기억 안 나는데 그때 어쨌는지는 모르겠다고. 콜레라* 유행했을 때 한 번 친정에 가 있었어요. 남편한테 콜레라 조심하라고 하니까 걱정 말라고, 다 끓여서 먹는다고, 편지로 주고받은 기억은 난다고 했어요. 그랬더니 풀어주더라고.

* 인도 갠지스 지역 풍토병이었던 콜레라는 17세기부터 밖으로 퍼져나가 일곱 번의 '글로벌 대유행'을 기록했다. 조선에는 1812년경 중국을 통해 들어왔으며, 주기적으로 세계적 대유행이 일어났던 1960년대에는 한국에서도 해마다 콜레라가 퍼지곤 했다.

선글라스를 쓴 이유

유시민　우 선생님이 1년 정도 피해 다니다가 1965년 8월 26일에 잡히셨어요.

강순희　바닷가에서 라디오 듣는 걸 보고 누가 찌른 거예요. 다른 사람들은 재판받고 있는데 혼자 늦게 붙잡혔지. 정보부에서 나를 또 데려가더라고요. 그때 아들 데리고 기차 이등칸 타고 조사받으러 가면서 무슨 생각 했는지 알아요? '야! 이게 인생의 무슨 맛이냐? 매운 맛이다. 나중에 먹으면 맛있다 할지 몰라도 지금은 힘들구나.'

유시민 그때 선글라스 쓰고 정보부에 가셨다고 들었는데, 왜 그러셨는지요?

강순희 갔더니 남편이 그동안 어디 숨어 있었는지 말하라는 거예요. 난 남편이 어디 있었는지는 몰랐지만 집에 있었다고 했지. 그래야 숨겨준 사람한테 피해가 안 가니까. 그 사람들 지켜줘야 하잖아요. 집 어디에 있었냐고 묻기에 침대 밑하고 다락에 있었다고 했어. 자기들이 거기는 안 뒤진 걸 내가 알았거든. 그랬더니 왜 집에 없다고 했냐는 거야. 아니, 그럼 남편 여기 있다고 잡아가라고 하냐, 당신 같으면 그러겠냐고 했어. 그러니까 뭐라고 못 하지. 지난번에 꽥꽥 소리 질렀던 놈도 그땐 안 그러더라고. 그리고 내가 정보부 갈 때 선글라스만 낀 게 아니라 양장을 쫙 빼입고 갔어요. 내가 집에만 있는 사람이 아니었으니까 외출할 때 입을 만한 옷도 제법 있었고, 또 키가 커서 아무거나 입어도 옷이 태가 났어요. 구제품 사서 고쳐 입으면 외국에서 비행기 타고 막 온 것 같다고 사람들이 그랬어. 내가 나중에 옥바라지 할 때도 옷 잘 입고 선글라스 끼고 다녔지. 이것들이 사람 무시하니까. 무슨, 못살아서 이북에서 왔다느니, 빨갱이라느니 어쩌니 하면서 얕잡아 보니까, 무시당하지 않으려고 당당하게 하려고 그렇게 한 거예요.

유시민 혹시 그거 가지고 누가 뭐라 하진 않았어요?

강순회   우동읍이 마누라가 선글라스 끼고 왔다고 자기들끼리 수군 수군했다 하더라고. 그때만 해도 가정주부가 선글라스 끼고 다니는 게 흔치는 않았지. 지금이야 뭐 아무렇지도 않지만. 아, 남편한테 우동읍이라는 이름도 있었어요. 아명일 거예요.

유시민   그때 집은 부산에 있었고 우 선생님 재판은 서울에서 하지 않았습니까? 재판 방청하고 면회 가는 일이 쉽지 않았을 것 같습니다.

강순회   그이 붙잡히고 나서 부산 살림 정리해서 서울로 왔어요. 부산에서는 막내딸 낳고 아버지 배터리 회사에서 경리 일을 봤어요. 운임이 잘못 나갔다든가 하는 걸 잘 찾아냈죠. 친정이니까 편하게 애들 보면서 일할 수 있었어요. 그 월급으로 살았는데, 어쩔 수가 없어서 애들 데리고 서울 왔어요. 큰딸은 친정에 맡겼다가 나중에 데려왔지. 아버지가 그러더라고. 지 신랑 따라서 저렇게 하루아침에 내버리고 간다고. 섭섭하셨던 게지. 아무튼 그 일 있기 전에나 후에나 아버지가 많이 살펴주고 도와주셨어요.

유시민   서울 거처는 어디에 어떻게 마련하셨나요?

강순회   미아리에 약국 하는 친척이 있었어요. 아버지 8촌인데 나는 삼촌이라고 했어요. 그 삼촌이 문간방을 내줬어. 그렇게 애들하고 함께 살 곳은 구했는데, 옥바라지도 해야 하지만 먹고살 방도를 찾아야 했어요. 그래서 계를 만들었지. 은행 다닐 때도 동료들하고 계를 했었거든. 그때는 시중 사채이자가 6부나 됐어*. 은행 친구들이 부잣집 애들한테는 안 들어도 나한테는 틀림없다면서 들어줬어요. 그러다 4.19 나서 계를 원금 그대로 해체했지. 서울 은행 친구들 찾아다니

110

면서 새로 계를 만들었어요. 계원이 스무 명 넘었는데, 내가 앞 번호를 네 개 들었어요. 집 전세금 뺀 돈으로 곗돈을 붓고, 곗돈 타서 아버지한테 보내면 아버지가 이자를 6부로 쳐서 보내줬어요. 곗돈 이자는 4부였으니까 그 차액을 내가 가졌죠. 계 하나에 한 달 2만 원씩 차액이 났으니까 그걸로 생활을 할 수 있었어요. 나중에는 뒤쪽 번호로 하나를 더 했어요. 큰 동서 친정이 재벌가라서 하나 들어달라고 했더니 한두 번 내고는 안 하겠다는 거야. 그래서 그것도 내가 부었지.

* '6부'는 월 이자 6퍼센트라는 뜻이다. 1960년대에는 물가인상률과 은행 이자율이 모두 높았고 사채 이자율은 그보다 더 높았다. '계'는 은행 대출을 받기 어려운 금융소비자들이 만든 '유사수신행위' 시스템으로 은행보다는 높고 사채보다는 낮은 이자율을 적용했다. 계주가 곗돈을 떼먹고 도주하는 사건이 빈번하게 일어나 큰 사회문제로 여겨졌다.

유시민　　아이들 넷 돌보면서 옥바라지도 하셨어요. 수완이 참 좋으셨습니다. 그런데 계만 가지고는 생활을 안정시키기 어려웠지 않았나요?

강순희　　직장도 얻었어요. 약국 삼촌이 동네 유지라서 힘을 써줘서 종암극장 경리부장으로 취직했지. 그 삼촌네는 지금 생각해도 참 고마운 분들이에요. 김장할 때도 우리집 배추 먼저 실어 줄 정도로 보살펴 주었으니까. 그렇게 극장에 출근하고 곗돈 부어가면서 아이들 키우고 남편 옥바라지했어요. 매일 가서 옷하고 영치금 넣었어요. 직장 때문에 아무 때나 갈 수 없었는데, 거기 사람들이 '촌지 寸志' 조금 주면 내가 가는 시간에 맞춰서 면회를 하게 해줬어.

유시민　남편 옥바라지하실 때 마음이 어떠셨나요? 힘드셨을 것 같아요.

강순회　전혀요! 교도소 가서 남편 보면 오히려 힘이 났어요. 직장 다니고 곗돈 붓고 애들 키우는 게 하나도 힘들지 않은 거예요. 어디서 그런 힘이 났는지 몰라. 후회하는 마음 요만큼도 없었고, 하루하루 행복한 마음으로 했어요. 그이가 심심할까 봐서 매일 편지 썼어요. 애들 이야기도 미주알고주알 다 썼지. 애들하고 영화 본 얘기도 쓰고. 그이도 답장을 썼어요. 남편하고 주고받은 편지가 엄청 많았어.

유시민　아무리 그렇다고 해도 두 분 다 고통스러운 시간이었을 것 같아요. 그런 생활을 얼마나 오래 하셨어요?

강순회　1년 정도 그렇게 살았어요. 그이가 1966년 8월에 풀려났으니까. 징역 1년 집행유예 3년 받았어요. 그 인혁당 사건은, 1차 사건이라고 하는데, 정보부에서 조작한 거였어요. 검사들이 증거가 없어서 기소를 못 한다고 하니까 정보부가 정명래*라는 숙직검사를 시켜서 억지로 기소했죠. 1심에서는 대부분 무죄 나왔는데 정보부 압력을 받은 2심 재판부가 유죄로 뒤집었어.

* 정명래는 서울대 법대를 졸업하고 1957년 청주지검 검사로 임관했으며 서울지검 공안부장과 법무연수원장 등 검찰 고위직을 지냈다. 공안검사로서 1차 인혁당 사건과 김대중 납치사건 등에 관여했던 그는 검찰을 나와 변호사로 활동하던 1997년 의뢰인의 부동산을 편취한 혐의로 구속되어 대법원에서 징역 3년 형을 선고받았다.

유시민　우 선생님은 늦게 붙잡혀서 다른 사람들하고는 재판부가 달랐죠.

강순회   1차 사건도 나중에 재심에서 다 무죄 나왔잖아요. 그런데 우리만 재판부가 달라서 재심 신청도 따로, 국가 배상 신청도 따로 했어. 그런데 웃긴 게, 우리 재판부만 소멸시효 어쩌고 하면서 국가 배상이 안 된다고 하는 거야. 그래서 항소해서 몇 년 더 싸웠지.

인혁당재건위 사건, 옥살이나 좀 할 줄 알았는데

유시민   우 선생님 풀려나신 후에는 어떻게 사셨나요?

강순회   내가 밖에 있는 동안 우리 애들 돌봐주던 친척 여자애가 있었는데, 남편이 나왔으니 좁은 문간방에서 살 수가 없잖아요. 광화문 사간동에 전세방을 얻었어요. 남편이 배터리 회사 서울 지점을 관리하게 되어서 나는 종암극장 그만뒀고요. 남편은 거기 다니다 원릉건설이라는 건설회사로 옮겼다가 나중에는 스탬프 회사에서 일했어요. 그 스탬프 회사 다니던 중에 2차가 터져서 잡혀갔죠. 사간동으로 이사하면서 큰딸을 수송초등학교 4학년으로 전학시켰고, 나는 거기 사는 동안 부동산으로 돈을 좀 벌었어요. 아버지한테 꾼 돈으로 두어 번 땅을 샀다 팔았다 했거든요. 그렇게 번 돈으로 나중에 갈현동에 처음으로 내 집을 산 거였어요. 남편이 혹시 어떻게 되더라도 아이들 데리고 살아야 하니까 준비를 해둬야 한다고 생각했지.

유시민   그때 벌써 부동산 폭등 사태가 있었나 봅니다.

강순희 무섭게 올랐죠. 평당 몇 백 원 하는 땅이 순식간에 몇 배로 막 오르는 거야. 사 두면 분명 오르니까 빚을 내서라도 사고 싶은데 남편이 못 하게 했어요. '나 혼자 잘살겠다고 그러나? 그러면 말자.' 그렇게 마음을 다스렸지만 포기를 못 하겠더라고. 돈을 빌려서 친구하고 같이 땅을 샀는데 친구가 거기 집을 짓겠다고 해서 양보했어요. 그러고 나니까 오기가 나고 아깝기도 해서 남편한테 말 안 하고 아버지한테 돈을 빌려 김포에 땅을 샀지. 20일 있다가 팔았는데 그사이에 20만 원이 올랐어. 30만 원이면 북가좌동에 대지 30평 건평 18평짜리 집을 살 수 있을 때였어. 그렇게 번 돈으로 부천 쪽 포도밭을 샀다가 팔고, 그 다음에는 화곡동 시장 부지 백 평을 샀어요. 그렇게 해서 갈현동 집을 사서 추석날에 이사했던 거죠. 그 집에 들어갔을 때 내가 서른여덟 살이었어요. 가을에 태어난 닭띠는 어디 가도 먹을 게 생기는 팔자라는 이야기를 들었는데, 정말 그런 것 같았지.

유시민 가을 닭띠가 그렇다는 말이 있긴 합니다. 어쨌든 친정아버지가 꿔주신 종자돈을 잘 굴리셨어요.

강순희 그 돈 안 갚았어요. 한 60만 원 됐을 텐데, 내가 떼먹었어. 그거 갚았으면 갈현동 집을 못 샀죠. 새로 지은 집이었는데 아버지가 와서 보시고는 기분 좋다면서 애들한테 피아노를 사 주셨어요.

유시민 우 선생님 생활은 어땠습니까? 2차 사건 터지기 전까지 아내로서 불안하게 느낄 만한 일이 없지는 않았을 것 같은데요.

강순희 남편이 건설회사 경리부장을 했을 때는 내가 실무를 좀 아니까 도와주기도 했어요. 근데 나는 집안일을 잘하지 못했어요. 어려서

一 結婚 十二周年 69.11.28.

결혼 13주년에 찍은 온 가족 사진.

부터 뼈가 약했는지 어쨌는지. 그래서 집안일 해주는 사람을 두었어요. 가정부가 흔한 때였거든. 남편이 월급을 갖고 오니까 1년 정도 준비해서 집에 의상실을 차렸어요. 이사 간 다음 해였을 거야. 남편은 건설회사 다니고 난 의상실 하고, 한동안 별일 없이 지냈어요. 그랬는데 무슨 학생들 사건이 났던가 하는 때였는데 남편이 오늘 못 들어온다고 연락했어요. '그런 일 있으면 집에 와서 잡아가니까 여차하면 튀어야 해.' 나도 그렇게 생각하면서 각오를 다시 했지. 의상실 끝나고 집에 들어가는데 시커먼 차들이 우리집 앞에 와 있더라고. 모른 척하고 들어갔어. 밤 12시가 되니까 문을 막 두드리더니 남편이 왜 안 들어오냐고 하는 거야. 모른다고, 왜 안 들어오는지 내가 어떻게 아냐고, 아침에 좀 다퉜는데 그래서 뿔나서 안 들어오는 것 같다고 했어요.

유시민　　그게 1970년대 초였던 것 같습니다. 박정희가 69년에 3선개헌*을 밀어붙여서 71년 대선에 나갔어요. 엄청나게 부정선거를 했는데도 김대중 후보를 겨우 이겼죠. 그때 학생들은 박정희 장기집권에 반대하며 교련반대운동**을 벌였고요. 아마도 그즈음 일이었을 것 같아요.

* 당시 헌법에 따르면 대통령 임기는 4년이고 1회 중임할 수 있었다. 박정희는 1967년 5월 3일 재선된 후 곧바로 3선을 허용하는 헌법 개정 작업에 착수했다. 개헌에 필요한 국회 의석을 확보하려고 6월 8일 총선에서 대규모 부정선거를 저질렀고 반대 여론이 들끓는데도 1969년 개헌안을 국회에서 날치기 통과시키고 국민투표를 실시했다. 역사학자들은 3선개헌이 1972년 유신쿠데타와 장기독재의 문을 연 행위였다고 평가한다.

** 이승만 정부는 일제 식민지 교육의 잔재였던 학생군사훈련을 1955년 폐지

했는데 박정희가 안보 위기를 조장해 1969년 되살려냈다. 정부가 1971년 교련을 대폭 강화하자 대학생들은 대학을 병영으로 만들고 학생운동을 탄압하려는 시도로 규정하고 격렬한 반대운동을 벌였다.

강순희　박정희 때는 하루도 조용했던 적이 없었지만 우리는 우리대로 잘 살았어. 남편하고 바람 쐬러도 다녔고. 1972년이었나? 우리 열여섯 번째 결혼기념일이었는데, 그이랑 부천에 사놓은 포도밭을 둘러봤어요. 그런데 오는 길에 택시 기사 아저씨가 신호 위반으로 걸린 거야. 군인이 면허증 내놓으라고 하는데, 내가 나서서 막 봐달라고 했어요. 내가 생각해도 웃긴 일이었지. 우리가 책임질 일이 아니었잖아요? 우리가 결혼 16주년이라 내가 그 얘기를 너무 재미있게 하는 바람에 기사 아저씨가 듣느라 그랬다고. 한번 봐달라고. 그랬더니 정말 결혼기념일이냐면서 그냥 가라고 했어.

유시민　일상은 소중하죠. 박정희 시절의 투쟁들도 다 시민의 자유로운 일상을 찾기 위한 거였습니다.

강순희　그런데 몸이 아프니까 그게 다 무너지더라고요. 한번은 폐렴에 걸려서 죽을 뻔했어요. 그때는 폐렴으로 죽는 사람이 많았는데 나는 운이 좋아서 안 죽었어요. 퇴원한 뒤에도 주사를 맞아야 해서 간호사가 매일 와서 주사를 놨어요. 그런데 돈이 아까우니까 남편이 놔 주겠대. 처음엔 거절했는데 나도 돈이 아까워서 한번 해보라 했어. 그런데 남편이 간호사보다 더 잘 놓는 거야. 그래서 내가 그랬지. '당신은 의사 했으면 사람 많이 구했겠네. 정치를 했어도 사람 많이 구했을 거고.'

유시민　폐렴 앓으셨을 때가 정확히 언제였나요?

강순희　2차 사건으로 남편 잡혀가기 한두 해 전, 나 마흔한 살 때야. 한 1년 동안 아팠어요. 의상실 그만두고 남편 월급으로 살았는데, 남편이 월급을 갖다줘도 늘 머릿속으로 그 생각을 했어요. 비상 상황에 대비해야 한다는 거.

유시민　결국 비상 상황이 닥치고 말았어요. 인혁당재건위 사건, 그 2차 사건 때 우 선생님 잡혀가던 상황이 기억나시나요?

강순희　내가 폐렴이 좀 나아졌을 때였는데, 집이 아니라 회사에서 잡혀갔어요. 1974년 5월 2일이었어. 골든 스탬프라는 고향 친구 회사 상무였는데, 그이 출근하고 나서 한 열 시쯤 되었나? 라디오 틀어놓고 음악 듣는데 경찰이 들이닥쳤어요. 1차 사건 때 라디오 도둑맞고 나서 내내 라디오 없이 살다가 새로 산 지 얼마 안 됐을 때였는데.

유시민　1차 사건 때 경찰이 밤낮으로 감시하는데, 밤에 도둑이 들어 라디오를 훔쳐 갔죠. 그 뒤로 십 년 가까이 라디오 없이 사셨던 건가요?

강순희　맞아요. 우리 큰딸 음악 듣게 하자면서 그 아이 고등학교 입학 기념으로 샀어요. 그이가 뭐든지 디자인 꼼꼼하게 따져서 사는 편이었어요. 소니 거였지, 아마. 아무튼 이놈들이 다락에 올라가서 막 뒤지고는 '책도 뭣도 아무것도 없네' 하면서 내려오더니 FM에 맞춰져 있던 라디오를 갖고 갔어.

유시민　비상 상황에 대비해야 한다는 생각은 늘 했다고 하셨는데, 막상 일을 당하니 어떠셨어요? 놀랐고 또 겁도 났을 것 같습니다.

강순희　그보다는 먼저, 분했어요. 이놈들이 또 사건을 조작해서 죄 없는 사람들을 괴롭히는구나 싶었지. 또 옥바라지 해야겠구나 각오

했어요. 다락에 올라가 1차 때 입었던 한복을 찾아서 손질하는데 전창일 씨 부인*이 전화를 했어. 그 집 남편도 잡혀간 거야. 울고불고 정신이 없기에 내가 그랬지. '울지 마. 울어도 소용없어. 정신 차리고 뒷바라지할 준비해. 빨리 한복 준비해,' 나더러 독하다 하더라고. 둘이 친구처럼 지낼 때였어.

* '전창일 씨 부인'의 이름은 임인영이다. 전창일(1930~)은 함경남도 북청공업학교를 졸업하고 월남해 단독정부 수립 반대 운동을 하다가 구속되었다. 4.19 혁명 이후 민자통 중앙위원으로 활동했고 민족통일촉진회를 결성했으며 1967년과 1971년 대통령선거 때는 야권후보 단일화 운동을 벌였다. 2차 사건으로 무기징역을 선고받고 복역하다가 1982년 형집행정지로 풀려난 후 범민련 상임부의장 등을 역임하며 통일운동을 계속했다. 서울에서 초등학교 교사로 일한 적이 있고 의상실을 운영했던 임인영은 남편 구명운동에 적극적이어서 중앙정보부의 미움을 샀다. 남민전 사건 때 깃발 제작과 관련해 두 달 동안 구속되어 있으면서 고문을 당했고 후유증으로 고통을 겪다가 2003년 남편을 두고 먼저 세상을 떠나 이천시 민주화운동기념공원에 잠들었다.

유시민 　독하다고 할 수도 있었겠습니다만 의연하게 대처했다고 할 수도 있죠. 그래도 그것이 영원한 이별이 되리라고는 생각하지 못하셨겠지요.

강순희 　옥살이나 좀 하고 나올 줄 알았어요. 죽일 줄은 몰랐어, 정말. 죽이기까지 할 줄은 몰랐어.

유시민 　면회를 하게 해주던가요?

강순희 　아유, 우리는 면회가 안 됐어요*. 서대문형무소에 있었는데 면회를 안 시켜줘서 영치금만 넣고 왔어요. 혹시 얼굴이라도 볼까 하

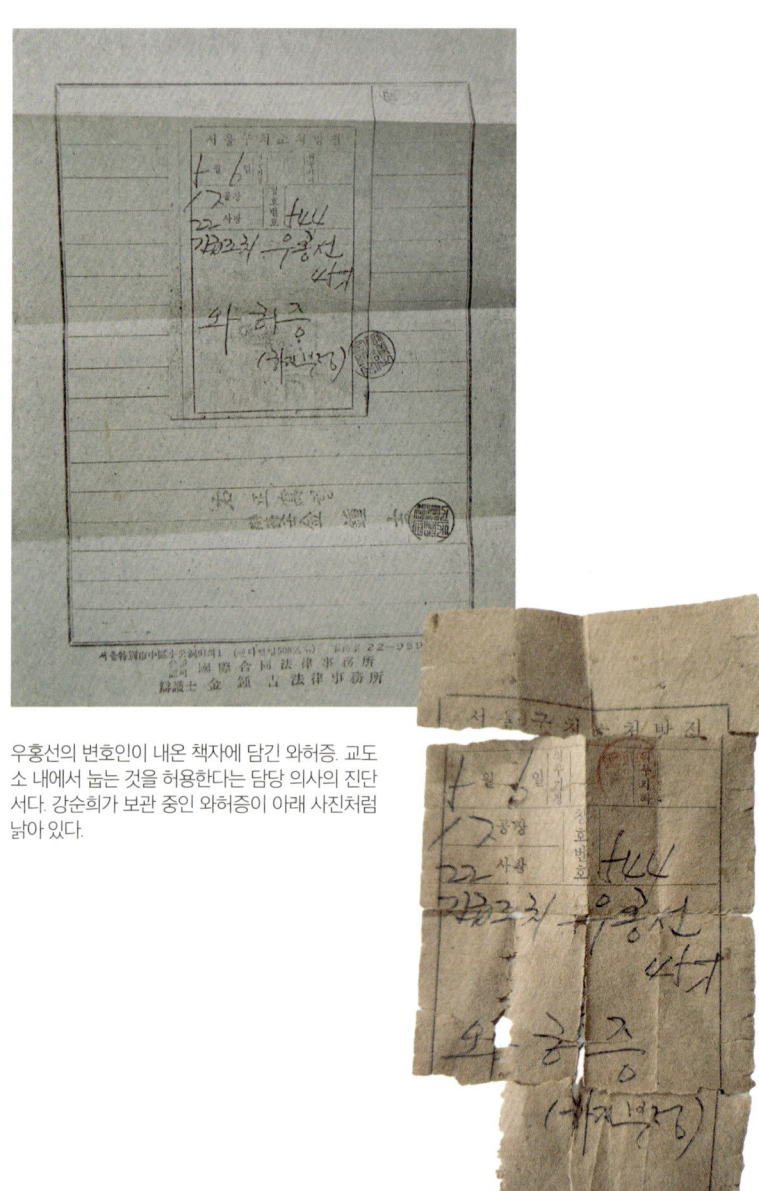

우홍선의 변호인이 내온 책자에 담긴 와허증. 교도
소 내에서 눕는 것을 허용한다는 담당 의사의 진단
서다. 강순희가 보관 중인 와허증이 아래 사진처럼
낡아 있다.

고 맨날 애태웠지. 한 번은 변호사 만날 때 살짝 들여다보니까 몸이 묶여 있더라고. 내가 우리 막내딸 이름을 크게 외치니까 뒤돌아봤어. 그렇게 딱 한 번 얼굴 봤어요. 남편이 끔찍한 고문을 받았다는 건 나중에 알았어. 그놈들이 얼마나 심하게 고문을 했는지 의사가 와허증 臥許證이란 걸 내줬더라고. 누워 있어도 된다는 거야. 1974년 5월 6일에 끊어준 건데, 잡혀간 지 며칠 되지도 않았을 때야. 잡아가자마자 그렇게 만든 거지. 상고하면서 그 증명서를 같이 냈는데, 마음이 얼마나 아프던지….

* 2차 사건 사형수들의 가족은 사형이 집행될 때까지 단 한 번도 면회를 하지 못했다. 포승에 묶인 채 재판을 받으러 오가는 모습을 본 것이 전부였다. 운이 좋은 경우에 시선이 마주치기는 했으나 아무도 말을 나누지 못했다. 중앙정보부와 검찰이 면회를 금지한 것은 고문으로 사건을 조작했다는 사실을 감추기 위해서였다. 경찰이 사형 집행 후 운구차를 빼앗으려 한 것도 그 때문이었다. 유가족들의 증언에 따르면 인혁당 사형수들의 시신에는 구속된 지 1년이 지났는데도 손발톱이 없는 등 참혹한 고문을 받은 증거가 그대로 남아 있었다.

유시민　　지금 같으면 상상할 수조차 없는 야만행위였습니다. 다른 구속자 가족들은 어떠셨나요? 함께 구명운동을 하셨던 거죠?

강순희　　전창일 씨 부인은 원래 알던 사이였으니까 처음부터 전화도 하고 함께 다녔어요. 이수병 씨 부인*은 교도소에서 처음 봤죠. 젊은 여자가 월남치마 입고 갓난아기 업었더라고. 젊으니까 대학생 엄마일 리는 없고 해서 물어보니까 이수병 씨 처라고 하더라고요. 깜짝 놀랐지. 이수병 씨 이름은 알고 있었거든. 같이 잡혀왔구나 했죠. 도예종 씨 부인**과 서도원 씨 부인***도 교도소에서 처음 봤어요. 대구 사람들이 많았잖아요. 다들 대구에서 올라와 교도소에서 보고 재판정에서 만나고 했죠. 그 전에는 알지 못했어요.

* '이수병 씨 부인'은 앞에서 말한 바 있는 '동우 엄마' 이정숙이다. 당시 갓 돌이 된 아이를 업고 면회가 되지도 않는 남편을 찾으러 서대문형무소에 왔다가 강순희를 만났다. 이수병(1936~1975)은 경남 의령 출신으로 부산사범학교를 다니면서 김금수·박중기 등과 사회과학 연구서클 '암장'을 결성했다. 초등교사로 일하다가 경희대학교 경제학과에 편입해 경희대 민족통일연구회 회장으로 활동했으며 「민족일보」 기자로서 통일운동을 이어가다가 5.16쿠데타 이후 구속되었다. 출옥한 다음 민족통일촉진회와 경락연구회 등에서 활동하다가 2차 사건으로 목숨을 빼앗겼다.

** '도예종 씨 부인'은 신동숙이다. 도예종(1924~1975)은 경북 울산 출신으로 열다섯 살에 일본에 가서 도쿄 서성중학교에서 공부하고 1944년 귀국했다. 초등학교 교사를 하다가 대구대학 경제학과에 편입했던 그는 1960년 영주교육감 선거에서 당선되었으나 발령이 나지 않았다. 민자통 조직부위원장과 민민청 경북맹부 간사장으로 활동했고 1차 사건으로 징역 3년 형을 받았으며 〈영남일보〉 영천지사장과 삼성토건 전무이사로 일하던 중 2차 사건 때 사형당했다. 초등학교 교사 시절 도예종을 만나 혼인했던 신동숙은 전국민족민주유가족협의회 회장으로서 인혁당 사건 진상 규명을 위해 분투했고 재심 무죄 판결로 남편의 명예를 되찾았으며 2025년 영면에 들었다.

*** '서도원 씨 부인'의 이름은 배수자이다. 서도원(1923~1975)은 경남 창녕군 태생으로 진주고보에서 공부했다. 경제신문 기자로 활동했고 대구 청구대학에서 동양사를 강의했으며 경북민족통일연맹과 민민청 경북맹부에 몸담았다가 5.16쿠데타 이후 구속되어 3년 복역했다. 1971년 민주수호경북협의회에 운영위원으로 참여했고 1972년 자격증을 취득해 침구사로 활동하다가 2차 사건 때 목숨을 잃었다. 친정아버지가 주선해 서도원과 혼인해 다섯 자녀를 낳았던

배수자는 남민전 사건 때 중앙정보부에 끌려가 큰 고초를 겪었으며 1987년까지 정보당국의 감시를 받았지만 굴하지 않고 남편의 결백을 밝히기 위해 싸우면서 딸 아들을 키워냈다.

유시민　면회도 못 하는데 옥바라지는 어떻게 하실 수 있었는지요?

강순희　교도관들한테 적당히 '인사'를 했어요. 그러면 편의를 봐주었지. 어떤 때는 내가 부탁을 안 했는데도 교도관이 '나 오늘 우홍선이 봤는데.' 이래요. 담요 좀 넣어 달라고 하면 씩 웃어. 그러면 가만있으라고, 지금 담요 사 오겠다 하고 바로 시장에서 두어 개 사 와서는, 담요 아래 2천 원을 넣어서 줘요. 그런 식으로 요령껏 했지. 그때 전창일 씨 부인하고 같이 다녔는데 거기도 의상실을 하고 있었어. 나도 그랬으니까 좀 입을 만한 옷들이 있었지. 교도소 갈 때 일부러 신경 써서 입었어요. 다른 부인들이 우리더러 멋쟁이처럼 하고 왔다고 그랬는데, 일부러 그렇게 한 거였어요. 빨갱이 어쩌고 하면서 우습게 여기거나 얕잡아 보지 말라고.

오글 목사의 헌신

유시민　인혁당재건위가 북한과 관계가 있다고 덮어씌웠어요. 민주화운동으로 구속당한 대학생들과는 달리 정말 그런 것으로 오해하는 사람이 많았습니다. 도와주는 이도 많지 않았을 텐데 어떻게 버텨내셨어요?

강순희　그런데도 도와준 분들이 있었어요. 그분들 아니었으면 진짜…. 특히 조지 오글* 목사가 주선해서 기독교회관에서 5분 스피치한 일은 지금도 생생하게 기억해요. 그렇게 시작해서 앰네스티(국제사면위원회)** 행사장에서도 얘기했고 명동성당 가서도 호소문을 읽었지. 다 그렇게 연결된 거였어요. 오글 목사가 진짜 힘껏 도와줬죠. 그분을 잊을 수가 없어요.

* 조지 오글(George E. Ogle, 한국 이름 오명걸)은 미국 연합감리교회 선교사로 1954년 한국에 와서 목회와 노동자 권익 보호 활동을 했으며 2차 사건 구속자 구명운동을 지원하다가 추방되었다. 미국 하원 외교위원회에서 한국 인권 상황에 대해 증언하는 등 한국 민주화운동을 국제사회에 알리는 데 크게 기여했다.

** 1961년 런던에서 출범한 앰네스티 인터내셔널(Amnesty International, 국제사면위원회)은 '중대한 인권 침해를 종식하고 예방하며 권리를 침해받은 이들의 편에서 정의를 위해 행동하고 연구하는' 비정부 국제기구로 1972년 한국 지부를 창설해 인권운동과 민주화운동을 지원했다.

유시민　오글 목사는 어떻게 알게 되셨어요? 어머니가 먼저 도와달라고 청하셨나요?

강순희　아네요. 어떤 전도사가 연락을 해왔어요. 오글 목사가 만나고 싶어 한다는 거야. 난 모르던 사람이라서 혹시 CIA 아닌지 의심도 했어요. 목사여도 그럴 수 있거든. 그렇지만 그래도 좋다, CIA든 목사든 상관없다, 내가 아는 대로 다 얘기하겠다고 생각했어. 만나서 남편이 붙잡혀 간 이야기를 싹 다 했어요. 그랬더니 다른 가족도 한번 같이 오라는 거야. 그러면서 기독교회관에서 5분 스피치를 할 뜻이 있느냐 묻더라고. 하겠다고 했지.

유시민 그렇게 해서 오글 목사가 다른 가족들도 다 만났군요.

강순희 교도소에서 가족들 만났을 때 시간 장소 정해서 찾아갔어요. 오글 목사가 모든 가족들에게 일일이 다 물어보고 이야기를 들었죠.

유시민 당국에서 심하게 감시를 했다던데, 경찰 따돌리는 게 쉽지는 않으셨을 것 같습니다.

강순희 어딜 가나 형사가 따라다녔어요. 어느 날은 오글 목사랑 약속이 있었는데 기독교회관 간다 하고 집을 나섰죠. 버스를 타니까 형사가 옆에 앉는 거야. 그래서 왜 옆에 앉느냐고 뭐라 했더니 건너편으로 옮기더라고. 사람이 계속 타서 통로가 꽉 찼기에 몰래 쏙 내려버렸어요. 내가 기독교회관까지 가는 줄 알고 있다가 허탕 쳤지. 그 뒤로는 안 따라왔어요. 나 몰래 미행했는지는 모르겠어. 대구 가족들이 서울 오면 대구 경찰이 따라왔는데, 그놈들 따돌리느라 담도 넘고 했지.

유시민 기독교회관 5분 스피치는 어떤 마음으로 어떤 말씀을 준비하셨어요?

강순희 하겠다고 했지만 걱정이 많았어요. 내가 의상실 그만두고는 집에서 살림만 했잖아요. 여러 사람 앞에서 말을 해본 경험도 없었고. 아, 생각해 보면 아주 없진 않았네. 이북에서 중학교 다닐 때 자아비판 잘해서 학교 선전부장까지 했죠. 한국은행 다닐 때 지점장 비서였던 중학교 후배 결혼식에서 축사 읽은 적도 있어요. 축사 쓰는 건 어렵지 않았는데, 써놓은 걸 말하듯이 읽는 게 어려웠어요. 그냥 말하

는 게 차라리 쉬워. 그래서 곰곰 생각해 봤지. '스피치'니까 써서 읽는 게 아니고 그냥 말하는 거잖아요? 생각을 잘 정리해서 가면 되겠다 싶더라고. 가서, 가족들이 처한 상황 이야기하고, 남편들이 어떻게 끌려갔고, 지금 재판이 어떻게 진행되고 있는지 차분하게 다 말했어요. 그런 이야기를 처음 들었는지 사람들이 놀라고 안타까워했어요. 다들 호응해 줬죠.

유시민　사람들이 정부 발표문에 안 나오는 이야기, 언론보도에 없는 이야기를 들었다는 말이죠?

강순희　그렇죠. 그리고 그 일로 가족들이 다 합류했어요. 전에는 모임에 안 나왔던 사람들도 오글 목사하고 인터뷰를 다 했지. 오글 목사가 앰네스티 행사가 있다면서 거기 가서 또 얘기하라 하더라고.

유시민　앰네스티는 세계에서 활동하는 인권단체니까 도움이 되겠다고 판단한 것이겠죠.

강순희　명동 대성빌딩에서 앰네스티 행사가 열렸는데 여러 가족이 갔어요. 행사가 끝나기 직전에 급히 드릴 말씀이 있으니까 잠깐만 해산하지 말고 기다려 달라고 사정했어요. 순서에 없이 끼어든 거죠. 우리 남편들이 이렇게 끌려가서 당하고 있다고 호소문을 읽는데 주최 측에서 못 하게 했어요. 정보형사들이 쫙 깔려 있으니까 앰네스티도 난처했던 거야. 그렇지만 나도 물러설 수 없었어요. 허락받지 않고 나와서 미안하다고, 너무 급해서 이렇게 나왔다고 하니까 사람들이 막 책상을 두드리면서 소리를 쳤지. '더 들읍시다!' 하면서. 그러니까 말리던 직원이 못 이기는 척 내려가더라고. 내가 앞에 나가서 사실을 다 폭로하면서 공개 재판하라고 얘기하는 동안 가족들이 다니면서 서명을 받았어요.

유시민 서명을 받으려고 미리 준비하고 가셨군요. 정보부 사람들이 가만히 있지 않았을 것 같은데요.

강순희 서명 받아서 오글 목사랑 같이 나오니까 아무도 못 건드리더라고요. 뒤에서 정보부 놈들이 따라오면서 이러는 거야. '어우, 아주머니 누군지 몰라도 이야기 잘하시네. 누구 부인이세요?' 어차피 나중에 다 알 거라 싶어서 말해줬어요. '나, 우홍선이 마누라 강순희다!' 그러고는 오글 목사 차를 타고 나왔어요.

유시민 오글 목사가 지켜준 것이네요.

강순희 맞아요. 그래서 안 잡혀간 거야. 근데 도예종 씨 부인이 정보부 놈들한테 잡혀가서 고생했다는 소식을 들었어요. 그이가 혈압 때문에 쓰러졌는데 그놈들이 병원에 놔두고 도망가 버렸어요. 나는 오글 목사 차 타고 친구 집으로 가서 재판장한테 호소문을 썼어요. 밤에도 집에 안 가고 썼어. 잡혀가더라도 이 편지는 보내고 잡혀가겠다고 결심했지. 그 호소문을 재판장이랑 중앙정보부장이랑 높은 군인들한테 보냈어요. 아무튼 윗대가리들한테는 다 보냈어. 박정희랑 육영수한테도 썼어요. 호소문이 아니고 탄원서였나? 일부러 창호지 같은 종이에다 붓글씨처럼 썼어요. 나름대로 예의를 갖춘 것처럼 보이게 하려고.

유시민 정권 차원에서 조작한 사건인 줄 알면서도 탄원서를 보내신 겁니까?

강순희 아직 재판 결과가 안 나왔는데 무작정 싸우기만 하면 안 되잖아요. 일단 예의를 갖추어 호소하기로 한 거죠. 그래도 할 말은 다 했어요. 남편이 어떤 사람인지, 어떻게 살아온 사람인지 다 얘기하고, 군에서 진짜 '5분 소위'*였는데도 안 죽고 살아온 사람인데 어떻게 이렇게 조작해서 잡아갈 수 있냐고 말이야. 그리고 야당 쪽에도 가서 얘기했어요.

유시민　1974년 야당은 신민당*이었습니다.

* 한국전쟁 때 우홍선의 경우처럼 초단기 군사교육을 받고 전선에 투입된 장교들을 가리켜 '1분 소위' 또는 '5분 소위'라고 했다. 전투에 나가서 바로 죽는다고 해서 생긴 말이다. 전투부대의 초급 장교는 그런 말이 나올 정도로 전사하거나 부상당할 확률이 높았다.

* 신민당(新民黨)은 1967년 민중당과 신한당이 합당해 창설했으며 박정희 정권과 공화당에 맞서 싸우다가 1980년 전두환에게 해산당했다. 김대중이 김영삼과 치열한 경쟁을 벌인 끝에 후보가 되어 1971년 대통령선거에서 박정희를 궁지에 몰아넣었던 신민당은 김대중·노무현·문재인·이재명 대통령을 배출한 더불어민주당의 전신(前身)이라 할 수 있다.

강순희　처음에는 대구 가족들이 갔는데 문을 안 열어줬대요. 나는 서울 사니까 오가는 게 수월했죠. 야당 지도자였던 박순천* 여사 집에는 꽃다발하고 사과랑 배 한 상자씩 사서 밀고 들어갔어요. 인사하러 왔다고 하니까 들여보내 주더라고. 박순천 여사한테 호소문을 줬어요. 박 여사가 그걸 다 읽고 나중에 장관들한테 다 보여줬다 하더라고요. 모윤숙** 씨도 내 글 보고 울었다 했고. 그해 크리스마스에 박 여사가 나한테 카드를 보냈어. 당신 남편은 꼭 무사할 거라고.

* 박순천(1898~1983)은 부산 동래에서 태어나 3.1운동에 참여했으며 항일운동으로 옥살이를 했다. 광복 후에는 건국부녀동맹에 참여하는 것을 시작으로 정치 일선에 나서 5선 국회의원을 역임해 대한민국의 첫 세대 여성 정치지도자로 활약했고 여성의 정치적 권익 향상에 앞장섰다. 유신정권 말기와 전두환집권 당시 정권에 협력한 말년의 행적이 논란이 되기도 한다.

** 모윤숙(1910~1990)은 함경남도 원산에서 태어나 이화여전을 졸업한 뒤 교사와 기자로 활동했다. 항일 시를 발표했다가 구금되기도 했으나 태평양전쟁이 터진 후에는 노골적인 친일 시를 쓰고 학병 입대를 선동하는 등 적극적 친일활동을 했다. 광복 후에는 반공 투사로 변신해 이승만의 단독정부 수립에 협력했으며 박정희 정권 때는 민주공화당 국회의원을 했다. 2차 사건이 났던 1974년에는 통일원 고문이었고 전두환 정권 때는 문학진흥재단 이사장을 지냈다. 강순희가 모윤숙이 호소문을 읽고 울었다는 이야기를 강조한 것은 그런 사람조차 공감을 표시할 정도로 억울한 사건이었다는 말을 하기 위해서인 듯하다.

유시민 모윤숙을 울린 글이라니, 어떻게 쓰셨는지 궁금합니다. 그때 쓴 호소문, 진정서, 탄원서가 있나요?

강순희 아뇨. 하나도 없어요. 그렇게 예를 갖춰서 보낸 것이었지만 1심에서 사형 나와서 다 찢어버렸어요. 약이 올라 못 참겠더라고. 내가 생각해도 절절하게 잘 썼던 것 같은데 너무 아까워요. 그때 받은 사람 중에서 누군가 안 버렸으면 어딘가 있겠지만, 그걸 놔뒀겠어요? 제일 아쉬운 게 박정희랑 육영수한테 보낸 탄원서예요. 그건 진짜 눈물로 써 내려간 거였어. 다시 쓸 수 없는 글이지. 그때는 좔좔 외울 정도였어요. 어떤 것도 보태거나 빼지 않고 사실 그대로 쓰면서 내 감정을 솔직하게 표현했으니까.

유시민 다 직접 쓰셨죠?

강순회　그럼요. 내가 다 썼죠. 혼자 썼어요. 도와줄 사람이 누가 있었겠어요?

유시민　앰네스티 행사에서 오글 목사와 같이 공개 재판하라고 서명받은 게 정보부에 보고가 됐을 거고, 위에서는 그걸 못마땅하게 여겼을 텐데 그 뒤로 괜찮으셨나요?

강순회　대성빌딩 앰네스티 행사에서 그 일 있고 나서, 명동성당에서 신·구교 합동 행사를 한다고 해서 거기도 나가서 얘기하기로 했어요. 함석헌* 씨가 먼저 얘기하고 그 다음에 내가 나가기로 오글 목사하고 미리 정해놨지. 그때도 원고를 미리 쓰지 않았어요. 그냥 앞에 나가서, 있었던 그대로 얘기한다고 생각했어. 그래도 너무 힘든 거야. 폐렴으로 고생할 때도 그렇게 힘들진 않았던 것 같아. 아무튼 명동성당에 앉아서 내 순서가 오기를 기다렸어요. 그런데 함석헌 씨가 정보부에 끌려가서 못 왔어요. 그 바람에 나도 기회가 없어졌어. 그래서 거기서는 말을 못 했지.

* 함석헌(1901~1989)은 평안북도 용천 출신으로 평양고보 재학 중 3.1운동에 참여하고 학업을 중단했다. 오산학교를 거쳐 동경고등사범학교를 다니면서 무교회주의 기독교를 받아들인 그는 1933년 『성서적 입장에서 본 조선역사』를 집필했다. 필화사건으로 서대문형무소에 수감되어 있으면서 광복을 맞았고 소련 군정의 만행에 항거했던 '신의주반공학생사건'에 연루되어 반동분자로 낙인찍히자 월남해 신학자 안병무와 광복군 장준하 등 진보 지식인들과 교류하면서 「사상계」와 「씨알의 소리」에 날카롭고 철학적인 정치·사회 비평을 기고했다. 민중운동과 민주화운동에 적극 참여하고 『뜻으로 본 한국역사』를 비롯한 여러 저서와 『수평선 너머』 등의 시집을 남겼으며 대전 현충원 애국지사 묘역에 잠들었다.

사형선고

유시민 주로 종교계 인사들 도움을 받으면서 구명운동을 하신 동안 재판은 계속 진행되고 있었던 거죠?

강순희 그랬죠. 그렇게 발이 닳도록 뛰었는데도 1심 판사가 '사형!' 이랬어. 정말로 하늘이 무너지는 것 같았어요. 1974년 7월 11일이었는데, 그이가 돌아서서 나를 보고 웃었어요. 걱정하지 말라 했어. 날 위로하려고 그랬겠지. 나도 소리쳤어요. '당신 안 죽을 거야. 걱정하지 말고 날 믿어요!' 그렇지만 결국 그이를 그렇게 보냈어요. 2심에서는 사람 이름을 부르지도 않고 '사형!' 했어. 9월 7일이었지. 그때도 내가 그이한테 말했어요. 괜찮다고, 절대 안 죽는다고, 건강하라고, 요가 하라고 했어. 2심은 재판도 못 볼 뻔했어요. 부산에 있는데 재판한다고 갑자기 연락이 와서 급하게 비행기 표를 샀어요. 근데 비행기 타려면 공항에서 미리 발권을 해야 하잖아요. 그때까지 그걸 해본 적이 없었어. 아버지 회사 직원들이 다 해줘서 그런 절차가 있는 줄도 몰랐어요. 그래서 발권 안 하고 기다리다가 비행기를 놓친 거야. 가서 막 따졌지. 왜 방송을 안 하냐고. 몇 시 비행기 탈 사람들 미리 준비하라고 방송했으면 준비했을 것 아니냐고. 그랬더니 다른 사람들은 그렇게 안 해도 다 알고 준비한다는 거야. 할 말 없지, 뭐. 아버지 회사 직원들이 다 해줘서 몰랐다고 했으니 그쪽에서도 어이가 없었을 거야. 아무튼 나 지금 빨리 서울 가서 재판 봐야 된다고, 안 가면 이놈들이 다 조작한다고 하면서 방방 뛰었어요. 그때는 조작이니 뭐니 그런 말

입에 올리는 것도 위험했는데, 내가 하도 그러니까 다음 비행기에 태워줬어요. 법원으로 달려갔는데, 또 '사형'이더라고. 그때부터 정말 싸우기 시작했죠.

유시민 지금까지 말씀하신 것만 해도 엄청난 싸움이었는데, 그때부터 정말 싸우기 시작했다니 상상하기가 어렵습니다. 어떻게 싸우셨던 건가요?

강순희 1심 선고 나기 전에는 선처해 달라고 했어요. 그런데 2심까지 다 사형이래. 이제 그럴 단계가 아닌 것이지. 나도 할 말이 있는 거야. '우리는 국가에 대해 예의를 다 지켰는데 너희들이 기회를 안 줬다.' 말이 되잖아요? 너무 억울하니까 할 수 있는 건 다 했어요. 집회하고 시위도 했죠. 민청학련* 엄마들하고 가톨릭수녀회관에서 단식농성도 했어요. 1974년 11월에는 가톨릭여학생관에서 구속자가족협의회 50명이 3박4일 금식기도회를 하고 시국결의문 발표한 다음에 거리로 나왔어. 단식하다가 뒷문으로 나왔지. 경찰은 앞쪽만 지키느라고 우리가 뒤로 나온 걸 몰랐어. 파고다공원 근처에 가니까 경찰이 곤봉 들고 달려들더라고. 야, 저거 한 대 맞으면 죽겠다 싶어서 곤봉을 붙잡고 막 울었어. 그랬더니 때리지는 않더라고. 명동성당 마당에 성모상 있어요. 그 앞에서 호소문을 읽었어요. 12월 5일이었어. 우리는 교수도 아니고 아무것도 아니라고. 인혁당은 더더욱 아니라고. 우리는 그저 살고 싶은 거라고. 신문에 나오기도 했던 그 호소문도 내가 썼어요. 뭘 궁리하고 지어낼 필요가 없었지. 내가 느끼는 걸 그대로 썼어요. 다 내 머리에서 내 가슴에서 우러나온 이야기였고, 국민들한테 하고 싶은 말이었어요.

* 민청학련(전국민주청년학생총연맹)은 대학생들이 재야세력과 연대해 1974년 4월 3일 전국적 시위를 벌이려고 결성한 조직이다. 중앙정보부와 공안당국은 이 사건과 관련해 윤보선 등 재야인사와 대학생 1,024명을 체포하고 180명을 구속했다. 박정희 정권은 그들이 국가변란을 획책한 것으로 몰아가려고 '북괴의 지령을 받은 인민혁명당재건위원회'가 배후에서 조종한 것처럼 사건을 조작했다. 민청학련 관련 구속자들을 군사재판에 회부해 이철·유인태·김병곤·나병식·이현배·김영일·김지하는 사형, 황인성·정문화·이근성·서중석·안양로·김효순·류근일은 무기징역, 이강철·서경석·이강 등 20여 명은 징역 20년 또는 15년이라는 중형을 선고했다. 나라 안팎에서 비판이 쏟아지고 대학가에 더 큰 저항의 소용돌이가 일자 박정희는 1년도 지나지 않아 민청학련 구속자를 대부분 풀어주었다. 그러나 배후로 지목한 '인혁당재건위' 관련자는 놓아주지 않았고 대법원의 확정판결 다음날 사형을 집행했다.

유시민　국민들이 아무 말 않고 방관하면 '죽이는 사람' 편에 서는 거라는 말이었죠?

강순희　그렇죠. 방관하고 침묵하면 결국 가해자를 돕는 행위가 되니까요. 명동성당에서 호소문 읽을 때 우리 마음이 어땠겠어요? 남편 죽고 나서 한참 후에, 삼십 몇 주년 행사 때 보니까, 그 글을 크게 써서 걸어놨더라고.

유시민　그 호소문을 보면 좋겠다 싶어서 찾아봤어요.

"우리들은 살고 싶습니다. 평화롭게 살고 싶습니다. 저희들은 10년 전에도 없었고 현재도 이 지구상에 존재하지 않는 조작된 인혁당에 묶여 사형선고를 받은 피고인들의 아내입니다. 존재하지 않는 인혁당을 조작하여 북괴에 이롭게 하는 것은 '무슨 법, 무슨 조'에 해당하는지 만천하에 묻고 싶습니다. 여러분, 부디 저희들의 남편을 정치 제물로 이용하는 일이 없도록 하여 주십시오. 이름 없고, 힘없고, 보잘것없는 단 한 사람의 생명이라도 정치 제물로 삼는다면 그 제물 위에 피는 꽃은 무슨 꽃이 피더라도 향기 없는 꽃이요, 빛깔 없는 꽃이요, 생명력이 없는 꽃일 것입니다. 죽이고 난 다음에는 살릴 수가 없습니다. 이 절실한 호소를 모른 체 묵인함으로 저희들의 남편을 제물로 바치려 하는 자들과 같은 편에 서는 결과가 되지 않기를 바랍니다. 중정에서는 저희 남편들을 사형을 시켜 마땅한 죄를 지었다고 합니다. 저희들은 아니라고 합니다. 여러분은 저 무시무시한, 온 권력을 다 가진 정보원들과 아무 힘없는 저희들과 누구의 말을 믿으시겠습니까? 물론 둘 다 믿을 수 없다고 하시는 것이 당연하고 옳은 자세일 줄 믿습니다. 그렇다면 '다 못 믿겠으니 가만히 있자!' 하는 것은 공정한 입장에 선 것이 아니라 정보원들과 같은 편에 서서 저희들의 남편을 죽이는 결과가 될 것입니다. 또한 저희들이 원하는 공명정대한 재판을 하라고 하신다면 이는 저희들 편에 서는 것이 아니라 이것이야말로 다 못 믿겠으니 온 국민이 납득이 가는 공정한 재판을 하자 하는 가장 공정한 입장이며 국민의 권리며 의무를 다했다고 할 수 있겠습니다. 여러분! 권리와 의무를 포기하시지 마십시오. 만약 포기하신다면 8인의 생명을 죽이는 데 도움을 준 결과가 될 것입니다. 역사에 길이 남을 살인자들의 편에 서게 되는 결과가 되리라 믿습니다. 저희들의 남편은 주교도 아니요, 변호사도 아니요, 시인도 아니요, 교수도 아니요, 목사도 아닙니다. 따라서 인혁당원도 결코 아닙니다. 이름 없고, 힘없고, 짓눌린, 선량한 대한민국의 한 국민입니다. 더 이상 저희는 '사형'이라는 몸서리쳐지는 말을 들을 기력이 없습니다. 피를 토하는 아픔과 절망을 의식하며 여러분 앞에 호소드리는 바입니다. 1974년 12월 5일. 가족 일동."

이걸 귀 기울여 들은 분들이 있었어요. 특히 종교계에서 구명운동을 도왔습니다. 재판을 공정하게 해달라는 탄원서도 종교계 인사들 도장 받아서 대통령과 대법원장에게 내셨더라고요. 1974년 12월 9일 탄원서 내용입니다.

"민청학련 사건을 배후에서 조종하였다는 세칭 '인혁당재건위'에 묶여 사형선고를 받은 피고인들의 아내입니다. 저희들은 정부와 국민에게 남편을 죽이지 말고 공명정대한 재판을 하여주실 것을 호소드리는 바입니다. 대법원 법관 제위에게 양심과 법의 정신에 입각하여 바른 판결을 내려주실 것을 호소드리는 바입니다. 귀하께서도 저희들의 이 호소에 동의하여 주시기를 엎드려 간청드리는 바입니다. 가족 일동家族一同"

강순희 맞네요. 그렇게 쓰고 우리 가족들 이름 넣고 도장 찍고, 오글목사하고 같이 다녔어요. 신부님들, 목사님들, 변호사들, 한 사람 한 사람 찾아가서 설명하고 도장 받아서 보냈어요. 재판 제대로 하라고 압박한 거죠. 그때 동의해 주신 분, 도장 찍어주신 분이 모두 열다섯이에요. 누구누구냐면 김수환* 추기경, 김관석* 목사, 함석헌 선생, 이병린* 변호사, 이해영* 목사, 윤반웅* 목사, 박창균* 목사, 최명한* 목사, 문정현* 신부, 지정환* 신부, 강신명* 목사, 신현봉* 신부, 이태영* 변호사, 서남동* 교수, 한경직* 목사였어요.

* 인혁당 가족의 탄원서에 서명한 열다섯 분을 기억하기 위해 간단하게나마 약력을 소개한다. 김수환(1922~2009)은 1969년 가톨릭 추기경이 되어 박정희의 독재를 지속적으로 비판했는데 유신쿠데타·지학순 주교 구속·인혁당재건위 사형 집행 등과 관련해 특히 날카롭게 맞섰다. 김관석(1922~2002) 목사는 소련 군정 시기 북한에서 체포와 투옥을 마다않고 반탁운동을 벌이다 월남했다. 미국 유학을 다녀와 대학 강사로 일하다가 한국기독교교회협의회(KNCC) 총무를 맡았다. 5.16 직후 「기독교사상」에 쿠데타 비판 글을 기고했고 3선개헌 반대운동과 '개헌청원 백만인 서명운동'에 참여하는 등의 활동으로 기독교계의 대표 민주화운동가라는 평가를 받았다. 이병린(1911~1986) 변호사는 민주수호국민협의회와 민주회복국민회의 등 민주화운동 단체에 몸담았고 김지하·윤보선·강신옥 등의 긴급조치 위반사건 변호를 맡았다. 이해영(1916~1976) 목사는 한국기독교교회협의회(KNCC)의 모태였던 한국기독교연합회 총회 회장으로 활동하면서 3선개헌에 반대하는 성명서를 발표했고 KNCC 인권위원회 설립의 토대를 마련하는 등 민주화운동에 기여했다. 윤반웅(1910~1990) 목사는 북한에서 활동하다가 한국전쟁 때 월남했다. 헌법개정 청원운동본부와 민주회복국민회의에 참여하면서 정치범 석방을 요구하는 성명서를 발표했다가 구속되었으며 '3.1민주구국선언' 사건 때는 구속자 가운데 최고령으로 옥살이를 했다. 전두환 정권 때도 민주화운동을 계속했으며 한국정치범동지회 회장으로 활동했다. 박창균(1925~2012) 목사는 함경북도 무산 출신으로 한신대를 졸업했다. 통일사회당에 입당해 1972년 도쿄에서 열린 세계사회당지도자 대회에 한국 대표로 참석하는 등 진보정당 활동을 하면서 민주회복국민회의에 참여하는 등 민주화운동에 기여했다. 김영삼 정부 때는 범민련 결성을 주도했다가 국가보안법 위반 혐의로 구속되는 고초를 겪으면서 통일운동을 벌였고 인생의 마지막까지 민주노동당 고문을 맡는 등 진보정당 운동에 헌신했다. 최명한 목사는 기독교장로회 소속이었다는 것 말고는 정보

를 확인하지 못했다. 문정현(1940~) 신부는 천주교정의구현사제단 창립과 인혁당 구명운동에 앞장섰으며 경찰의 인혁당 희생자 시신 탈취 만행을 저지하다가 다리에 장애를 입었다. '3.1민주구국선언'으로 구속당하기도 했으며 1998년 '소위 인혁당사건진상규명 및 명예회복을 위한 대책위원회' 공동대표를 맡아 재심으로 가는 길을 열었다. '길 위의 신부'라는 별명이 생길 정도로 활발하게 생명운동·통일운동·평화운동에 헌신해 왔다. 지정환(1931~2019) 신부는 벨기에 브뤼셀 귀족 집안에서 태어났다. 1958년 사제 서품을 받고 이듬해 해외선교사로 한국에 와서 전북 부안성당과 임실성당 주임신부로 일했으며 부모가 준 돈으로 임실에 대한민국 최초의 치즈 공장을 세웠다. 유신헌법 반대운동에 참여했으며 광주항쟁 때는 트럭에 우유를 싣고 가 시민들을 도왔고 다발성경화증으로 다리가 마비되어 휠체어에 의지하게 되자 중증장애인 재활센터를 세웠다. 2016년 한국 국적을 취득했고 3년 후 영면해 전주 성직자 묘지에 묻혔다. 강신명(1909~1985) 목사는 박정희 시대 민주화운동에 적극 참여했다. 6.3사태 때 한경직·강원룡 등과 한일협정 비준 반대성명을 발표했고 1974년 민주화운동 구속자들을 위한 기도회를 열었으며 1975년에는 전국기독교정의구현성직자단을 창립했다. 그러나 전두환 신군부가 만든 국가보위입법회의에 참여한 일로 크게 비판받았으며 만년에는 연세대학교와 숭실대학교 재단이사장과 대한예수교장로회(통합) 총회장을 지냈다. 신현봉(1930~2022) 신부는 1961년 서품을 받고 강원도 횡성성당에서 사제 생활을 시작했다. 천주교정의구현전국사제단 결성에 참여하면서 유신독재 반대투쟁에 나섰다. 1976년 원주 원동성당에서 열린 신·구교 합동기도회에서 함세웅·문익환 등과 함께 〈원주선언〉을 발표했으며 3.1민주구국선언 사건으로 옥고를 치렀다. 1985년 민주통일민중운동연합(민통련)에 참여하여 6월민주항쟁에 크게 기여했다. 이태영(1914~1998)은 대한민국 최초의 여성 법대생이고 최초의 여성변호사였다. 1956년 여성법률상담소를 설립하는 등 여권 신장을 위해 노력했고 '민주회복국민선언'과 '3.1민주구국선언'에 참여했으며 가족법 개정, 호주제와 동성동본 금혼 폐지 등 성평등 입법 활동에 크게 기여했다. 장면 정부 외무부장관이었던 정일형이 배우자였고 여러 차례 국회의원을 한 정대철이 아들이다.

서남동(1918~1984) 목사는 한국기독교장로회 소속으로 한신대와 연세대 신학과 교수로 일하면서 세계 신학의 흐름을 한국 교회에 들여왔다. 안병무 박사와 함께 한국적 민중신학을 개척했다는 평가를 받았고 유신독재를 비판하다가 대학에서 해직되었다. 한경직(1902~2000) 목사는 평안남도 평원 출신으로 1945년 월남해 영락교회의 전신인 베다니전도교회를 세웠다. 서북청년회 조직에 관여했고 기독교구국회를 조직해 반공주의를 열정적으로 전파했다. 5.16쿠데타가 나자 개신교 사절단을 이끌고 미국에 가서 쿠데타의 정당성을 설파하고 군사정권을 옹호했다. 인혁당 구명운동에는 참여했지만 사형 집행 후에는 태도를 바꾸어 반공과 구국을 내세운 대규모 연합기도회를 열었다. 1987년 6월민주항쟁 시기에도 대규모 반공 기도회로 열어 전두환 정권을 지원했으며 한국기독교총연합회(한기총) 명예회장을 지냈다. 인혁당재건위 사건이 조작이라는 것이 명백하다고 보았기 때문에 서명한 듯하다.

유시민　어느 분한테 제일 먼저 받으셨어요?

강순희　김수환 추기경한테 제일 먼저 받았어요.

유시민　한경직 목사가 눈에 띕니다. 보수파 목사로 유명하잖아요. 이북에서 와서 이승만 박정희 때 '반공' 내세우면서 정권과 가깝게 지냈죠.

강순희　그 사람한테 어떻게 도장 받았는지 알아요? 오글 목사랑 둘이 갔는데 인혁당 가족이 왜 당신 혼자냐 묻더라고요. 왜 다른 사람들은 안 왔냐는 거지. 그래서 대구 사람들은 올라왔다 내려갔다 하는데 어제 왔다가 내려갔다고, 서울 사람들도 다 애들이 어려서 내가 그 사람들 대신해서 얘기하는 거라고 했어요. 우리 얘기를 쭉 듣더니, 자기 교회 전도사도 그런 오해를 받은 적이 있다면서 흔쾌히 도장을 찍어주더라고.

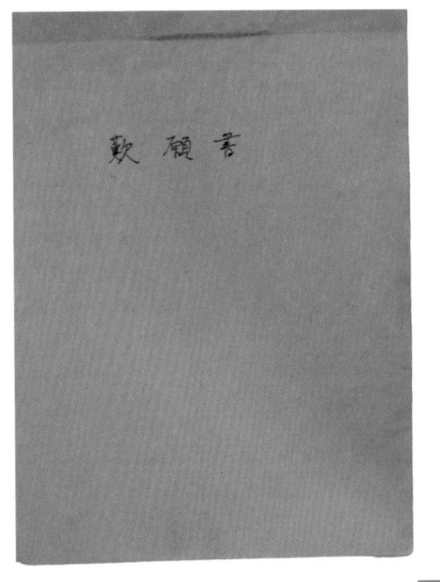

인혁당 사건 당시 1, 2심에서 사형을 선고받은 이들의 가족과 재야 사회단체 지도자, 유력 종교인들의 서명이 담긴 탄원서 사본. 강순희가 탄원서의 주문을 썼다.

민청학련 사건을 배후에서 조종하였다는 세칭 인혁당 재건에 묶여 사형선고를 받은 피고인들의 아내입니다. 저희들은 정부와 국민에게 남편을 죽이지 말고 공명정대한 재판을 하여 주실 것을 호소드리는 바입니다.
대법원 법관 제위에게 양심과 법의 정신에 입각하여 바른 판결을 내려주실 것을 호소드리는 바입니다. 귀하께서도 저희들의 이 호소에 동의하여 주시기를 엎드려 간청드리는 바입니다. - 가족 일동

民青學聯事件을 背後에서 操縱하였다는 嫌疑 人革黨 再建의 속에 死刑宣告를 받은 被告人들의 아내입니다.
저희들은 政府와 國民에게 男便을 죽이지 말고 公明正大한 裁判을 하여주실 것을 呼訴드리는 바입니다.
大法院 法官諸位에게 良心과 法의 精神에 立脚하여 바른 判決을 내려주실 것을 呼訴드리는 바입니다.
貴下께서도 저희들의 이 呼訴에 同意하여 주시기를 엎드려 간청드리는 바입니다.

家族 一同

禹洪善 의妻 漆順礼
李銖朱　〃　李貞淑
金鑄元　〃　柳永玉
都禮鍾　〃　申東淑子
徐丁道源　〃　申襄秀
宋河呂　相在正　振完男　金辰英　李

有志一同

김수환 추기경
김관석 목사
함석헌
李　
이 해 영
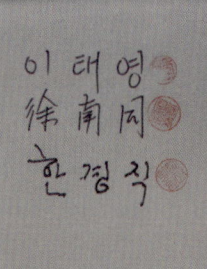

甲文正鉉
지정환
강신명
申銑鶴

이 태 영
徐南同
한경직

미국으로 보낸 쌍가락지

유시민 진보 보수를 따지지 않고 우리 사회를 이끈 종교인들이 다 힘을 보탠 거네요.

강순희 그랬는데도 소용이 없었고 어떤 분은 그 일로 고초를 겪었어요. 오글 목사가 정보부에 끌려갔어. 그런데 그분이 갔다 와서 하는 말이 정보부가 내세운 증거가 달랑 라디오 하나더라는 거야. 이제 당신들 말을 전적으로 믿는다고 했지. 처음에는 우리가 남편들한테 유리하게 말했을 거라고 생각했던가 봐요. 그러면서 당신 남편들 위험하다고 하는 거예요. 미국 키신저 국무장관이 왔을 때도 미국 대사관에 가서 만나고 와서 당신 남편들 위험하다고 했거든. 1974년 11월 22일에 그 사람이 포드 대통령하고 같이 우리나라에 왔어. 그게 무슨 이야기였겠어요? 박정희가 죽일 거라는 걸 알고 있었다는 거야. 포드도 죽일 놈이야. 그자가 묵인해 줬으니까 죽였지. 미국 대통령이 반대했어 봐. 죽일 수 있었겠어요?

유시민 미국 책임을 물을 일이 5.18 하나만 있는 게 아니었어요.

강순희 정말 화나는 일이에요. 오글 목사도 결국 쫓겨났잖아요. 12월 14일에 추방했어요. 그때 그 부인이 교회에서 연설했죠. 인혁당 가족들 도와주는 게 자기들 도와주는 거라고 했어요. 우리가 정말 힘들었거든. 마태진* 목사도 있었어요. 둘 다 미국인이고 감리교 목사였죠. 감리교가 보수적인데도 우리 애들 학비와 생활비를 지원했어요. 기자들 섭외하고, 장소 제공하고, 신문에 기사 나게 했고요. 정말 발 벗고 뛰었어요. 오글 목사와 마태진 목사는 절대 잊지 못해요.

＊마태진(Gene E. Matthews, 1933~)은 미국 아이오와 출신 선교사로 1956년 한국에 와서 1997년까지 대전연합봉사회·부산청년관·서울선교부 등에서 청소년 교육 활동과 선교 사업을 했다. 의사 문창모의 딸로 해주에서 태어난 부인 문인숙(Insook Matthews, 1929~2017)은 이화여대에서 영문학을 전공했고 남편과 함께 미국에서 신학과 사회복지학을 공부했다. 사창가의 인신매매 피해 여성들을 구하고 혼혈아동을 지원하는 등의 사회활동을 했던 문인숙은 은퇴 후 남편의 고향에서 다양한 봉사활동을 했으며 2017년 남편과 두 자녀를 두고 세상을 떠났다.

유시민　외신 인터뷰도 선교사들이 주선해 주었던 것이죠?

강순희　정보부 감시 피해 가면서 했어요. 일본 기자하고 미국 기자 인터뷰했던 게 생각나는데, 둘이 좀 달랐지. 일본 기자는 자기가 저녁을 사겠다고 해서 중국집에서 했어요. 내가 일본말을 좀 하니까 그럭저럭 의사소통이 됐죠. 끝나고 나니까 택시 타고 가라면서 5천 원을 주더라고. 미국 기자는 덕수궁 앞에서 만났어요. 「워싱턴포스트」 기자였을 거야. 덕수궁은 입장료가 있었어요. 내가 입장권을 2장을 끊었더니 기자가 딱 자기 표 값만 돈을 주는 거야. 내 것은 빼고. 일본이랑 미국이랑, 동양이랑 서양이랑 문화가 다른 게 재미있었어요.

유시민　미국 기자가 미국식으로 계산했네요. 미국 기자는 둘이 만나신 건가요? 기자가 우리말을 좀 했나요?

강순희　덕수궁 걸으면서 얘기하는데, 말이 안 통하니까 손짓발짓으로 했지, 뭐. 챙겨 간 사진이랑 유인물 건네주고. 그러면 대충 통하잖아요. 그래가지고 「워싱턴포스트」에 기사가 났어요.

오글 목사 추방을 규탄하고 귀국을 촉구하는 시위에 참석한 강순희. 왼쪽 현수막을 든 이.

유시민 외국인 선교사들은 인혁당재건위 사건뿐만 아니라 우리 현대사의 여러 대목에 등장합니다. 큰 영향을 준 경우도 있었고요.

강순희 내가 이북에서 서양 제국주의가 침략할 때 선교사를 앞세운다고 배웠는데, 배우긴 했지만 그대로 믿지는 않았어요. 우리집이 지주층이라 아무래도 사회주의 정권에 반감이 있었거든. 남쪽에 와서 보니까 외국인 선교사가 진짜 많아서 이북에서 배운 게 맞나 했어요. 오글 목사 연락 와서 처음 만날 때도 혹시 정보원 아닌지 의심했다고 했잖아요. 그분들은 진짜 선교사였어요. 우리를 그렇게 도와줬는데 추방당한다니까 고마운 마음을 어떻게든 표현하고 싶더라고. 돌아가서 자리 잡을 때까지 뭐 먹고살겠나 싶어서, 끼고 있던 쌍가락지 하나를 빼서 전해 달라고 경찰한테 부탁했어요. 금반지니까 팔아서 쓰라고요. 그랬더니, 이거 절대 안 팔고 남편 살아나올 때까지 끼고 있겠다고 하면서 새끼손가락에 꼈다 하더라고요. 그 반지는 남편이 해준 거예요. 사연이 있어. 결혼할 때 백금반지를 받았는데 손가락에 살짝 컸는지 목욕탕에서 잃어버렸어요. 남편이 나중에 직장 다니면서 여유가 생기니까 금으로 쌍가락지를 해줬어요.

유시민 쌍가락지 나머지 하나는요?

강순희 그건 한참 뒤에 연우무대*에 기부했어요. 연우무대가 '4월 9일'이라는 연극을 했어요. 1988년인가 그랬는데, 네 번 봤고 볼 때마다 울었어요. 그때 문성근 씨가 박정희 역을 했는데 내가 한마디 했어. '당신, 박정희 역으로 나왔는데 왜 그렇게 잘생겼어? 박정희 그 못된 놈을!' 연우무대가 작은 극단이라서 뭐든 하나 기부하고 싶었지.

쌍가락지 남은 하나를 극단에 줬어요. 남편이 사준 쌍가락지를 그렇게 보낸 거야.

* 극단 연우무대는 1977년 서울대 문리대 창작희곡 읽기 모임으로 출발했으며, 날카로운 사회 풍자 창작극으로 연극계에 새로운 바람을 불어넣었다. 문성근은 1985년 황석영의 동명 소설을 각색한 작품 〈한씨연대기〉로 연극무대에 데뷔했으며 1988년 인혁당재건위 사건을 다룬 연극 〈4월 9일〉에 박정희 역으로 출연했다. 민주화 이후 SBS TV의 시사 다큐 〈그것이 알고 싶다〉를 진행했으며 2002년 대선에서 노무현 후보를 공개 지지했다. 노무현 대통령 서거 후에 '백만송이 국민의 명령'이라는 단체를 결성해 야당 통합운동을 벌였으며 문재인 대통령 당선 뒤부터는 연기 활동과 부친 문익환 목사 추모사업 등에 전념하고 있다.

유시민　잘하셨습니다. 제임스 시노트* 신부도 인혁당 사건 때문에 강제 출국 당했습니다. 오글 목사님 추방당한 다음해, 1975년 4월 30일이었어요.

* 제임스 시노트(James Sinnott, 한국 이름 진필세, 1929~2014)는 미국 뉴욕주 출신 신부로 1960년 한국에 왔다. 지학순 주교 구명운동과 천주교정의구현사제단 결성에 참여했고 인혁당재건위 사건 구명운동에도 힘을 보탰다. 사형 집행을 비판하다가 추방당해 미국으로 돌아간 뒤에도 박정희 정권의 인권 유린 고발 활동을 계속했다. 추방 14년 만이었던 1989년 인혁당 희생자 추모행사에 참석했고 2002년 해외 민주인사 초청사업으로 서울에 머물다 선종했다.

강순희　그랬죠. 그이 죽고 나서였어요. 그 신부님은 4월 8일 법정에서도 우리하고 함께 항의하다 끌려 나갔어요. 신부님 발이 엄청 컸던 게 기억나요.

유시민　시노트 신부가 인혁당 사건으로 박정희 정권을 세게 비판했어요. 박정희는 국내 정치에 개입하는 외국인 선교사가 미웠겠죠. 김종필 총리가 외국인이 내정에 간섭한다고 비난하기도 했습니다. 선교사들 감시하면서 정보부에 잡아가 조사하기도 했고요.

강순희　수녀님들도 많이 도와줬어요. 노꼬레* 수녀님은 기억나는데 다른 분들은 기억이 나질 않네요. 다른 선교사도 많았는데 이름을 다 잊었어.

* 노꼬레(Colette Noir, 1934~) 수녀는 프랑스 사람으로 1962년 가톨릭 자선단체인 '국제형제회' 소속으로 한국에 와서 민주화와 노동자·철거민·빈민의 인권 개선 사업에 헌신했다. 광주항쟁 때 계엄군이 저지른 만행을 외부에 알리는 활동을 했다가 체포되어 조사를 받았다. 서울의 빈민가에 살면서 가난한 이들을 돕다가 2016년 모국으로 귀환했다.

증거도 재판도 다 조작이었다

유시민　어머니가 숙명여대 도서관에서 1차 사건 자료를 찾으셨죠? 중요한 자료였다고 평가하는 분이 많더군요.

강순희　나는 1차를 겪었으니까, 재판도 했으니까, 10년 전 사건이 어떻게 진행되었는지 알았어요. 다른 부인들은 잘 몰랐죠. 10년 전 신문기사가 많았는데 내가 그걸 기억하고 자료를 찾아야겠다고 생각했어요. 마침, 여동생이 숙명여대 직원이었어. 김한덕* 씨 부인한테 같이 가자고 했지. 그이가 옛날에 기자 생활도 했다던데 그때는 꽃 장사

하느라고 잘 안 나왔었어요. 둘이 숙대 도서관 가서 신문 열람하러 왔다고 하니까 묻지도 않고 들여보내 주대. 내가 안경을 끼고 있어서 교수처럼 보였나? 둘이서 지난 신문을 뒤져서 경향신문 기사를 다 복사해 갖고 나왔어요. 네 시간 걸렸지.

* 김한덕(1931~2020)은 부산 태생으로 동국대학교에서 법학을 공부했다. 사회대중당과 민자통에서 활동했고 인혁당 1차 사건으로 징역 1년 형을 받았다. 2차 사건에서 무기징역형을 받고 복역하다가 1982년 특별사면으로 풀려난 후 민자통 상임의장과 범민련 부의장 등을 역임하면서 통일운동에 일생을 바쳤다. 강순희와 함께 숙명여대 도서관에서 자료를 찾은 김한덕의 부인 장칠송은 독립운동가 장건상의 조카인데, 남편의 장기 구속 등 어려운 환경에서도 딸과 아들을 하나씩 낳아 훌륭하게 길러냈다.

유시민　그때는 인터넷도 없었고 10년 전 신문을 집에 보관하는 경우도 없었으니까 도서관 가서 복사할 수밖에 없었던 거죠.

강순희　복사해 온 걸 나도 다시 자세히 봤어요. 1차 사건 때 정보부랑 검찰이 막 밀어붙였는데, 국회에서 비판했고 검사들도 기소 못 하겠다고 사표를 냈을 정도로 말이 안 되는 거였어요. 1차 사건인 그 '인민혁명당 사건' 자체가 엉터리 조작이었다는 말이지.

유시민　1차 '인혁당 사건'이 조작이면 2차 '인혁당재건위 사건'도 당연히 조작 사건이 되는 것이었으니까요.

강순희　보니까 정보부 놈들 중에 이용택*이라는 이름이 1차 때도 있었어요. 1차 때 정보부 5국 대공과장으로 수사를 맡아서 했던 그놈이 언제 승진했는지 2차 때는 정보부 6국장이랍시고 나와서 지휘를 했어. 또 1차 때 검찰총장이었던 신직수**가 2차 때는 중앙정보부장이에요. 검찰과 정보부 놈들이 1차 2차 똑같은 거야. 그놈들이 그놈들이야. 그래서 10년 전 1차 사건이 이렇게 조작되었던 거다, 그리고 지금 2차는 이 돌대가리 정보부 놈들이 그걸 한약 재탕하듯이 우려먹는 거다, 이렇게 정리해서 호소문을 썼어요. 얼마나 머리가 안 돌아가면 조작을 하면서 10년 전 것을 재탕해? 그런 수준이니까 내가 돌대가리라고 하는 거예요. 그걸 명동성당에서 목요기도회*** 할 때 읽었어요. 1975년 1월 9일이었지.

* 이용택(1930~)은 경북 달성군 태생으로 단국대를 나와 중앙정보부에 들어갔다. 1차 사건 때는 5국 대공과장으로, 2차 사건 때 6국장으로서 인혁당 사건 조작을 주도했다. 대한지적공사 사장을 거쳐 11대·12대 총선에서 경북 달성·고령·성주 선거구에 무소속으로 출마해 두 번 모두 민정당 후보와 동반 당선했다. 1987년 민정당에 들어간 이후에는 매번 낙선하거나 공천에서 탈락했고 1997년 대선 직전에는 새정치국민회의에 입당해 김대중 후보를 지지했다. 이후 눈에 띄는 활동이 없었으나 2025년 7월에는 김문수를 국민의힘 당대표로 지지하는 209인의 전직 의원 명단에 이름을 올렸다.

** 신직수(1927~2001)는 충남 서천 출신으로 박정희가 사단장이던 시절 법무참모였던 인연을 지렛대로 삼아 국가재건최고회의 의장 박정희의 법률고문을 맡았다. 중앙정보부 차장을 거쳐 최연소 검찰총장이 되었던 그는 1971년 법무부 장관이 되었다. 1973년 중앙정보부장으로 취임한 뒤 민주화운동을 감시 탄압하는 제6국을 대폭 강화해 인혁당 사건을 비롯한 공안사건을 조작했다. 1976년 퇴임해 법무법인의 대표 변호사로 활동했고 숱한 국가훈장을 받으면서 천수를 누리고 죽었다.

*** 목요기도회는 핍박받는 사람들을 위해 목회자들이 열었던 기도모임으로 74년 7월18일 오후 2시 허병섭·김상근·이해동·문동환 목사와 구속자 가족 등

22명이 기독교회관 2층 소회의실에 모여 민청학련 사건과 긴급조치 위반 구속자들을 위한 기도회를 연 데서 출발했다. 목요기도회에 모인 가족들은 구속자가족협의회를 만들어 진상 규명과 석방 요구 운동을 벌였다. 공안당국의 방해 때문에 여러 종교시설을 전전하던 목요기도회는 박정희가 긴급조치 9호를 발표해 모든 집회를 금지한 가운데 1976년 5월3일 금요일 오후 6시 기독교회관에서 열렸던 모임에서 금요기도회로 전환했다. 금요기도회는 노동자·농민·도시빈민의 인권으로 관심을 넓혀 정권의 탄압에 직면한 평화시장과 방림방적 노동자들을 위해서 활동하는 등 김재규 중앙정보부장이 박정희 대통령을 사살해 비상계엄이 선포된 1979년 10월 26일 금요일까지 모임을 멈추지 않았다. 금요기도회는 천주교정의구현사제단의 평화 미사와 함께 쫓기는 자들이 몸을 숨기고 정보를 교환할 수 있는 피난처가 되어 가장 춥고 어두웠던 시기에 민주주의에 대한 열망을 보듬고 희망의 불씨를 지켜냈다는 평가를 받는다.

유시민　그때 목요기도회는 단순한 종교행사가 아니라 반정부 집회이기도 했습니다. 집회를 못 하게 하니까 기도회를 열어서 소식을 나누고 토론도 하고 했지요.

강순희　기도회에서 호소문 읽게 해 달랬다가 거절당한 적이 많아요. 우리가 나타나면 피하는 사람도 있었어. 유신정권 때는 끌려가고 죽고 다치는 일이 다반사였으니까 다들 숨죽이고 살았죠. 인혁당 사건은 박정희가 친북이라는 딱지를 씌워놔서 야당과 시민사회단체도 지원하기 어려웠어요. 되도록 거리를 두려고 했지. 그나마 외국인 선교사들이 있어서 목소리를 낸 거죠. 그래도 우린 끈질기게 참석했어요. 억울한 사정 호소할 곳이 거기밖에 없었으니까. 정식 식순에 넣어주지 않으면 다 끝난 뒤에 잠깐 마이크 잡고 얘기했어요. 우리 이야기 들어달라고, 억울해 죽겠는데 왜 말할 기회를 안 주냐고 했지. 사람들이 외면해도 우린 꿋꿋하게 소리쳤어요.

유시민　그 호소문은 정보부에서도 다르게 봤을 것 같습니다. 그냥 살려달라고 호소하는 게 아니라 사건 자체를 허위 조작이라고 주장했으니까요.

강순희　그렇게 구체적으로 따지면서 조작이라고 하니까 누가 조종하는 거라고 생각했나 봐. 아녀자들이 이렇게 할 수 있냐는 거지. 그 놈들이 한 집씩 불러다 조사를 했어요. 엄마들 한 명씩 따로따로, 동우엄마 민환엄마* 다 끌려갔다더라고. 나도 서부경찰서 형사들이 와서 가자는데 안 가고 버텼어. 지금 피곤해서 못 간다고 하면서 영장 가져왔냐고 했지.

* 민환엄마는 김용원(1935~1975)의 아내 유승옥이다. 김용원은 도쿄에서 태어나 광복 직후 부모의 고향 경남 함안으로 돌아왔다. 부산고를 거쳐 서울대 물리학과를 졸업하고 고등학교 교사가 된 그는 이수병·김금수 등과 함께 혁신계 정치활동을 했다. 1차 사건 때는 조사를 받는 데 그쳤으나 경기여고에 재직하다가 맞은 2차 사건으로 목숨을 잃었다. 민환엄마는 이수병의 아내 동우엄마와 더불어 강순희가 가장 가까이에서 서로를 위하며 인고의 시간을 견뎌낸 인생 동반자였다.

유시민　당연히 영장이 있어야 하지만 그때는 그런 절차 없이 마구잡이로 끌어가지 않았나요?

강순희　영장도 없는데 왜 내가 따라가야 하느냐면서 이틀을 버텼어요. 그러는 사이에 신문에 기사가 났어. 「한국일보」였는데 '경찰이 영장 없이 데려가려고 하자 우홍선 부인이 완강히 거부하고 있다.' 뭐,

이렇게 난 거야. 그렇게 시간을 끄는데 동우엄마가 풀려나서 우리집에 왔어요. 가서 조사받은 얘기를 하는데 때리기까지 했다는 거야. 나도 결국은 끌려갔어요. 그게 1975년 1월 13일 밤 10시쯤이었어.

유시민　영장을 받아왔던가요?

강순희　영장은 무슨 영장! 나중에 데려다줄 테니 자기네랑 같이 가자는 거야. 가서 잠깐만 얘기하면 된다면서. 양팔을 붙잡고 끌고 가기에 내가 버티면서 막 소리를 질렀어. '동네 사람들! 죄 없는 사람 강제로 납치해 가는 거 구경 좀 하시오!' 그랬더니 우리 애들이 울면서 내 몸을 붙들더라고. 아빠도 잡아가더니 엄마까지 잡아가면 우리는 어떻게 사느냐고 하면서. 애들이 다리를 잡아당기니까 몸이 찢어질 것 같았어요. 그 밤에 동네 사람 다 나와서 보고, 난리가 났죠. 진짜 우리 살던 골목은 조용한 날이 없었어요. 목사님이나 신부님이 우리집에 오려고 하면 경찰과 정보부 놈들이 못 오게 하고, 그러면 우리가 나가서 그놈들하고 싸우고 했거든. 결국 신발도 없이 차에 실려서 정보부에 갔는데, 다시 데려다주겠다고 했던 형사들이 그냥 돌아가는 거야. 욕을 해줬지. '야! 대한민국 경찰, 거짓말쟁이들아! 도로 데려다준다더니 너네는 여기 들어가지도 못하냐?'

유시민　중앙정보부 조사는 어땠습니까?

강순희　자리에 앉아 울기부터 했지. 내가 원래 잘 울어요. 막 우니까 왜 우느냐는 거야. 당신 같으면 눈물 안 나오겠냐고, 남편 데려가서 저렇게 사형시킨다고 하고, 지금 집에 애들만 있는데 나까지 데려오지 않았냐고 따졌어. 찍 소리 않더라고. 그러면서 명동성당에서 읽은 호소문을 탁

내놓는 거야. 내가 쓴 글을 문제 삼는 거죠. 누가 하자 했냐고 묻더라고.

유시민   소위 배후 수사라는 걸 했네요. 뒤에서 조종하는 게 누구냐는 거죠. 뭐라고 하셨어요?

강순희   하자고 하긴 누가 하자 하냐고, 내가 다 했다고, 내 남편 재판받은 거 본 것만으로도 누구한테든 혼자 얘기할 수 있다고, 너희들이 가장 무서워하는 미국 대통령 앞에서도 다 얘기할 수 있다고 했어. 진짜였어요. 내용을 훤히 알고 있고 달달 외울 정도였으니까, 누구를 만나도 다 말할 수 있었어요. 재판 과정도 머리에 다 들어 있었고요. 누가 시비 걸어도 다 대꾸할 수 있었어. 자기들이 봐도 내가 내용을 쫙 꿰고 있는 것 같고 막힘없이 술술 얘기하니까 내가 쓴 게 맞다고 생각했나 봐. 배후에 대해서는 더 안 묻더라고. 웃긴 게 1차 사건 때 검사들이 기소 거부한 걸 그놈들이 모르더라니까. 어떤 검사가 그랬냐고 나한테 묻는 거야. 진짜 어처구니가 없어서! 근데 어떤 졸병 놈이 내가 어떤 집 남편에 관한 내용을 마음대로 썼다면서 죽이기라도 할 것처럼 덤비는 거예요. 그 부인은 그런 말 한 적 없다고 했다면서, 너 잘 걸렸다는 식으로 호통을 치는 거야.

유시민   약점을 잡았다고 생각했나 보네요.

강순희   난 내 남편 이야기만 해도 충분했지만 다른 부인들이 자기 남편들 내용도 넣어 달라서 불러주는 대로 받아썼어요. 그뿐이야. 다만, 그 집 남편 얘기 중에 어떤 것은 그 부인이 아니라 다른 사람이 서로 이야기하면서 '당신 남편이 이러이러했다'고 말한 거였어. 난 그대로 받아 적었던 것일 뿐인데 그러니까 어이가 없더라고.

유시민　어쨌든 그 부인 자신이 말한 것은 아니니까 그렇게 말했을 수도 있겠지요. 그 정보부 졸병은 그걸 빌미 삼아 마치 어머니가 없는 사실을 꾸며낸 것처럼 몰아간 것이고요.

강순희　그래서 내가 말했지. 나는 내 남편 이야기만으로도 어디 가든 충분히 호소할 수 있는데 이게 뭐 대단한 내용이라고 조작해서 쓰겠냐고, 그 부인이 안 했다면 옆에서 다른 사람이 얘기했을 거라고, 아무튼 누구든지 말한 사람이 있었으니까 내가 받아썼던 거라고 했어. 그랬더니 나 조사하던 계장이 그 졸병 놈한테 눈짓하더라고. 그러니까 그놈이 물러갔어.

유시민　중앙정보부 서슬이 시퍼렇던 시절이었는데도 기죽지 않고 말씀하셨네요.

강순희　진짜 이야기는 지금부터예요. 그놈들이 공판 기록 조작한 걸 내가 잡아냈거든. 그놈들이 공판 기록을 내밀면서, 당신 남편이 이렇게 인혁당 들어갔다고 인정하는데 당신은 왜 아니라 떠들고 다니냐는 거야. 그래서 내가 상식적으로 얘기해 보자고 했어. 어떤 미친놈이, 인정하면 죽을 게 뻔한데도 '예' 하겠느냐고. 그건 말이 안 된다고 했지. 나는 재판 들어가서 봤지만 당신네는 거기 없지 않았냐고, 나는 '아니오' 소리를 분명히 들었는데 여기는 '예'로 되어 있으니 공판 기록도 조작한 것 아니냐고 따졌어요.

유시민　그때는 조작이 일상이었죠. 그래도 공판 기록까지 조작한 걸 들켰으니 그 사람들 속으로는 뜨끔했을 겁니다. 중앙정보부에 잡혀 와서 기 안 죽는 사람도 별로 못 봤을 것이고요.

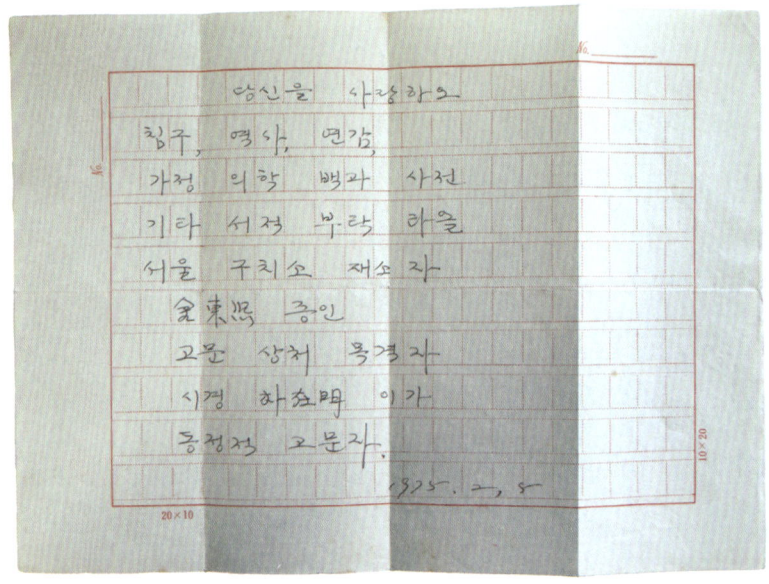

박정희 정권은 인혁당 수감자에 대해 면회를 허가하지 않았다. 위 메모는 우홍선이 변호인을 통해 강순희에게 보내온 메모이고, 아래 기사는 강순희가 남편의 공판조서가 실제 법정 진술과 다르게 기재되어 있다는 걸 밝히고 공정재판을 탄원하고 있다는 동아일보의 보도다.

강순희　내가 계속 따지니까 안 되겠다 싶었는지, 뭐라더라? 날 '사장님'한테 보낸대. 아, 이제 고문을 하려는구나, 죽겠구나 싶더라고. 그렇지만 '그래, 어차피 이리 된 거, 죽기밖에 더 하겠냐' 하는 마음으로 갔어요. 그래도 고문을 하진 않더라고. 그 '사장님'이라는 놈이, 자꾸 조작이라 말하고 다니지 말라는 거야. 그래서 내가 받아쳤지. 만약에 당신이 사형당하게 생겼으면 당신 와이프가 가만히 앉아만 있겠냐고. 당신들 정치적 목적으로 잡아넣은 것까지는 이해하겠는데, 그래도 무기징역을 줘야 사람이 나올 희망이라도 있지 사형은 너무 하는 것 아니냐고, 이 중에서 한 사람도 죽이면 안 된다고 했어요. 결국 풀려났어. 맨발이니까 슬리퍼 하나 주고 택시 태워 보내더라고. 말은 그렇게 했지만, 사실 난 그날까지도, 우리 그이, 그래도 죽지는 않을 줄 알았어요.

법원과 언론, 그리고 4월 9일의 참극

유시민　무사히 풀려나신 게 천만다행입니다. 얼마나 오래 붙잡혀 계셨던 거예요?

강순희　이틀이었어요. 48시간. 나와서 바로 변호사하고 공판 기록을 확인했더니 진짜로 재판정에서 나온 이야기랑 다른 게 있는 거예요. 모든 게 조작이구나 싶었죠. 바로 '중앙정보부 6국 강제연행 48시간'이란 제목으로 글을 써서 며칠 뒤 기독교회관 기도회에서 읽었어요. 1월 21일이었지. 정보부에 잡혀갔던 거랑 공판 기록 조작 확인한 걸 다 폭로했어. 사실 공판 기록을 조작했다는 건 함부로 할 수 없는 이야기였어요. 그렇지만 나는 정보부 조사받으면서 내 눈으로 봤으니까 주장할 수 있었어. 공판 기록이 잘못되었으니 바로잡아서 공정하게 재판해 달라고 어딜 가든 호소했고 대법원장한테 진정서도 보냈어요. 변호사 확인서, 『해방 20년사』*라는 책에 1차 사건이 조작이라고 나온 것, 정보부에 48시간 동안 강제 연행된 일, 수사관하고 일문일답하면서 공판 기록 조작 알게 된 경위까지 자료를 다 보냈어요. 법원 윗대가리들한테 내용증명도 보냈고요. 공판 기록이 거짓이라고, 재판이 잘못됐다고 말했어요.

* 강순희가 말한 책은 해방 이후 1964년까지 일어난 중요한 정치사회적 사건에 대한 신문기사를 편집한 『解放二十年史 : 新聞記錄에 依한 大事件의 集大成!』(李丙燾, 趙豊衍, 金永上, 申相楚, 文熙奭 편집, 希望出版社, 1965)을 가리키는 것으로 보인다.

유시민   사건도 공판 기록도 다 정권 차원에서 조작했어요. 그래서 폭로해도 바로잡기는 어려웠습니다. 그렇지만 정말 용감하게 싸우셨어요.

강순희   우린 막무가내로 싸우지 않았어요. 서류를 만들어서 정식으로, 법 절차에 따라서 싸웠어요. 우리 남편 변호인 김종길* 변호사하고 이수병 씨 변호인 조승각* 변호사가 근거를 다 갖춰서 문서로 냈죠. 정보부에서 보니까 공판 기록에는 이렇게 저렇게 되어 있었는데 실제 재판에서는 진술이 어떠했는지 변호사들이 다 확인하고 대조해서 보냈어요. 생각나는 게 하나 더 있어요. 우리 남편이 김상한**이라는 간첩을 보냈다고 되어 있는데 그것도 사실이 아니에요. 그 사람에 대해서는 변호사 변론에도 나와 있어요. 변호사가 뭐라고 했냐면, 김상한이 부산 동아대 교수이고 고성에서 국회의원에 출마했던 사람이고, 또 자기 친구래요. 미국 CIA가 북쪽으로 보낸 사람이지 우리 남편과는 아무 상관 없다고 했어요. 남편과는 그냥 같은 고향 사람일 뿐이야. 그래서 그 사람이 남편과 무관하다는 증거를 찾으려고 내가 부산 가서 동아대 도서관에서 그 사람이 쓴 책도 찾고 고성에서 국회의원 나갔던 서류도 다 찾아서 제출했어요.

* 김종길·조승각 변호사는 공판 기록이 조작되었다고 주장했다는 이유로 중앙정보부에 연행되어 조사를 받았다. 가족과 두 변호인이 필사적으로 노력했지만, 민복기 대법원은 피고인들이 인혁당 가입 사실을 시인한 것처럼 조작한 공판기록을 근거로 삼아 피고인들의 상고를 기각해 사형선고를 확정했다.

** 김상한은 중앙정보부가 '남파간첩 김영춘'이라고 발표한 인물이다. 중앙정보부는 '김영춘이 남파되어 인혁당을 조직했고 1962년 5월 사업보고와 자금조달을 위해 월북했다'고 주장했다. 하지만 김영춘은 다른 대북정보기관이 특수공작 임무를 주어 북파한 사람이었다. 동아대학교 교수였고 4.19 직후 사회대중당 후보로 민의원에 출마했다 낙선한 적이 있는 그는 1962년 종적을 감추었다. 2005년 국정원 진실위원회의 보고서에 따르면, 당시 중앙정보부는 김상한이 북파간첩인 것은 몰랐으나 적어도 남파간첩이 아니라는 사실은 파악하고 있었다. 후일 국가정보사령부는 김 씨의 가족에게 북파 사실을 통지했고 법원은 남파간첩이라는 누명을 씌운 데 대해 국가가 손해배상을 하라고 판결했다.

유시민　　법적으로, 제도적으로, 가능한 방법을 다 동원하셨네요. 결과적으로 소용이 없었지만요.

강순희　　그때 대법원장이 민복기*였어요. 우리나라가 재판을 제대로 하는 나라였으면, 정상적인 법치 국가였으면, 우리 남편 절대 안 죽었어요. 만약에 남편이 결백하다는 증거가 없어서 그렇게 됐다면 차라리 덜 분할 거예요. 정보부 놈들이 대꾸 한마디 못 하게 하나하나 다 밝혀서 신문에 내고 그놈들에게 보냈는데, 그래도 사람을 죽였잖아요. 그래서 더 분해. 이게 무슨 사람 사는 세상이냐고!

* 민복기(1913~2007)는 이완용의 사돈이자 자신도 일제 귀족 작위를 받았던 민병석의 아들로 경성에서 태어나 고등문관시험 사법과에 합격하고 경성제국대학 법학부를 졸업한 다음 경성지방법원 판사가 되었다. 미군정청 법률심의국장을 거쳐 이승만·박정희 정부의 법무부 검찰국장, 서울지검장, 대통령 비서관, 법무부 차관, 검찰총장, 법무부장관으로 승승장구하다가 1968년부터 10년 넘게 대법원장 자리를 지켰다. 두 번째 임기에 인혁당재건위 사건 상고를 기각해 사형에서 징역 15년까지 모든 피고인의 형을 확정했던 그는 1978년 정년퇴임하면서 '내 재임 시의 공과는 후세의 역사가 심판할 것'이라고 했다. 전두환의 국정자문회의 위원 위촉을 받아들였고 국정자문회의 위원직도 수행했던 민복기의 인생에 대한 평가는 이미 내려졌다. 민족문제연구소의 친일인명사전에 부친과 나란히 올랐던 민복기의 이름은 대한민국이 존속하는 한 영원히 박정희가 자행한 '사법살인'의 하수인으로 역사에 남을 것이다. 당시 대법관은 민복기·홍순엽·이영섭·주재황·김영세·민문기·양병호·이병호·김윤행·임항준·한환진·안병수·이일규 등 13명이었으며 반대 의견을 낸 사람은 이일규 한 사람뿐이었다는 사실을 덧붙여둔다.

유시민   요즘 법원은 그때보다는 좀 믿을 만하다고 보세요?

강순희   박정희 때 대법원장 민복기야 뭐 말할 것도 없이 개똥 같았고. 요새 법원은 그래도 그때보다는 나은 것 같아요. 옛날 같지는 않다. 그래서 앞으로 우리나라에 희망이 있다고 봐요. 민복기는 이름을 기억해 둬야 하는 사람이에요. 대법원장한테 진정서 냈다는 게 「동아일보」에 났어요. 1975년 2월 6일에요. '정보부 6국 강제연행 48시간'이란 글도 동아일보 기자였던 이부영* 씨가 〈여성동아〉에 실어주겠다고 했는데 '동아일보 사태'**로 해직되는 바람에 못 했어.

유시민　이부영 씨가 나중에 동아자유언론수호투쟁위원회*** 위원장으로 언론자유 운동을 이끌었지요.

* 이부영(1942~)은 서울에서 태어나 서울대 정치학과를 졸업하고 동아일보 기자가 되었다. 동아자유언론수호투쟁위원회를 결성해 박정희 정권의 언론탄압에 대항하다 해고되었으며 긴급조치와 국가보안법 위반 등의 혐의로 여러 차례 옥고를 치렀다. 민주통일민중운동연합 상임위원장 등 민주화운동 단체의 간부로 전두환 정권과 싸우며 1980년대 재야 민주화운동을 이끌었으며 1992년 총선에서 국회의원이 되었다. 한나라당 원내총무와 열린우리당 당대표를 지내는 등 좌우를 오가면서 의회정치 발전을 위해 노력했다는 평가를 받는 그는 인혁당 사건의 진실을 외면한다는 비판을 진지하게 경청하고 사실 보도를 위해 애쓴 언론인으로 강순희의 기억에 오래 남았다.

** '동아일보 사태'는 1974년부터 다음해까지 동아일보사 내·외에서 이어진 일련의 사건을 가리킨다. 동아일보 기자들이 〈자유언론실천선언〉을 발표하고 긴급조치를 동원한 언론통제에 저항하자 박정희 정권은 기업에 압력을 넣어 광고를 거두어들이게 했다. 동아일보가 광고 면을 비운 채 신문을 발행하자 독자들이 광고비와 격려문을 보냈다. 강순희도 이때 광고비를 내고 남편한테 보내는 글을 실었다. 그렇지만 정부의 압력을 견디지 못한 동아일보 사주는 정권에 맞서 싸운 기자들을 대량 해고했다.

*** 1975년 해고당한 동아일보 기자들이 동아투위(동아자유언론수호투쟁위원회)를 결성해 복직과 언론자유 회복을 요구하는 투쟁을 시작했다. 동아투위는 시위를 하고 소식지를 발간하면서 시민들과 연대했고 1980년 전두환의 언론사 통폐합 때 쫓겨난 기자들과 함께 민주언론운동협의회를 설립해 6월민주

항쟁을 일으키는 데 기여했다. 민주화 이후 일부 회원들은 한겨레신문 창간에 주도적으로 참여했다.

강순희　이부영 씨는 자주 만나서 도움 많이 주셨어요. 언제였나? 내가 쓴 글을 보여줬더니 너무 자극적이라고, 내지 말라고 해서 그만둔 일도 있어요. 신문에 왜 우리 기사를 안 쓰냐고 기자들한테 항의하면서 이부영 씨를 알게 됐어요. 내가 그랬거든. 구렁이 어쩌고 하는 기사는 신문에 크게 내면서 사람 여덟 명이 죽는 건 왜 기사 하나 안 내냐고 말이야.

유시민　인혁당 사건은 중앙정보부에서 언론 통제를 많이 했어요. 기자들이 기사를 쓰고 싶어도 마음대로 쓸 수가 없었죠.

강순희　명동 YWCA*에서 인혁당 사람들을 위한 기도회를 연 적이 있어요. 그게 1974년 8월이었는데 내가 취재하러 온 기자들 멱살 잡고 막 뭐라고 했어. 사람이 죽게 생겼는데 기사 한 줄 싣지 않는 너희가 무슨 기자냐고 말이야. 기사도 안 낼 거면서 취재는 뭐 하러 와! 이부영 씨한테도 그랬죠. YWCA 기도회 기사도 못 쓰면서 무슨 기자냐고. 그러니까 죄송하다 하고 가더니 '인혁당 사건 우홍선 씨 부인이 YWCA 기도회에 왔다'라고 처음으로 기사를 내줬어요. 그때 나한테 항의를 받고 부끄러웠다는 얘기를 한참 뒤에 「동아일보」에 썼더라고요.

* YWCA(기독교여자청년회)는 19세기 영국에서 여성 기독교인들이 설립한 단체이다. 100여 개 회원국을 두었고 본부는 스위스 제네바에 있으며 여성 인권·교육·환경·평화를 실현하는 것을 목표로 삼는다. 한국YWCA연합회는 1922년 조선여자기독교청년회로 창립해 2년 뒤 세계YWCA에 가입했다. 초창

기에 여러 시설을 전전했던 목요기도회를 1974년 8월에 명동 YWCA회관에서 열었는데 그곳에서 강순희는 기사를 쓰지 못한다고 이부영 기자를 타박했다.

유시민　입을 틀어 막힌 언론과 침묵하는 기자를 꾸짖으신 것이었어요. 그래도 그때는 양심에 따라 사명감을 품고 일한 기자가 많았습니다. 「동아일보」 기자들이 유신독재에 맞서 '자유언론 실천선언'을 발표하기도 했죠. 박정희 정권이 기업을 협박해서 광고를 끊게 만드는 방식으로 「동아일보」를 탄압했습니다. 광고가 없어진 자리를 비워두고 신문을 찍는 '백지 광고' 사태가 일어났고 시민들이 돈과 글을 보내서 광고란을 채웠죠. 어머니도 격려 광고를 내셨더라고요. 1975년 2월 8일 「동아일보」에 이렇게 글을 실으셨던데 기억하시죠?

여보! 그동안 얼마나 고생이 많으십니까. 그 어느 때와도 변함없이 진심으로 당신을 사랑합니다. 우리들이 당한 인권유린과 억울함, 이 모든 감당하기 어려운 정신과 육신의 고통을 서로 사랑하는 마음으로 이겨나갑시다. 안정과 평안이 보장된 내일을 고대하며 사는 것이 아니라 불안하고 고통스러운 오늘을 불만 없이 누리며 살아갑시다. 東亞를 비롯하여 온 겨레가 겪는 고난이기에…. 건강과 인내 아름다운 꿈을 잃지 마시기를 바랍니다. 당신을 사랑하는 것이 저의 삶의 전부입니다. 다시 만날 때까지 안녕히.

1975년 2월 8일
세칭 인혁당 관계로 사형선고를 받은 우홍선 피고인의 아내 강순희 올림

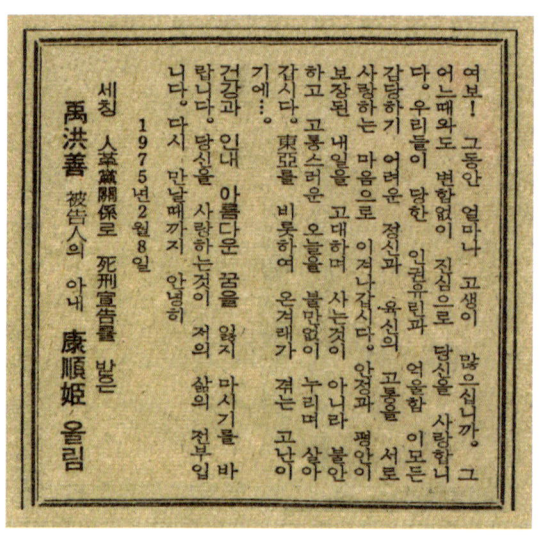

강순희 기억하고 말고요. 내가 썼는데요, 뭐.

유시민 이토록 절절한 사부곡을 쓰시고 두 달이 지나서 대법원판결이 나왔습니다. 1975년 4월 8일이죠. 그날 법정에 가셨죠?

강순희 재판받는 피고인들은 없는데 민복기가 자리에 앉더니 막 '사형! 사형!' 하고는 재판을 끝내더라고. 얼마나 기가 막히는지. 판사들이 나가려고 하기에 내가 '재판장님!' 하고 불렀어. 가만있을 수 없잖아요. 우리 남편은 대한민국 힘들 때 '5분 소위'로 나가서 당신네들이 말하는 험악한 적의 총을 맞고도 안 죽었는데, 너희들이, 이 대한민국 민주주의 국가가 이렇게 조작해서 그 사람을 죽이냐! 이 말을 하려고 내가 막 소리 질렀어. 다른 가족들도 다 일어나서 항의하고 그러니까, 판사 놈들이 똥구멍 빠지게 내빼더라고. 법원 직원들이 와서 양쪽에서 팔짱 끼고 법정에서 나가라는 거야. 갖고 있던 양산을 내리치면서 막 울었는데, 양산이 다 망가졌어요. 어떤 외국인이 자기 우산을 나한테 주더라고. 기자였던 것 같아요. 우리 가족들 다 중부경찰서로 끌려갔어요. 유치장에 넣지 않고 마당에 풀어놓더라고. 거기서 명동성당까지 걸어가면서 '박정희 살인마!' 막 했어요. 지나가던 사람들은 단체로 미친 줄 알았을 거야. 명동성당 가서 신부들 나오는 길목에 가서 주저앉았어요. 우리 남편들 살려달라고 울부짖었지. 김수환 추기경을 꼭 만나려고 밤늦게까지 기다렸어요. 추기경이 열두 시쯤 왔는데, 어디서 운동하고 오는지 운동복에 운동화 차림이었어. 어떻게 해서든지 이 사람들 죽이지만 않게 해 달라고 사정했죠.

유시민 그날 밤 집에 돌아가기는 하셨나요? 보통 사람은 상상할 수도 없는 일을 당하셨는데요.

강순희 억울해서 미칠 지경이었어요. 김수환 추기경 만나느라 늦게 들어왔는데 잠이 올 리 없었죠. 밤새 뒤척이다가 새벽에 설핏 잠이 들었는데, 이상한 꿈을 꿨어요. 기차가 가는데 맨 뒤 칸에 남편 얼굴이 싹 지나가는 거야. 어떻게 생겼는지 잘 보이지도 않고 그냥 쓱 지나가는…. 깨서 기분이 너무 안 좋았어요.

유시민 어떤 암시였을까요?

강순희 그건 모르겠는데, 아침에 일어나서 재심을 청구해야 한다고 생각했어요.

유시민 그게 1975년 4월 9일 아침입니다.

강순희 그 일은 새벽에 이미 벌어졌는데 나는 방송을 못 들어서 몰

1975년 4월 8일 대법원 판결 때 사형 선고에 울부짖는 강순희와 인혁당 사건 연루자 가족들.

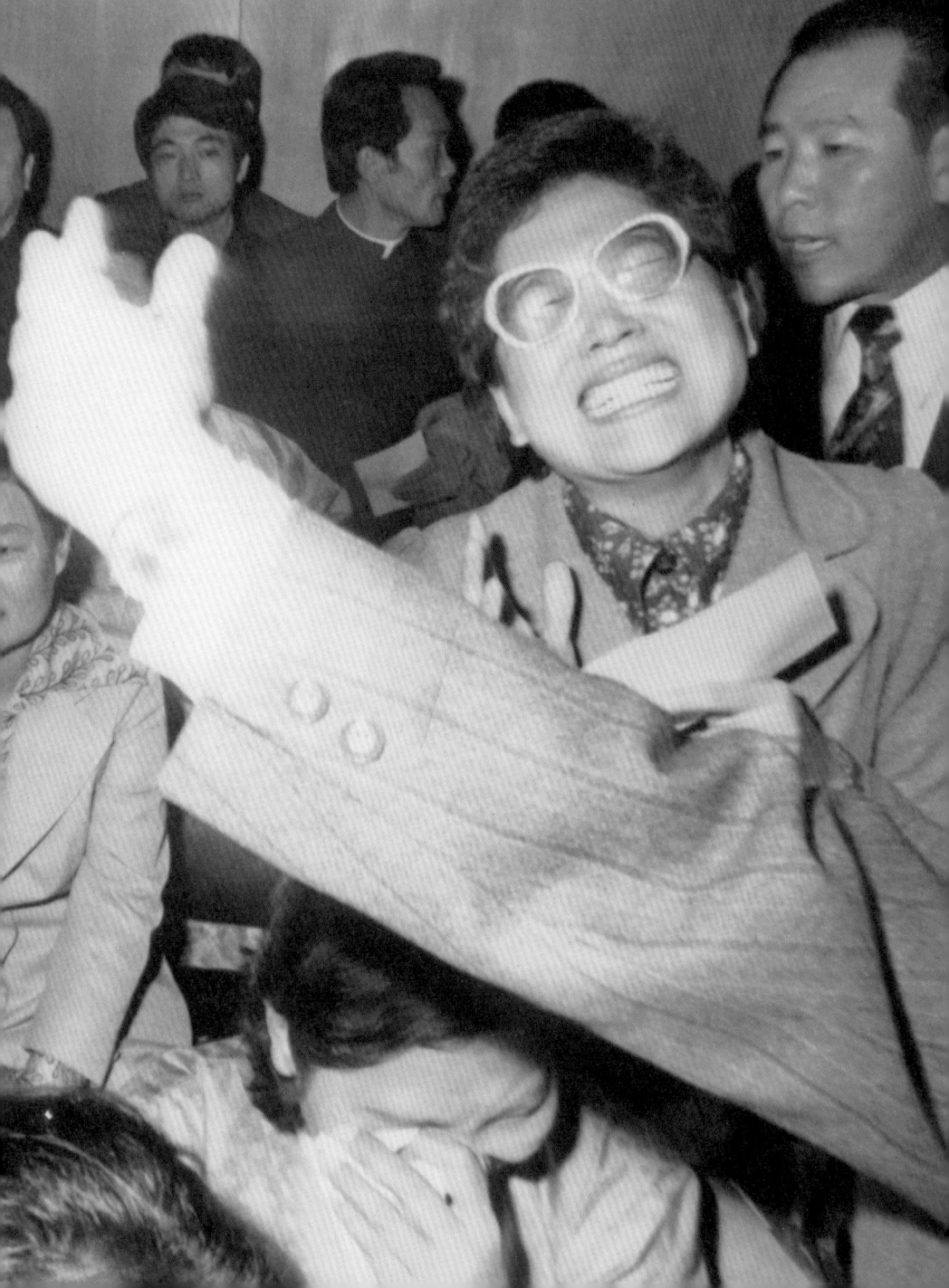

랐어요. 재심 청구 문제 상의하려고 열두 시쯤 배터리 공장 사무실에 갔어요. 제부가 거기서 일하고 있었거든. 제부가 나를 보더니 집에 가자는 거야. 왜 그러냐니까, 이미 그렇게 됐다고…. 정신없이 집에 왔어요. 내가 정신이 없으니까 제부가 우리 큰딸을 데리고 교도소로 갔어. 확인을 해야 되니까.

유시민　　워낙 엄청난 사건이라 외국에서 한국 정부와 박정희를 엄청나게 비판했습니다. 미국 국무부가 유감 성명을 냈고 일본 정부 고위 인사가 한국을 야만국이라고 비난해서 한동안 시끄러웠죠. 앰네스티가 항의 서한을 정부에 보냈고 국제법학자협회가 4월 9일을 '사법사상 암흑의 날'로 규정했던 사실이 널리 알려졌습니다.

5

믿음으로 싸웠다

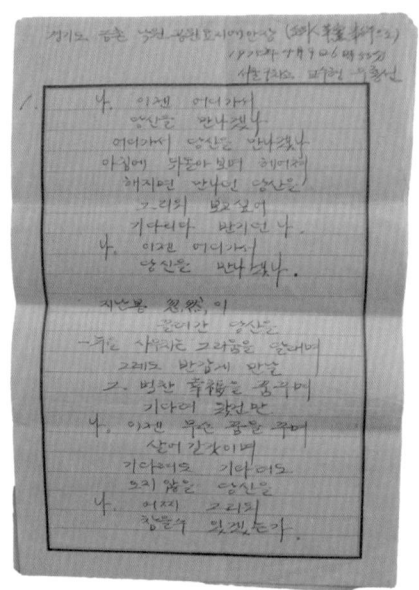

경기도 금촌 낙원공원 묘지에 안장
(소위 인혁당 사건으로)
1975년 4월 9일 6시 55분
서울구치소 교수형 우홍선

나 이젠 어디가서 당신을 만나겠나.
어디 가서 당신을 만나겠나.
아침에 뒤돌아 보며 헤어져
해지면 만나던 당신을
그리워 보고싶어 기다리다 반기던 나.

나, 이젠 어디 가서 당신을 만나겠나.
지난 봄 무연이 끌려간 당신을
1년을 사무치는 그리움을 달래며
그래도 반갑게 만날 그 벅찬 행복을 꿈꾸며
기다려왔건만
나, 이젠 무슨 꿈을 꾸며 살아갈 것이며
기다려도 기다려도 오지 않을 당신을
나, 어찌 그리워 참을 수 있겠는가.

우홍선 장례를 치른 직후
당시 강순희가 기록한 글 몇 대목.

　　　　　내가 숨쉬고 움직이고 살아가는
　　모든 원동력은 오직 당신의 사랑이었는데
　이제 당신이 없는 나에게 무슨 힘이 남아 있겠나.
　오! 여보! 놓치 않던 당신의 차디찬 여윈 손을
　꼭 쥔채로 그 옆에 웃음 지으면 편히 눕고 싶소.
　　　　　　　　　　　　　　1975. 4. 18

하느님이 도와주신다. 온 세상이 다 애통해한다.
원통하다 분하다. 힘을 내라. 애들을 봐라.
　　　　　　영광되게 생각하여라.

　　모두모두 공허하게 내 가슴을 울릴 뿐
　　　나의 꿈 나의 희망은 아니로다.

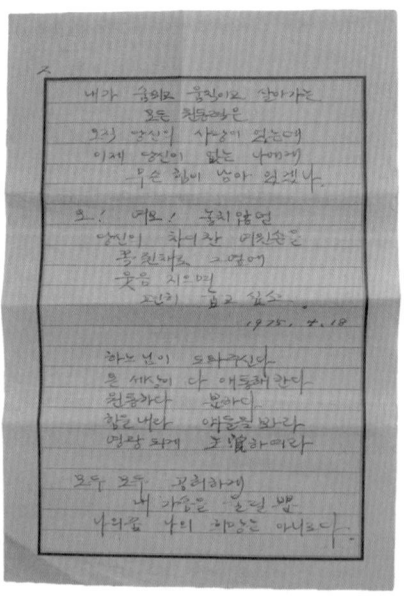

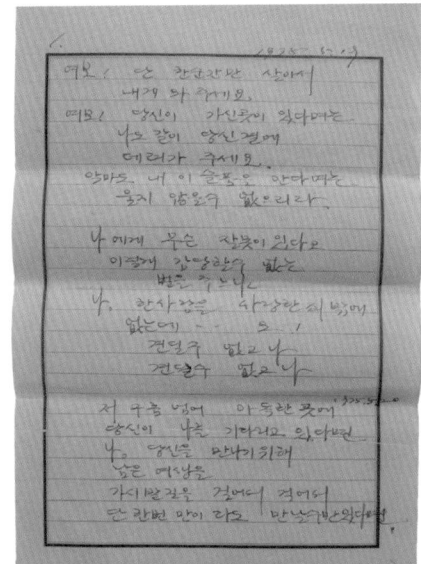

어보! 단 한순간만 살아서 내게 와 주세요.
어보! 당신이 가신 곳이 있다며는
나도 같이 당신 곁에 데려가 주세요.
악마도 내 이 슬픔을 안다면
울지 않을 수 없으리라.

나에게 무슨 잘못이 있다고
이렇게 감당할 수 없는 벌을 주느냐.
나, 한 사람을 사랑한 죄 밖에 없는데…
오! 견딜 수 없고나 견딜 수 없고나
1975. 5. 20.

저 구름 넘어 아득한 곳에 당신이
나를 기다리고 있다면
나, 당신을 만나기 위해 남은 여생을
가시밭길을 걸어서 걸어서
단 한번 만이라도 만날 수만 있다면.

나 어떤 가시밭길이라도 멀다 하지 않고
외롭다 하지 않고 고달프다 하지 않고
힘껏 달리고 달려가련만

오! 이처럼 간절한 바램이
이루어질 수 없는 것이라니
나, 시작도 끝도 없이 밀려오는
이 서러움을 감당할 길이 없고나.
감당할 길이 없고나.

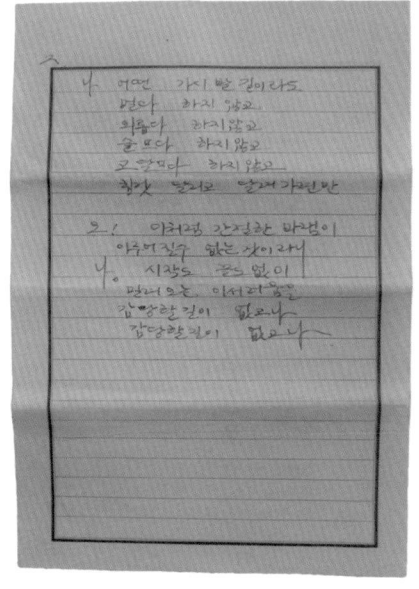

우리를 보듬어 준 사람들

유시민   우 선생님이 죄 없이 사형을 당했습니다. 장례는 제대로 치르셨나요?

강순희   많은 분들이 도와줬어요. 사람들은 시어머니를 위로했고, 시어머니는 내 걱정을 하셨죠. 친정 남동생은 정신이 없는 나를 대신해 장례식을 다 치른 다음에 남은 돈을 주고 갔어요. 우리 애들 학교에서 선생님들이랑 학생들 많이 와줬던 게 오래 기억에 남았어요. 막내가 초등학교 5학년이었는데 담임 선생님이 제일 먼저 달려왔어요. 돈 5천 원 들고 제일 먼저 찾아온 거야. 젊은 여자 선생님이었어요. 초등학생이니까 일기를 써서 내잖아요. 엄마가 아빠 구명 운동한다고 정보부에서 잡으러 왔다고, 엄마는 힘들어서 몸이 말랐는데 돼지같이 살찐 정보부 사람들이 끌고 갔다고 썼어요. 그 선생님이 잘했다는 도장을 일기 내용이 가려지지 않는 곳에다 찍어줬어요. 세심하죠? 참 고맙더라고요.

유시민   구명운동 도와주셨던 신부님들도 다 오셨겠죠?

강순희　시노트 신부님 오셨고, 나한테 테니스 라켓을 주셨던 원주의 허 신부*님, 문정현 신부님, 최기식** 신부님, 함세웅*** 신부님, 신현봉 신부님도 오셨어요. 너무너무 고마웠죠. 시댁 식구 하나가 성당 다녔는데 여러 신부님이 온 것을 보고는, 성당 신자가 죽어도 신부님이 꼭 오는 건 아니라면서 막 대단해하는 거예요. 그게 또 그렇게 보였나 봐. 아무튼 우리 때문에 동네가 시끌시끌했어요. 원래는 1차 사건도 모르는 평범한 신부님들이었는데 지학순**** 주교가 유신 반대 운동하다 민청학련 사건으로 잡혀가는 일이 생기면서 구명 운동하는 민청학련과 인혁당 가족들한테 힘을 보태게 되었죠. 그런 면에서 나는 자부심을 느껴요. 우리 가족들이 남편 살려 달라고 호소하기만 한 게 아니라 그놈들이 조작한 걸 모두 파헤쳤어요. 호소문을 만들고, 신문에 나게 하고, 내용증명도 보내면서 나름 조직적으로 싸운 거죠. 우리가 하는 걸 보고 생각을 바꾼 신부님들이 많았다고 해요.

* '테니스 라켓을 준 원주의 허 신부'는 허방지거(Francis Holecek) 신부이다. 방지거는 프란치스코의 중국식 음차여서 조선 후기부터 가톨릭에서 널리 쓰였다. 아일랜드 신부들이 결성한 성 골롬반 외방선교회 소속으로 한국에 온 허방지거 신부는 천주교 원주교구를 비롯해 여러 교구에 근무했는데 서울 공덕동 성당 초대 주임신부였다는 기록이 남아 있다.

** 최기식(1943~) 신부는 강원도 횡성 태생으로 가톨릭대학교 신학과를 졸업하고 1971년 서품을 받았다. 원주 원동성당 주임신부와 천주교 원주교구 사무국장을 지냈으며 1982년 부산 미문화원 방화사건의 김현장과 문부식 등을 숨겨주었다가 징역 5년을 선고받았다. 오랜 세월 원주교구 '천사들의 집' 원장으로 장애아동을 돌보았으며 필리핀과 방글라데시 등 가난한 곳에서 어린이 교육과 집짓기 사업을 펼쳤다.

*** 함세웅(1942~) 신부는 서울에서 태어났으며 어릴 때 한국전쟁의 참상을 목격하고 성직자가 되기로 마음먹었다. 가톨릭대학교에서 공부한 뒤 로마에서 유학하고 돌아와 서울 연희동성당에 부임했으며 지학순 주교 구속 사건을 계기로 천주교정의구현전국사제단 창립에 앞장섰고 민주화운동에 투신했다. '민주회복국민선언'과 '3.1민주구국선언'에 참여하는 등 민주화운동과 관련해 박정희 정권한테 두 차례 구속당했다. 천주교 서울대교구 홍보국장으로 재직하면서 6월민주항쟁에 앞장섰고 가톨릭대학교에서 강의했다. 가톨릭 성직자와 사회운동가라는 정체성을 모두 가진 종교인으로 받아들여진다.

**** 지학순(1921~1993) 주교는 황해북도 중화군에서 태어나 신학교에 다니다가 나중에 대주교가 된 친구 윤공희와 함께 김일성 정권의 박해를 피해 월남했다. 가톨릭대학교 신학대학의 전신 서울성신대학에 편입했고 1952년 사제서품을 받았으며 거제포로수용소 종군신부 등으로 부산에서 활동했다. 로마에 유학해 교회법 박사 학위를 받았으며 1965년 주교가 되면서 가톨릭 원주교구장이 되었다. 원주 가톨릭센터를 세우고 원주문화방송 설립을 주도하는 등 복음 전파와 지역 언론 발전에 힘쓰던 그는 1972년 국제사면위원회의 한국위원회 이사장을 맡았고 가톨릭 노동청년회와 정의평화위원회 등을 이끌면서 교회 밖 시민의 인권을 지켰다. 1974년 7월 6일 중앙정보부가 김포공항에서 해외 출장 다녀오는 지학순 주교를 체포한 데 이어 검찰이 민청학련 사건과 엮어 기소했다. 법원이 징역 15년을 선고하자 천주교 신부들은 정의구현전국사제단을 결성하고 본격적인 반독재 투쟁에 나섰다. 다음해 봄 풀려난 지학순 주교는 투쟁을 멈추지 않았으며 법원에 제출한 상고이유서를 담은 책 〈정의가 강물처럼〉을 출간해 지식인과 청년들의 용기를 북돋웠다. 1985년 이산가족 상봉 행사 때 북한을 방문해 누이 지용화를 만났고 분단 이후 처음으로 북한 땅에서 천주교 미사를 올렸다. 원주 가톨릭 사회복지회를 설립하고 남북한 장애인 걷기 운동 본부장을 맡는 등 생애 마지막 순간까지 사제로서의 책무를 놓지 않았다.

유시민   천주교하고는 어떻게 연결되었습니까? 어느 쪽에서 먼저 손을 내밀었나요?

강순희   내가 먼저 최기식 신부님을 찾아갔어요. 왜 구속된 교수나 지학순 주교 같은 분들만 위해서만 기도하느냐고, 교수도 주교도 아니고 아무것도 아닌 우리를 위해서도 기도 좀 해 달라고 했죠. 나중에 들었는데, 최 신부님은 외국 유학 가려던 참이었는데 우리 사건 때문에 안 갔다 하더라고요. 전두환 때 문부식 사건 났을 때도 최 신부님이 도망 다니는 사람들을 도와줬잖아요.

유시민   그게 부산 미국문화원 방화사건이었어요. 문부식*하고 다른 몇 사람 숨겨줬다고 국가보안법 위반으로 걸어서 옥살이를 시켰어요. 신부님은 수배당한 사람들이 찾아오니까 도와주면서 자수하라고 권했는데.

* 문부식(1959~)은 부산 고신대 신학과 학생으로 1982년 3월 18일 미국이 전두환의 광주 학살을 묵인했다는 사실을 알릴 목적으로 부산 미국문화원에 불을 질렀다. 의도와 달리 학생 한 명이 죽고 세 명이 다친 불상사가 생기고 사태가 심각해지자 문부식은 연인 김은숙과 함께 지학순 주교를 만나려고 원주에 갔으나 지 주교가 해외출장 중이라 원주교육원의 최기식 신부를 찾아갔다. 최기식 신부는 두 사람이 자수하러 가기 전 원주에서 서점을 경영하던 김현장을 증인으로 세우고 결혼 예식을 올려주었다. 전두환 정권은 이 사건을 불순세력의 사주를 받고 한 범죄로 규정했고 법원은 사형을 선고했으나 문부식은 1988년 풀려나 시인·사회운동가·정당인으로 활동했다.

강순희   최기식 신부님은 원주교구에 계셨어요. 우리를 도와준 분들 중에 원주 신부님이 특히 많았죠.

유시민　지학순 주교가 원주교구장이라 그렇게 되었을 겁니다. 지학순 주교가 구속되면서 천주교정의구현전국사제단이 만들어졌고 출정식도 1974년 9월 23일 원주에서 열었어요. 1970년대에는 원주가 민주화운동에서 큰 역할을 했습니다.

강순희　최기식 신부님을 신현봉 신부님 금경축金慶祝, 사제 수품 50주년 행사했던 2011년 6월에 만났어요. 우리를 VIP로 대접해 줬어요. 교인들 자리는 따로 있는데 우리를 막 끌고 들어가서 신부님들이랑 같이 밥을 먹게 해줬거든요. 신현봉 신부님도 원주 신부님이었어요. 동우엄마랑 원주 가면 그분 따라다니면서 맛있는 것도 먹고, 동치미도 꺼내 먹고, 미역도 받아 오고 그랬죠. 우리한테 정말 많이 베풀어 주셨어요.

유시민　신현봉 신부는 함세웅·문정현 신부하고 같이 정의구현사제단 만드는 데 앞장선 분입니다. 1976년 '3.1민주구국선언 사건'**으로 옥살이를 하셨고요.

** 3.1민주구국선언 사건은 1976년 3월 1일 명동성당에서 열린 '양심수들을 위한 미사'에서 재야 정치인들과 가톨릭 신부·개신교 목사·대학교수들이 긴급조치 철폐, 양심수 석방, 언론·출판·집회의 자유 보장, 사법부의 독립 등을 요구하는 선언문을 발표한 일을 가리킨다. 함석헌·윤보선·정일형·김대중·윤반웅·안병무·이문영·서남동·문동환·이우정 등 10인이 서명해 발표한 것을 박정희 정권은 민중봉기를 일으켜 정부를 전복하고 정권 탈취를 획책한 행위라고 규정하고, 사건을 확대해 함세웅·김승훈·장덕필·김택암·안충석·문정현 등을 추가하여 김대중 등 11명을 구속하고 윤보선·함석헌 등 9명을 불구속 기소했다. 1심 판사는 그들에게 징역 8년에서 2년까지 실형을 선고했고, 항소심 판사는 형량을 징역 5년에서 집행유예까지로 낮추었으며, 대법원은 전원합의체를 열어 선언문이 사실을 왜곡하고 헌법을 비방했다면서 상고를 기각했다.

강순희　문정현 신부님을 우리는 '인혁당 당수'라고 했어요. 별명이 많았지. 길 위의 신부, 깡패 신부, 전문 시위꾼, 노동자의 아버지, 반미 투사라고도 했고. 우리 남편들 사형 집행하고 경찰이랑 정보부가 시신을 빼돌리려고 했을 때* 그거 막다가 다리 다치셨잖아요. 동생이 문규현** 신부님이죠. 여동생도 수녀님이었고요. 1974년 12월 5일 명동성당에서 호소문 읽은 뒤에 문정현 신부님 따라서 원주성당하고 전주성당에 가서도 읽었어요. 부산도 갔는데 거기서는 할 데를 못 찾아서 안 했던 것 같아. 전주성당에서 내가 호소문 읽고 나니까 문 신부님이 교인들한테 '이래도 우리가 정치신부냐'고 물어보는 거예요. 정부가 가만히 있으란다고 가만히 있는 게 진짜 정치신부 아니냐는 거였죠. 이해관계 따지지 않고 오직 양심에 따라서 행동하는 함세웅 신부님 같은 분들은 절대 정치신부가 아니라고 했어요. 아, 함세웅 신부님한테 동우엄마랑 민환엄마랑 같이 저도 영세 받았어요.

* 경찰은 장례미사를 하기 위해 함세웅 신부가 있던 응암동성당에서 가던 운구 행렬을 막고 크레인을 동원해 관을 탈취하려고 했다. 기나긴 대치와 몸싸움 끝에 송상진의 관을 빼앗은 경찰은 유족의 동의를 받지도 않고 경기도 고양시 벽제화장터에서 불태웠다. 여정남의 관도 유족을 압박하고 회유한 끝에 결국 불태워 없앴다. 송상진(1928~1975)은 경북 달성군 출신으로 대구사범과 영남대에서 공부하고 중학교 교사로 일했으며 민민청 경북위원회 사무국장으로 활동했다. 1차 사건에서는 무혐의로 풀려났으나 양봉업을 하다가 맞은 2차 사건에서는 화를 피하지 못했다. 삯바느질로 세 자녀를 키웠던 송상진의 아내 김진생은 2024년 영면에 들었다. 인혁당 희생자 가운데 가장 젊었고 유일한 미혼자였던 여정남(1944~1975)은 대구에서 태어나 경북고와 경북대 정치외교학과에서 공부했으며 유신반대 시위를 하다 계엄포고령 위반 혐의로 구속

당한 데 이어 2차 사건을 맞았다. 중앙정보부는 여정남을 민청학련 관련자로 체포했지만 인혁당과 연결할 목적으로 고문하고 진술을 조작해 인혁당재건 위 공범으로 끼워 넣었다. 나머지 여섯 희생자도 경찰의 방해 때문에 장례를 정상적으로 치르지 못했다. 고향의 선산 등에서 장례를 치렀던 유족들은 염을 하는 과정에서 시신에 남은 고문 흔적을 눈으로 확인했다.

** 문규현(1945~)은 1976년 사제 서품을 받고 군산 팔마성당 주임신부와 전주 교구 교육국장 등을 역임했으며 미국 메리놀 신학대학에서 '한반도 통일에 대한 신학적 고찰'을 주제로 석사 논문을 쓰고 학위를 받았다. 1989년 7월 정부의 허가를 받지 않고 북한으로 가서 전대협 임수경 대표의 판문점 귀환에 동행하였다가 국가보안법 위반 혐의로 구속되어 2년 6개월 복역했다. 평화와통일을여는사람들(평통사)과 천주교정의구현전국사제단 등 여러 단체의 대표로서 한반도 평화와 남북관계 개선을 위해 노력해 왔다.

유시민　민청학련·인혁당 사건과 구명운동 이야기에 우리 현대사의 중요 인물이 엄청 많이 나왔습니다. 많이 돌아가셨지만 살아 계신 분도 많습니다. 그분들을 잊지 말아야 할 것 같아요.

강순희　고마운 신부님들, 잊지 못하죠. 죽을 때까지 잊지 않을 거예요. 다들 무서워하고 외면했고, 친척들까지 우리를 멀리하려 했는데, 신부님들은 안 그랬어요. 외로운 우리를 보듬어줬어요. 사랑해 줬어요. 나는 친정 부모님이 가톨릭이었고, 이북에서 제일 친했던 친구가 수녀원 갔다가 돌아온 일도 있었어요. 신부님들이 어렵지 않았어요. 그냥 떼쓰듯이 그렇게 했어요. 신부님들이 나를 믿고 받아들여 주신 거겠죠. 나를 왜 믿었겠어요? 그냥 남편 살려 달라고 호소한 게 아니라 근거를 갖고 폭로했으니까 더 믿을 수 있었겠죠. 외국에서도 우리 호소문을 다 믿어줬고요.

유시민 시노트 신부님 비롯해서 외국인 신부들도 많이 도와주셨죠?

강순희 그럼요. 치즈 만드는 지정환 신부님도 있었어요. 한 번은 육교에서 데모하다 중부경찰서에 끌려갔는데 문정현 신부님이랑 지정환 신부님 다 잡혀 와 있는 거야. 거기서 만나니까 너무 반갑고, 꼭 무슨 독립운동 하다 잡혀 온 것 같더라고. 유치장에서 두 번 싸웠어요. 집어넣으려고 했을 때는 안 들어가겠다고 싸웠고, 내보내려고 했을 때는 안 나가겠다고 싸웠거든. 계속 가둬둘 수 없으니까 한 명씩 내보냈는데, 그럴 때 또 싸웠어. 남편하고 같이 여기 묻으라면서 버티고, 민청학련 학생 엄마들은 또 인혁당 가족하고 같이 있겠다면서 버티고. 한 번은 전도사 한 분이 마지막까지 안 나가고 버텨서 나하고 둘만 남았어요. 담당 형사가 각자 있었는데, 나 담당하던 사람이 나더러 저 사람 하나 남았으니 이제 그만 나가라는 거야. 의리 없게 먼저 나가면 되겠냐고 했지. 결국 그 전도사 끌려 나간 다음에 내가 나왔어요. 혼자 거기 있으면 뭐하나 싶어서.

유시민 지정환 신부님은 임실 치즈마을을 만들고 우리나라 최초 치즈 공장을 세운 분입니다. 민주화운동에도 힘을 많이 보태셨고요.

강순희 함께 싸운 동지였어요. 대한민국 사랑하는 신부님이셨고. 2019년 돌아가셨는데 전화 통화 자주 했어요. 고마운 마음을 늘 간직하고 있었죠. 원주의 허방지거 신부님도 생각나요. 남편 장례 때 산소까지 오셨거든요. 강원도 바닷가에 놀러 오라고 해서 여름에 동우 엄마랑 아이들 데리고 간 적 있어요. 우리를 잘 챙겨줬죠. 허 신부님이 다른 가족들한테도 좋은 일 많이 했어요. 일자리 알아봐 주고, 크리스마스에는 돈도 보내주셨죠. 갈현동 살 때 우리집에 오신 적이 있는데, 우리집이 좀 괜찮아 보였는지 나한테는 돈을 안 주고 자기 쓰던 테니스 라켓을 선물했어요. 운동을 잘하는 분이라 나하고 테니스도 쳤죠. 인천의 최 신부*님도 잊지 못해요. 남편 죽은 뒤에 우리집에 오셔서 그런 얘기 했어요. 지금은 괜찮아도 앞으로 힘든 일이 있을 거라고, 꼭 자기한테 얘기하라고, 도와주겠다고. 나는 다행히 부탁할 일이 안 생겼지만 다른 가족들이 도움 많이 받았어요. 정말 고마운 분이죠. 프라이스 신부**님도 빼놓을 수 없어요. 남편 죽은 다음에 알았으니까, 구명운동을 도와주신 건 아니었지만 인간적으로 참 좋은 분이셨어요. 서강대 교수였고 노동문제를 연구하는 산업문제연구소***도 운영했죠.

* '인천의 최 신부'는 최분도(Benedict A. Zweber, 1932~2001) 신부를 말한다. 미국 미네소타에서 태어나 1959년 사제 서품을 받고 한국에 온 그는 연평도 본당 주임신부로 일하면서 미군 함정을 개조한 병원선으로 인근 섬을 다니며 의료봉사 활동을 하고 전기가 들어오지 않는 섬에 발전기와 상수도를 보급해 '서해안 슈바이처'라는 별명을 얻었다. 1976년 덕적도 주민들이 공덕비를 세우기도 했던 그는 민주화운동을 하는 학생들을 돕고 경찰에 쫓기는 노동운동가들을 숨겨주는 등 한국의 인권 개선을 위해서 큰 기여를 했다.

** 프라이스(Basil Mervin Price, 1923~2004) 신부는 미국 네브라스카 주에서 태어나 세인트루이스대학에서 공부했으며 1957년 예수회 선교사로 한국에 왔다. 1960년 서강대학교를 설립했고 독일 정부의 지원을 받아 산업문제연구소를 설립하며 한국 노동자들에게 노동법과 노동조합법을 가르쳤다. 1970년 가톨릭 정의평화위원회를 설립해 20년 동안 간사를 맡았으며 개인적으로는 지극히 검소하게 살았다. 어두워도 낮에는 전등을 켜지 않았고 일회용품을 씻

어 다시 사용했다. 어지간한 곳까지는 걸어 다녔고 멀리 갈 때는 버스와 지하철을 탔으며 선물을 받으면 다 가난한 이웃에게 주었다. 선종한 후 경기도 용인 천주교 공원묘지의 예수회 묘역 김수환 추기경 묘소 곁에 묻혀 있다.

*** 산업문제연구소는 1966년 프라이스 신부가 서강대학교에 설립한 한국 최초의 노동전문연구소다. 노동문제를 연구하고 대중교육을 실시해 한국 노동운동의 토양을 조성하는 데 기여했던 이 연구소는 35년 동안 노동운동의 산파 역할을 하고 2000년 문을 닫았다.

유시민 　프라이스 신부님은 서강대를 설립하셨고 우리나라 노동운동을 북돋운 분이죠.

강순희 　우리 가족하고는 인연이 특별해요. 해마다 어린이날에 차를 한 대 구해 오셨죠. 그러면 나하고 동우엄마 둘이 도시락 싸서 애들 데리고 성당 같은 데로 나들이 가는 거야. 가서 도시락 먹고 나물 뜯고 하면서 하루를 보냈어요. 애들한테 아버지나 마찬가지였어요. 교인들이 신부님을 좀 어렵게 여기잖아요. 우리는 안 그랬어요. 편하게 아무 얘기나 다 했어요. 친척집 다니듯이, 친정집 다니듯이, 신부님 보러 원주로, 목포로 다녔어요. 가서 '우리 저녁밥 주세요.' 했지. 만날 때마다 반가워서 부둥켜안았고. 친척하고도 그러지 않았는데, 어찌 보면 가족보다 더 가까우니까 늘 애틋했죠. 진짜 잊을 수 없는 분들이에요. 문정현 신부님 찾아갔는데 안 계셔서 사흘이나 그 집에서 지내다 온 적도 있어요. 동생 문규현 신부님하고 산책하고 이야기 나누면서요. 지학순 주교님은 환갑인가에 갔더니 이러시더라고. '아이고, 이 마나님들 불쌍해서 어떡하나, 어떡하나.' 그러면서 우리더러 VIP실에서 쉬라 했어요. 밭에 무슨 과일이 있었는데, 다른 교인들은 손도 못

대는 건데, 따다가 주고 그랬어. 지금은 예전처럼 신부님들 만날 수 없지만 마음은 그때하고 똑같아요.

유시민 정권과 싸우려면 목숨을 걸어야 하는 시대였습니다. 종교인들이 나서 주어서 구명 운동도 할 수 있었고 가족들이 살아가는 데 도움을 받기도 했습니다. 신부님들뿐 아니라 개신교 목사님들도 힘을 보태 주시지 않았나요?

강순희 그랬죠. 이해학* 목사님하고 윤반웅 목사님이 제일 먼저 떠오르네요.

* 이해학(1945~) 목사는 평생 불의한 권력과 맞서 살아온 종교인이다. 고등학생 시절 4·19혁명에 참여해 이마가 깨지는 부상을 당했고 1965년 한일협정 비준반대운동을 벌였으며 박정희가 위수령 발동한 1971년 한신대에서 제적되었다. 수도권특수지역선교위원회에 훈련실무자로 갔다가 경기도 광주대단지(성남시)와 인연을 맺은 그는 1973년 성남주민교회를 열었고 1974년 김진홍·인명진 목사 등과 외신기자들에게 긴급조치 1호를 비판하는 성명서를 배포하다 중앙정보부에 끌려가 징역 15년 형을 받았다. 형집행정지로 1년 만에 풀려났지만 1976년 3.1민주구국선언 사건을 지지하는 유인물을 제작하다 체포되어 또 2년 반 복역했다. 노태우 정부 때는 베를린에서 조국통일범민족연합 북측 대표를 만나 회담했다가 국가보안법 위반 혐의로 세 번째로 1년 6개월 복역했다. 성남 구시가에서 신용협동조합, 생활협동조합, 자활지원센터, 외국인노동자 상담센터 등 다양한 형태의 주민운동을 펼쳤던 그는 통일부장관을 지낸 정치인 이인영의 장인이며 성남시에서 어린 시절을 보냈고 정치적으로 성장한 이재명 대통령과 오래 교유했다.

유시민 이해학 목사님은 유신시대 민주화운동에 앞장섰고 평생 통일운동·빈민운동·노동운동에 헌신하셨습니다. 이재명 대통령이 변호사로 성남에서 시민운동 할 때 인연을 맺기도 했고요.

강순희 윤반웅 목사님도 대단하셨어요. 위험하다 싶은 말도 눈치 안보고 하셨죠. 그래도 다들 어느 정도는 말을 가려서 할 때였는데도 그분은 달랐어요. 참 강직한 분이라고 생각했어요. 기독교회관에서 목요기도회 진행하던 목사님도 생각나요. 상고심 선고 전에 열린 마지막 기도회였을 거예요. 그 목사님이 민청학련 이야기만 하고 우리 이야기는 한마디도 안 하는 거야. 우리는 진짜 죽느냐 사느냐가 걸려 있는데 말예요. 그래서 붙잡고 항의했지. 어떻게 이럴 수가 있냐고, 이제 마지막 선고 남았는데, 이 사람들 죽으면 당신들이 책임질 거냐고. 그랬더니 미안하다면서 잊어버렸다는 거예요. 잊어버릴 게 따로 있지, 당신들, 우리를 마음에 두긴 했냐고 막 그랬어요. 생각해보면 내가 참 못되게 한 것 같아. 그 목사님이 나중에 재심 선고 법정에 왔어요. 판사가 '무죄!' 했을 때 내가 막 울었는데 그분이 곁에서 붙잡아 줬어요.

이간질 공작

유시민 함께 싸웠던 어머니의 동지들 중에는 종교인뿐 아니라 세속의 사람들도 있었습니다. 변호사들 말입니다. 큰 용기를 내지 않고는 인혁당 사건 변론을 맡기 어려웠을 것 같은데, 어떤 분들이 마음에 남아 있는지요?

강순희 변호사도 잡아넣던 시대였잖아요. 우리 남편 담당했던 김종길 변호사가 제일 고맙죠. 남편 죽기 전까지 같이 다니면서 싸웠어요. 공판 기록 조작한 사실을 알고 내가 그랬지. 당신은 내 남편 변호인으로서 그이가 아니라고 하는 거 다 듣지 않았느냐, 그런데 내가 정보부에 가서 보니까 다 시인한 걸로 되어 있더라, 이거 어떻게 하겠느냐 물었더니 서류로 만들어 오라고 하더라고요. 서류 가져가니까 도장 찍어서 재판부에 보내고 내용증명도 보냈어요. 이수병 씨 담당한 조승각 변호사하고 같이 작업하기도 했어요. 자신들이 법정에서 들은 진술과 일일이 대조해서 어디어디가 실제 진술과 다른지 표를 만들어서 증거로 제출했죠. 두 분은 남편들 죽은 뒤에 우리 가족들한테 명절마다 고기를 안겨주곤 했어요. 모든 가족한테 그렇게 했는지는 모르겠지만 서울 살던 가족은 다 받았을 거예요. 어디에 공덕비라도 세워졌는지 모르겠어.

유시민 홍성우* 변호사 기억나세요? 민청학련 사건 변호인이었는데, 그분이 나중에 신문에 그때 일에 대해 글을 썼어요. 어머니가 그걸 보시고 예전에 서운했던 감정이 다 풀렸다고 말씀하셨더라고요. 뭐가 서운하셨던가요?

* 홍성우(1938~2022) 변호사는 서울에서 태어나 경기고등학교와 서울대학교 법과대학에서 공부했다. 판사로 일하다가 1971년 변호사로 개업했으며 민청학련사건을 계기로 양심수 변호에 뛰어들어 이돈명·조준희·황인철과 함께 인권변호사 4인방이라는 별칭을 얻었다. 민주화가 이루어질 때까지 수많은 학생·노동자·민주인사·간첩조작 피해자들을 변호했으며 한국기독교교회협의회·앰네스티·가톨릭정의평화위원회 등에 참여했다. 민변 전신인 정법회 결성

에 앞장섰고 서울지방변호사회 인권위원장과 대한변협 인권위원으로 활약했다. 민변과 참여연대 대표를 지냈으며 정당에 몸담았고 출마도 했지만 정치권에 오래 머물지는 않았다.

강순희   구명운동을 한창 할 때였는데 공개재판 요구하는 호소문을 들고 찾아갔어요. 우리가 안 찾아간 데가 없었어. 여당인 공화당에도 간 걸, 뭐. 근데 홍 변호사가 민청학련 학생들하고는 상관없다면서 안 받더라고. 그래서 못 주고 나왔지. 그때부터 홍 변호사를 안 좋게 생각했어. 그 뒤로 이분이 좋은 일 많이 했지만, 속으로는 '네가 무슨 일을 해도 진짜 알고 하는 것도 아니다' 하고 꽁하게 여겼어요. 그런데 세월이 많이 흐른 뒤에 「한겨레신문」에 홍 변호사 기사가 났어요. 2011년이니까 우리 사건 재심 무죄 난 다음이었지. '민청학련 사건 맡은 게 인권변호사로 인생 바꿔, 학생들 살리기 위해 인혁당과 무관함 강조, 어쩔 수 없는 선택이었지만 회한, 유족에 미안'이라고 나왔더라고. 그 기사 보고 마음이 확 풀린 거야.

유시민   박정희 정권이 '민청학련 사건'으로 민주화 투쟁에 나선 학생들이랑 지도층 인사들을 마구 잡아들이고는 북한의 지령을 받았다고 억지를 썼죠. 그런 억지를 밀고 나가기 위해서 민청학련 뒤에 인혁당재건위가 있다고 사건을 조작한 것이었고요. 민청학련 배후로 지학순 주교, 윤보선* 전 대통령, 박형규** 목사, 김찬국***·김동길**** 교수, 김지하***** 시인 등을 지목하고 학생도 수백 명을 구속했는데, 국내외에서 구명운동이 크게 일어나니까 놀란 박정희가 민청학련 사람들만 풀어주려고 했어요.

* 윤보선(1897~1990)은 독립운동가 출신 정치인으로 4.19혁명 후 제4대 대통령에 선출됐으나 5.16쿠데타로 하야했다. 제5대·제6대 대통령선거에 출마해 박정희와 대결하는 등 야당 지도자로 오래 활동했다. 한일회담 반대운동, 민주회복국민선언, 3.1민주구국선언 등에 참여했으며 수차례 기소되어 재판을 받았다.

** 박형규(1923~2016) 목사는 경상남도 마산에서 태어나 부산대학교와 도쿄 신학대학·유니언신학대학에서 공부했다. 광복 직후 미군정청 정보장교로 복무했으며 4.19혁명을 계기로 민주화운동에 뛰어들었다. 3선개헌 반대운동, 민주주의 부활을 선포했던 1973년 남산 부활절 연합예배 사건, 1974년 민청학련 사건, 1987년 박종철 고문치사 사건 규탄대회 등으로 여러 차례 옥고를 치렀다. 성품이 온건했지만 '길 위의 목회자' '실천하는 신앙인'이라는 말을 들을 정도로 끈질기게 독재정권과 싸웠다.

*** 김찬국(1927~2009)은 연세대 신학과 교수였으며 신학대 학장과 부총장을 지냈다. 1974년 긴급조치 위반 혐의로 징역 5년 자격정지 5년형을 받고 복역 중 형집행정지로 풀려났으며 대학에서 해직되었다가 민주화 이후 복직했다.

**** 김동길(1928~2022)은 평안남도 맹산군 출신으로, 초등교사로 일하다가 1946년 월남했다. 연세대학교 영어영문학과를 졸업하고 미국에서 역사학 박사 학위를 취득하고 돌아와 모교의 사학과 교수가 되었으며 유신쿠데타 이후 「씨알의 소리」에 비판적 시론을 기고하면서 민주화운동에 참여했다. 김찬국 교수와 함께 민청학련 사건으로 구속되어 징역 15년을 선고받았다가 형집행 정지로 풀려났으며 전두환의 김대중 내란음모 조작 사건에 휘말려 다시 해직되었다. 이후 사회운동과 거리를 두고 살면서 냉소적인 정치비평으로 인기를 얻었던 그는 정주영 현대 회장을 따라 정치에 발을 들였으나 크게 이룬 것 없이 정치를 떠났으며 만년에는 전두환의 생일잔치에 참석하는 등 극우 인사들과 어울렸다.

***** 김지하(1941~2022)는 전라남도 목포에서 태어났고 원주중학교를 졸업했으며 서울 중동고등학교와 서울대 미학과에서 공부했다. 대학생 시절 학생운

동에 참여했고 6.3사태로 짧은 옥살이를 했다. 1969년 시 〈황톳길〉로 등단했고 1970년 권력집단의 부정부패를 질타하는 담시 〈오적(五賊)〉을 발표했다가 반공법 위반으로 투옥되었다. 김지하가 민청학련 사건으로 군법회의에서 사형을 선고받자, 프랑스의 사르트르와 보부아르, 미국의 노엄 촘스키 등 해외 문인과 지식인들이 자유실천문인협의회와 손잡고 구명운동을 벌였다. 1975년 2월 형집행정지로 풀려나자 「동아일보」에 감옥에서 인혁당 사형수들을 만난 이야기를 기고해 2차 사건도 중앙정보부가 조작했다는 사실을 폭로했다. 박정희 정권은 김지하를 다시 구속해 7년 형을 추가했다. 1980년 형집행정지로 풀려난 뒤 생명 운동으로 방향을 바꾼 그는 대학생들이 연이어 경찰에 맞아 숨지거나 분신해 목숨을 끊은 1991년의 이른바 '분신정국'에서 민주화운동 진영을 도덕적으로 비난하는 방식으로 과거와 절연했으며 2012년 대선에서는 박근혜 후보를 공개 지지했다.

강순희 홍 변호사는 그런 상황을 알았으니까 학생들을 구하려고 인혁당재건위와 상관없다고 한 거였어요. 그래서 우리 호소문을 받지 않았던 것이고. 민청학련과 인혁당재건위는 실제로 아무 상관이 없었어. 인혁당재건위라는 것 자체가 있지도 않았는데 어떻게 상관이 있을 수가 있었겠어요? 문제는 그때 홍 변호사가 너무 고지식했다는 거지. 그냥 호소문 받아주고 몰래 휴지통에 넣어도 되잖아요. 그냥 받아주고 격려 한마디 해주면 되는데 받는 것 자체를 거부했으니 내가 상처를 받은 것이지. 좀 유연한 사람이었으면 그렇게 했겠죠. 그런데 자기도 그 일이 마음에 남았던 모양이야. 사람이니까 실수할 수 있어요. 그걸 나중에라도 회한이 남는다 하고, 미안하다 하고, 그걸 다 알 수 있게 말해 주니까 고맙더라고. 아무튼 그 시절에는 변호사가 우리 호소문 한 장 받는 것도 조심스러워했어요.

유시민 박정희 정권은 민청학련과 인혁당을 아주 다르게 취급했습니다. 일부러 이간질을 한 거예요. 그렇죠? 정부가 그러면 언론도 그렇게 되고, 여론도 따라가게 되잖아요.

강순희 내가 이부영 기자한테 뭐라 했다고 했죠? 신문들이 우리 기사를 안 내준 것도 그래서야. 그놈들이 가족들도 이간질했어요. 그런데 그 이간질에 넘어갔어요. 민청학련 학생들은 겁만 줘서 내보내고 인혁당은 본보기로 죽인다는 얘기가 있었나 봐. 그때 김지하 씨 어머니*가 양쪽 가족들을 다 만났어요. 한번은 우리가 민청학련 가족이랑 같이 농성하고 있는데, 김지하 씨 어머니가 우리한테 오더니, 기자들이 와서 물어보면 이름을 말하지 말래요. 우리 이름이 자꾸 신문에 나오면 자식들한테 피해 갈까 봐 학생 엄마들이 걱정한다나. 그 말 들으니 기가 막히는 거야. 어쩜 이럴 수가 있냐고, 막 울면서 달려들었어요. 지금 정보부 놈들이 이렇게 사건 조작하는 것에 대해 같이 항의하고 못 하게 할 생각을 해야지, 내 자식만 무사히 나오면 된다, 이거냐고.

* 김지하 시인의 어머니 이름은 정금성이다. 정금성은 아들이 감옥에 있었던 오랜 시간 동안 구속자가족협의회에 참여해 양심수들의 자유를 되찾기 위한 투쟁에 앞장섰으며 슬픔과 절망에 빠진 구속자 가족들을 맏언니처럼 보듬고 위로했다.

유시민 속상하셨겠어요.

강순희 말로 다 못하죠. 그래도 그 엄마들 마음은 이해해요. 김지하 씨 어머니가 혼났지, 뭐. 전창일 씨 부인하고 내가 막 덤볐으니까. 그래도 그분하고 꽤 친했어요. 구명운동 다니면서 연설할 때면 나더러 그랬어요. '야, 너는 울어도 웃는 것 같아. 좀 무서운 얼굴로 해.' 내가 화가 나 있어도 표정은 웃는 것 같았나 봐.

유시민　김지하 시인 어머니도 참 애를 많이 쓰셨어요.

강순희　그럼요. 나는 김지하 작가도 잘 알았고, 그 장모님*이 쓴 『토지』도 여러 번 읽었어요.

* '장모님'은 소설가 박경리이다. 1955년 김동리의 추천으로 등단한 박경리는 1969년부터 1994년까지 대하소설 『토지』를 집필했고 강원도 원주에 살면서 후진 양성에도 힘썼다. 김지하는 박경리의 딸 김영주와 1973년 4월 혼인했고 자녀 둘을 두었다.

유시민　김지하 시인이 사형에서 무기징역으로 감형됐다가 1975년 봄에 형집행정지로 풀려났어요. 수감 중에 보고 들은 걸 기록한 옥중수기를 「동아일보」에 '고행~1974'라는 제목으로 발표했어요. 거기 사형수 하재완* 씨와 이수병 씨를 만난 이야기가 있었습니다. 중앙정보부가 인혁당재건위 사건을 고문으로 조작했다는 사실을 폭로했죠. 그 때문에 풀려나고 한 달도 지나지 않아 또 잡혀갔어요.

* 하재완(1932~1975)은 경남 창녕에서 태어났으며 대구공업중학교 시절 민주애국청년동맹(민애청)에 가입해 활동하다가 퇴학당했다. 민민청·민자통과 민주수호경북위원회에 참여하는 등 대구지역에서 민주화운동을 하다가 2차 사건으로 목숨을 빼앗겼다. 유품에서 '그날의 강대국 수뇌들이 저희끼리 제멋대로 삼팔선을 긋지만 않았어도 오늘날 우리 국토 우리 겨레는 오늘의 불행을 겪지 않았고 지금쯤 오붓한 살림의 자족을 누린다'라고 쓴 종이가 나왔다. 하재완의 아내 이영교(1935~2025)는 대구에서 아버지 형제와 사촌오빠까지 온

가족이 항일운동에 참여했던 독립운동가 집안의 딸로 태어났다. 집안끼리 가깝게 교류하는 사이였던 하재완과 1958년 혼인해 네 아이를 낳고 평범하게 살다가 2차 사건 때 구명운동에 나섰고 진실 규명과 명예회복을 위해 집요한 투쟁을 벌인 끝에 재심 무죄를 이끌어냈으며 남편과 함께 이천시 민주화운동기념공원 묘역에 잠들어 있다. 구술 기록에 따르면 강순희는 이영교를 인혁당 사건 조작 진상규명과 재심·명예회복 운동을 이끈 주역으로 인정한다.

강순희　김지하 시인의 어머니를 가족들이 다 잘 따랐어요. 다들 '큰 언니'라고 불렀어.

유시민　가족들이 구속자가족협의회 구가협*를 만들었습니다. 양심수 가족이 단체를 만들어 싸운 것은 이때가 처음이었습니다. 1974년 9월이었어요.

* 구속자가족협의회는 민청학련 사건 구속자 가족들이 중심이 되어 만든 양심수 가족 모임이다. 우리 역사에서 처음으로 양심수 가족이 면회와 재판 방청을 함께하고 정보를 교환하면서 독자적인 운동 주체를 형성해 인권 향상과 민주화운동에 기여했다.

강순희　그렇죠. 처음이었어. 나중 전두환 정권 때 민주화실천가족운동협의회 민가협*가 생겼는데 우리 구가협이 원조야. 공덕귀** 여사가 회장이었고 시노트 신부님이 후원회장이었지. 구가협 이름으로 성명서도 냈어요. 구속자 조건 없이 전부 석방하라고, 민청학련 인혁당 나누지 말고 다 석방하라고, 이간질하지 말라고.

* 민주화실천가족운동협의회는 1985년 민주화운동 구속자와 양심수 가족들이 만든 단체로 구가협과 양심범가족협의회를 계승했다. 인권 문제를 공론화하고 국가보안법 철폐 운동을 벌이는 등 인권과 사회정의 관련 현안에 자신의

목소리를 냈다.

** 공덕귀(1911~1997)는 윤보선 대통령의 배우자로 경상남도 통영에서 태어나 일제 강점기부터 교육자·여성운동가·신학자·사회운동가의 삶을 살았다. 동래여고와 요코하마 공립여자신학교를 졸업하고 전도사와 신학강사로 활동했으며 창씨개명을 끝까지 거부했다. 광복 이후 미국 유학을 준비하다가 당시 서울특별시장이었던 윤보선과 혼인했다. '민주회복국민선언'에 서명하는 등 1970년대 민주화운동의 한 주역이었고, 인혁당·민청학련 관련자 구명운동에 앞장섰으며 구속자가족협의회 의장과 양심범가족협의회 회장으로 활동했다.

유시민 이간질하는 걸 아셨고, 거기 넘어가지 않으려고 애를 쓰셨군요.

강순희 그럼요. 공덕귀 여사는 목요기도회에 참석했고 우리 가족들을 집에 초대하기도 했어요. 인혁당 하면 강순희가 생각난다면서 친정이라 생각하고 매일 오라고 했지. 참 소박하고 서민적인 분이었고 우리를 많이 도와줬어요.

유시민 말씀 듣다 보니 여성들의 활약이 대단했다는 생각이 듭니다.

강순희 그랬죠. 이태영 변호사와 박형규 목사 부인*이 기억나요. 이우정* 씨하고도 이야기 많이 했어요. 그분 참 똑똑했죠. 박순천 씨하고 모윤숙 씨 얘기는 이미 했고.

* 박형규 목사 부인의 이름은 조정하이다. 이우정(1923~2002)은 경기도 포천에서 태어나 경기고녀를 다녔고 한신대학교와 토론토의 엠마누엘대학에서 신학을 공부했다. 한신대학교 교수로 재직하면서 문익환·안병무·함석헌 등과 교류했고 1970년 한신대학교 교수 전원이 박정희 독재에 항거하다 해직되었을 때 사회운동에 뛰어들었다. 민청학련 연락책으로 지목되어 고초를 겪었고 1976

년 명동성당에서 3.1민주구국선언문을 낭독한 일로 징역 3년 형을 받았다. 한국여성단체연합 초대 회장을 지냈고 1992년 국회의원이 되어 성폭력특별법 제정에 앞장섰으며 신학자로서 『한국기독교 여성 백년의 발자취』와 『여성신학의 이해』를 비롯해 많은 저서와 논문을 남겼다.

유시민　남들은 모르지만 어머니는 아시는, 겉으로 드러나지 않게 도와주신 분들도 있었을 텐데 꼭 말하고 싶은 분이 있으신가요?

강순회　부산에서 한의사 하던 남편 친구, 이영석* 씨라고 있었어요. 잊을 수 없죠. 남편 죽고 내가 기운을 잃었을 때 다시 살아갈 용기를 줬어요. 그분이 지은 약을 먹으면 아픈 게 잘 나았어. 내가 부탁하면 집으로 약을 부쳐줬지. 남편 죽고 처음 부산 갔을 때였는데, 왔다고 연락했더니 친정으로 찾아왔어요. 사위 친구니까 친정에서도 그 한의원 다녀서 잘 알았죠. 나를 최고급 레스토랑에 데려가서 스테이크를 사 주는 거야. 그때 돈으로 3만 원, 엄청 비싼 거였지. 그런 곳에는 갈 생각도 못 해봤으니 크게 대접받는 기분이 들더라고요. 그분이 식사하면서 얘기를 하는데 얼굴도 안 보고 눈 내리깔고 죽 이야기를 했어요. 나를 개인적으로 위로하는 말이 아니라 역사 차원에서 하는 이야기였어. 그 얘기를 듣는데 이런 생각이 드는 거야. '아, 용기를 내서 살아야겠다.'

* 이영석은 민민청 중앙맹부 위원장이었고 민자통 경남지부 조직책과 사회대중당 동래지구당 창당위원장으로 활동했다. 상세한 정보는 검색되지 않지만 「4.19민주항쟁 시기 부산 지역의 통일운동 연구」라는 논문에 '민민청 중앙맹부 위원장 이영석이 경희대 한의학과 출신'이라는 내용이 있다. 이영석은 5.16 쿠데타 이후 수배령이 떨어지기도 했지만 큰 고초를 치르지는 않았던 듯하다.

2차 사건 때도 서도원과 이수병이 만든 '경락연구회'에 속해 있었으나 화를 당하지는 않았다. 부산지역 사회운동의 원로로서 여러 단체의 활동을 지원했는데 친구의 아내였던 강순희한테는 특별히 마음을 썼던 듯하다.

유시민 역사 차원의 이야기를 들으면서 용기를 내셨다니, 어떤 내용이었을지 짐작할 수는 있습니다만 실제 어땠는지 궁금합니다.

강순희 내용은 기억이 안 나요. 그렇지만 그 양반, 너무 고마웠어요. 나는 남편이 죽었고, 그분은 친구를 잃은 거잖아요. 아무튼 사람은 죽었지만 우리가 싸움은 제대로 했어요. 그런데 한편으로는 이런 생각도 들었어요. 우리가 너무 설쳤던 건 아닌가. 우리 사건 나기 전에 서울대 교수가 조사받다 죽은 일이 있었잖아요.

유시민 1973년입니다. 서울대 법대 최종길* 교수가 소위 '유럽 간첩단 사건'으로 정보부에서 조사받다가 목숨을 잃었지요.

강순희 그 부인이 의사인가 그랬는데도 어떻게 못 했잖아요. 우리는 좀 극성스러웠다고 할까? 처음 재판할 때 대구에서 가족들이 올라왔는데 재판 끝나고 나니까 막 청와대 가자는 거야. 이제 재판 시작했는데 지금 청와대 가서 어쩌자는 건지. 아직은 싸우려 하지 말고 봐달라고 호소하고 그래야 하는 상황이잖아요. 그래도 하도 가자고 해서 택시 타고 갔어요. 청와대는 들어가지도 못하고 다 종로경찰서에 잡혀갔죠. 조사 좀 하더니, 다시는 안 그러겠다는 각서를 쓰고 가라는 거예요. 다 각서들을 쓰고 나가자는데, 나는 싫다고 했어. 아니, 이제 재판 시작했는데 뭘 잘못했다고 각서를 쓰냐 이거야. 그런 각서 못 쓴다고, 안 쓴다고 버텼어. 내가 그러니까 나 하나 때문에 다들 못 나가고 있었어요. 결국 난 각서 안 썼고, 어떻게 나오긴 했어요.

* 최종길(1931~1973)은 서울대학교 법대 교수로 중앙정보부에서 소위 유럽간첩단 사건으로 조사받던 중 추락한 시신으로 발견되었다. 충청남도 공주에서 태어난 그는 제물포고등학교를 거쳐 서울대학교에서 민법을 전공했으며 스위스 취리히 대학교와 서독 쾰른 대학교에서 박사 학위를 취득하고 돌아와 교수가 되었다. 중앙정보부 차장 김치열은 1973년 10월 16일 중앙정보부에 자진 출두한 최종길이 간첩혐의를 자백하고 건물 7층에서 투신자살했다고 발표했지만 고문치사 사실을 감추기 위해 시신을 내던졌다는 의혹이 일었다. 2002년 의문사진상규명위원회는 그의 죽음이 민주화운동과 관련 있다는 결정을 내렸다. 유족은 국가를 상대로 손해배상을 청구했고 법원은 국가에 배상 판결을 내렸다. 사건 당시 중앙정보부에 근무했던 동생 최종선이 진상 규명을 위해 백방으로 노력했다. 강순희가 말한 것처럼 최종길 교수의 아내 백경자는 의사였으며 남편을 잃은 뒤 혼자 두 자녀를 키워냈다. 2015년 5월 마지막 숨을 내쉬고 마석 모란공원 남편 곁에 묻혔으며 재산을 최종길 교수 추모기금으로 천주교 인권위원회에 생전에 미리 기부했다.

믿음으로 싸웠다

유시민　스스로 생각하기에도 너무 설쳤던 게 아닌가 할 정도로 싸우셨다는데, 그 무서웠던 시절에 그렇게 싸울 힘이 어디에서 나왔을까요?

강순희　남편을 사랑했으니까. 그건 뭐, 말할 필요도 없죠. 그 사람 없이는 못 살 것 같았어요. 내 숨이 끊어질 것 같았어요. 얼마나 보고 싶었는지 몰라. 그 힘으로 그렇게 쫓아다닌 거였겠지. 구명운동 하러 다니던 기억은 지금도 생생해요. 아침에 일어나서 어디 일하러 가는 것처럼 딱딱 맞춰서 했지. 팔자 한탄하지 않고 내가 해야 할 일이라고 생각했어. 갈 데도 많고 할 일도 많았어요. 기독교회관도 가야 했고, 남편한테 가서 옷이든 뭐든 넣어줘야 했으니까. 어디서도 꾀죄죄해 보이지 않으려고 밤에는 의상실 할 때 입던 옷 꺼내서 미리 준비했지. 아침에 나가서 밤늦게 돌아왔지만 집안일 해주는 사람이 있어서 애들 키우면서 해낼 수 있었어요. 구명운동은, 최선을 다해서, 할 수 있는 만큼 했어요.

유시민　잘못된 일이니까 바로잡을 수 있다, 남편을 살릴 수 있다, 그런 믿음도 있으셨던 게 아닌가 싶습니다. 믿음 없이 사랑만으로 하기에는 버거운 일이었을 것 같아요.

강순희　맞아요. 1차 사건 내용이 머릿속에 다 있었으니까 뒤집을 수 있다고 생각했어요. 숙대 도서관에서 자료를 다 구해왔으니까 사람들이 내 말을 믿을 거라고 확신했죠. 내가 또 재판 과정을 다 봤고, 우리 변호사가 정확하게 짚어가며 변론했어요. 정보부에서 공판 기록이 조작되어 있다는 것도 알아냈어요. 그래서 이길 수 있다고 믿었던 거죠.

유시민　그런데도 정보부에서는 누가 뒤에서 조종하는 거라고 생각했겠죠.

강순희　여편네들이 어떻게 이런 걸 할 수 있냐고 생각한 거야. 그래서 데려다가 강압적으로 조사한 거죠. 지독한 놈들이었잖아요. 사람 붙잡아다 고문하고 죽이고, 사건 조작하고 그렇게 하는 것들이었잖아요. 그런데도 우리가 데모하고 호소문 뿌리고 다니는 걸 거칠게 막지는 않고 살살 달래면서, 나가서 호소문 읽는 것만 하지 말라 하더라고요. 남편들 죽이려고 잡아넣었는데 부인들까지 잡아넣으면 더 시끄러워질 것 같아서 그랬겠죠. 한 번은 정보부 놈이 보자고 해서 다방에 갔는데 케이크를 사 주려고 하기에 거절했어요. 경찰서장이 연락해서 일식집에서 점심을 산 일도 있어요. 나더러 그러고 다니지 말라 하더라고요. 내가 우리를 죄인 취급하지 말라고, 아직 대법원 확정판결 안 났다고 했어요. 그리고 그때까지 일어난 일, 내가 한 일, 싹 다 얘기해 줬지. 묵묵히 듣더라고요. 그러더니 케이크를 하나 사고 택시를 부르더라고요. 그 케이크는 받아왔지.

유시민　　정보부나 검찰 실무자들은 알았을 겁니다. 1차 사건 때 어땠는지, 2차가 어떻게 진행되고 있는지. 다만 자기네도 나름 어려움이 있으니까 달래 보려고 했겠죠.

강순희　　사건 초기 자료에 그런 게 있었어요. 수사 라인에 있던 조사관들도 그랬고 지도부도 그랬는데, 자기네가 보기에도 좀 아니다, 너무 억지다 싶었고, 그래서 위에서 원하는 대로 진행이 잘 안 됐다, 그런 거였어요. 그러니까 이용택이 박정희가 사인한 문서를 보여주면서 빨리 사건 만들라고 했대요. 박정희가 어디 시찰하러 갔을 때였는데, 확실한 사건인데 재판부가 왜 일 처리 속도가 느리냐고 했다고도 하고요.

유시민　　어떻게 봐도 극형을 내릴 만한 죄가 없었지만 독재자가 하라고 하니 다들 따른 거였죠.

강순희   절대로 못 죽인다고 함세웅 신부님이 맨날 말했어요. 그런데, 죽였어.

유시민   구명운동이 물거품이 되었어요. 저 같으면 세상을 저주하고 원망했을 것 같습니다.

강순희   나도 그랬어요. 남편 죽고 나니까 이놈의 세상이 사람 사는 세상 같지가 않았지. 사건을 조작해서 죄 없는 사람들을 결국 죽였잖아요. 이건 사람 사는 세상이 아닌 거야. 얼굴에 화장하고 다니는 사람들 보면, 뭐 좋다고 저러고 다니나 싶고, 사람들이 다 이상해 보이고, 몇 달을 누워 있었어요. 못 일어나겠더라고.

유시민   그런데 그 시기에 글을 쓰셨어요. 일본 잡지에 실렸던 글 말입니다.

강순희   남편이 너무 보고 싶고 그립고, 그래서 조금씩 글을 썼어요. 쓴 날도 있고 못 쓴 날도 있고, 그날그날 끄적거리듯이 적었는데, 선교사들이 와서 보고는 가져가서 잡지에 내 버린 거예요. 다 쓴 글도 아니었어. 쓰다 만 걸 가져간 거였지. 일본어로 번역해서 실었더라고. 제목을 '우바와레타 모노노 시 奪われた者の詩, 빼앗긴 자의 시'라고 붙여가지고.

유시민   〈세카이世界〉는 일본에서 유명한 잡지였죠. 그 글을 찾아봤습니다.

  "나 이제 어디 가면 당신을 만나겠나

  아침에 뒤돌아보며 헤어져

  해 지면 만나게 될 당신을 그리워

世界

第354号
1975年7月

（特集）現代都市と政治
伊東光晴　松下圭一　宮本憲一
ポルトガル革命の前出　藤村信
フランス共産党の転換　海原峻
SPDのディレンマ　永井清彦
東南アジアの再編成（特集・9カ月の流）
「名誉ある平和」の崩壊　J.スプラウス
ベトナム戦争と指導者の責任　H.モーゲンソー
主権を放棄する国　福本邦雄
バーチェット事件と真実の報道　W.バーチェット　A.ヒューズ
「人革党」処刑とその後　B.ウドワード
奪われたものの詩　姜順姫

岩波書店

7

1970~80년대 일본 진보·평화 세력의 대중잡지로 꼽히던 <세계>지는 국내에 통제된 한국의 민주화·인권 운동에 대한 소식을 보도하곤 했다. 기사에서 강순희의 한자 성씨는 같은 음의 강(康)을 잘못 기재한 것이다.

奪われたものの詩
—— 処刑された夫を想う ——

姜順姫

※ 姜順姫（カン・スンヒ）さんは、「人民革命党」事件の被告として去る四月九日早暁に突如として処刑された洪淡善（ウ・キンナン）氏の夫人である。昨年十二月号に、萬氏の無実と裁判の不当と拷問の残虐さを訴える姜さんの手記を掲載している。——編集部

1

元気な姿で
戻って来られた
あなた。

その、つかの間の別れでさえ
待ち遠しく、待ち遠しく
お帰りの時間を
数えていたわたし。
いずこに行けば
これからは　いずこに行けば
再び　あなたに　逢えるでしょうか。

去年の春、突然
理由もなく
あなたが　連れ去られたあと
夏が訪れ　秋になっても
足られる　きざしは見えず
長い冬の間
春がくれば、春がくれば、と
あなたに逢える日の
ふるえる　欲望で
歩みつづけました。

その夢をさえ
今は、うばわれ
待つことの　苦しみさえ
拒まれてしまいました。

いずこに行けば
これからは　いずこに行けば
あなたに　逢えるでしょうか。
再び　あなたに　逢えるでしょうか。
ふりかえり、ふりかえり。
朝、家に出れば
夕方は、かえって　また

보고 싶어 기다리다 반기던 나

나 이제 어디 가면 당신을 만나겠나

지난 봄 홀연히 끌려간 당신의 1년을

사무치는 그리움을 달래며 그래도 반갑게 만날

그 벅찬 행복을 꿈꾸며 기다려 왔건만

나 이제 무슨 꿈을 꾸며 살아갈 것이며

기다려도 기다려도 오지 않을 당신을 어찌 그리워"

강순희 다시 볼 수 없다는 거, 딱 한 번이라도 보고 싶은데 어디 가도 볼 수가 없다는 거, 그게 참 기가 막히더라고. 〈전쟁과 평화〉 영화에서도 남자 주인공이 죽자, 여자가 제일 먼저 한 말이, '당신 어디 있느냐'는 거였어요. 나는 그 사람 만나려고 산소에 갔어요. 일주일에 한 번, 일요일에 꼭 갔지. 택시 타고 다녔어. 누구 보기가 부끄럽더라고. 그래서 버스를 못 타는 거야. 밖에 나가지도 못하겠고, 누구를 만나지도 못하겠더라고요. 꼭 내가 잘못해서 남편이 죽은 것 같았어. 누가 그렇게 말해서가 아니라 나 혼자 그랬던 건데, 이거 이해하기 힘들 거예요. 나만 그런 줄 알았는데 아니더라고. 다들 그랬대요.

박정희 살인마! 천벌을 받아라!

유시민 그냥 사별했다고 해도 아프고 슬플 텐데, 그게 아니었잖아요? 혼자 남았다는 외로움도 크게 느끼셨을 것 같습니다.

강순희 　그랬죠. 외로웠죠. 남편 산소에 다니면서 그런 심정을 읊게 되더라고요. "사람은 저저마다 혼자인 것을/ 사람은 저저마다 혼자인 것을/ 그래서 너와 같이, 너를 위해/ 살고 싶어 하는구나" 산소에 가다 푸른 하늘을 보면 남편 넋이 거기 있는 것 같았어요. 진짜 그런 느낌을 받았어. "어쩌면 저 푸른/ 당신의 푸른 넋이 머무를 것 같은/ 저 푸른 하늘에 나 이제/ 나 외롭다고 응석 부리고 싶다." 뭐, 그런 글을 쓰기도 했어요. 그렇게 남편이 그리우니까 박정희를 미워하는 마음도 커졌어요. 내가 산소에서 어떻게 한 줄 알아요? '박정희 살인마! 천벌을 받아라!' 세 번씩 외쳤어요. 한 번만 하면 안 될 것 같아서 꼭 세 번 했어. 사람들이 다 이상하다고 쳐다봤지. 거기서 일하는 사람들은 내가 맨날 그러니까 다 알았고.

유시민 　저주를 내리셨습니다. 다른 사람은 몰라도 어머니는 그럴 권리가 있었다고 생각합니다.

강순희 　그렇게 해도 분이 안 풀렸어. 그것만 한 게 아니야. 신문에 맨날 박정희 사진이 나왔잖아요. 보이면 찢어서 입에 넣고 꼭꼭 씹어서 버렸어요. 우리집 신문에는 박정희 사진이 남아나지 않았어. 그렇게 몇 년 했더니 진짜 박정희가 총 맞아 죽었잖아요. 그때는 내가 겁이 없었어. 박정희가 시퍼렇게 살아 있는 데도 택시 타면 기사한테 막 박정희 욕을 했지. 박정희가 사람을 죽였다고, 살인마라고, 내 말 못 믿겠으면 경찰서 데려가고, 믿겠으면 옆 사람에게 전해 주라고. 기사들 중에 어느 한 사람도 경찰서 데려가지 않았어. 다들 힘내서 살라고 했지. 우리 살던 갈현동 집이 높은 언덕에 있었는데도 다 집 바로 앞까지 와서 내려줬어요.

유시민 　　운이 좋으셨어요. 좋은 기사님만 만났으니까.

강순희 　　택시 기사들만 그런 게 아니었어요. 이웃 사람들도 다 좋았어요. 그때 우리집 골목은 양쪽으로 집이 쭉 있었으니까, 한 집에서 큰 소리가 나면 다 들렸는데도 내가 맨날 문 열어놓고 소리 질렀어. '박정희 살인마!' '민복기 살인마!' 하도 분해서 '나도 잡아가라, 나도 죽여라' 하는 마음이었거든. 지나가는 사람들이 다 들었을 거야. 모르는 사람이 우리집 쪽을 쳐다보면 이웃집 아줌마들이 그냥 지나가라고 했지. 다들 우리 부부를 안타깝게 봤던 것 같아. 그 골목에 우리 아들 친구네가 살았는데 그 엄마가 하는 말이, 우리 부부가 다니는 모습이 보기 좋아서 일부러 내다보곤 했었대. 가뭄이 심해서 동네에 물차가 온 적이 있어요. 물통을 갖다 놓고 물을 받는데 제대로 안 되는 거야. 열불이 나서 한마디 했지. '야, 이 개새끼야! 나, 박정희 새끼 잡아먹고 싶은데 오늘 어느 놈이든지 박정희 대신 잡아먹어야 되겠다!' 물차 운전사가 막 뭐라고 했어. 그러니까 동네 사람들이 날 건드리지 말라고 말리고 그랬어요.

유시민 　　이웃 사람들이 감싸 주었군요.

강순희 　　대구 어떤 가족은 다른 동네로 이사했어요. 이웃에서 차갑게 했거든. 나는 살던 집에 그대로 살았어. 누구한테도 기죽지 않고 할 말 다 했지. 형사들한테도 큰소리쳤어. 시댁에서 박정희 욕을 했더니 시삼촌이 당황해서 '어허, 참' 하면서 무서워하는 거야. 내가 가만있지 않았어. 어른들이 그렇게 하니까 이놈들이 사람 막 죽이는 거라고 했어요. 나는 뭐, 눈에 보이는 게 없는 사람이었지. 경찰하고 싸우던 가락이 있어서 그랬는지 싸울 일이 있으면 잘 싸웠어요. 시댁에 배밭이 있어서 시어머니가 배를 몇 상자씩 보내주곤 했어요. 그런데 배가 몇 개씩 빠진 채 오는 거야. 운송한 사람들이 빼먹은 거죠. 그런가 보다 했어. 그런데 한 번은 한 상자가 거의 비어서 온 거예요. 전화해서 따졌더니, 어디서 그렇게 된 건지 알 수 없다면서 전화를 끊더라고. 다시 전화했지. '야! 그럼, 사장 새끼 나오라고 해!' 사장이 전화를 받더니 끊으려고 하더라고. 일부러 억센 이북 말씨로 했어. '야! 너, 내가 쫓아가면 택시비까지 줄 거지?' 그랬더니 어떻게 해주면 되냐고 묻더라고. '같은 종류로 한 박스 채워 놔!' 갔더니 한 상자 채워 놨더라고. 일꾼들이 나더러 무서운 아줌마래.

유시민   이북 말씨 쓴 게 효과가 있었나 봅니다.

강순희   자꾸 싸우다 보니까 점점 늘더라고요. 남편 죽고 나서 3년쯤 지나서 이사를 했어요. 조금 아래쪽 큰길 가까운 데로요. 대지 56평에 건평 30평인가 되는 방 네 개짜리였는데 집 앞에 여관이 있었어요. 살던 집하고 화곡동 땅을 팔아도 돈이 조금 모자랐지만, 엄마가 보태줬어요. 그런데 화곡동 땅 판 돈이 3백만 원도 안 되었는데 세금이 그보다 더 나온 거야. 신고를 안 해서 그렇다는데 억울해서 도저히 낼 수가 없었어요. 변호사랑 세무서에 쳐들어갔지. 정보부 놈들이 남편을 죽였는데 이거 신고할 정신이 어디 있었겠냐고, 받으려면 그놈들한테 받으라고 억지를 썼죠. 그런데 담당자가 내가 신부님들하고 같이 경찰하고 싸우는 걸 본 적이 있었나 봐. 그때 그 사람 맞느냐고 묻더니 이것저것 재산관계 확인해 보고 서류 몇 개 갖고 오라 하더라고요. 그 사람이 해결해 줘서 세금 안 냈어요.

유시민　전혀 예상치 못한 곳에서 예상치 못한 사람의 도움을 받으셨네요.

강순희　싸움만 느는 게 아니라 생떼도 늘더라고요. 이사해서 집 바닥을 싹 고쳤는데 어디 문제가 있는지 불이 안 들어오는 거예요. 부아가 치밀더라고. 맥주 몇 잔 마시고 밤에 경찰서 갔어요. 가니까 사복 경찰들이 나를 뼁 둘러싸더라고. 내가 뭐라고 한 줄 알아요? 네 놈들이 죄 없는 사람 죽여 놓으니까 일하는 사람들까지 우리를 얕잡아보고 집을 이렇게 해 놓은 거 아니냐. 돈을 얼마를 줬는데 불도 안 들어오게 했냐. 이렇게는 못 살겠으니 집 좀 어떻게 해라. 그렇게 생떼를 쓴 거야.

유시민　집수리한 사람이 아니라 경찰서에 가서 그랬다고요?

강순희　순전히 생떼였지, 생떼. 내가 그 사람들한테 다 이야기했어. 경찰들은 몰랐죠. 1차 때 어떻게 됐는지, 2차 때 재판을 어떻게 했는지, 어떻게 조작했는지, 어떻게 죽였는지. 재판정에서 얘기하는 것처럼 조리 있게 좍 말하고, 이게 무슨 사람 사는 세상이냐고 하니까 다들 한마디도 말을 안 하는 거야. 반박할 수가 없으니까 못 하는 거지. 자기들도 사람이니까 '억울하겠구나' 했겠지. 그리고 박정희 사진이 걸려 있기에 욕을 막 했어요. '저 새끼! 쥐새끼 같은 놈! 조막만한 놈의 새끼! 네까짓 게 뭔데 사람을 죽여!' 그러면서 소리 질렀지. '내 목에도 새끼줄 걸어! 너네 각하 모독죄로 걸어!' 그랬더니 다들 슬슬 피하더라고. '아주머니, 가서 주무십시다' 하면서 끌어내기에 '박정희 살인마!' '인혁당 조작이다!' 외치면서 나왔어요. 그랬더니 사람들 다 자는 시간이니까 그러지 말래. 지금 자는 게 문제냐고, 죄 없는 사람을 여덟 명이나 죽였는데 잠 좀 못 자면 어떠냐고 계속 박정희 욕을 하니까 집에 데려다주더라고요. 난 박정희가 살아있을 때도 그러고 다녔어요. 겁나는 게 없었어. 겁이 안 났어. 떳떳하니까! 누굴 만나도 다 그렇게 진실을 말하고 다녔지.

유시민　말씀하실 때 박정희 뒤에는 꼭 '새끼'를 붙이고 정보부 뒤에는 꼭 '놈'을 붙이시는군요. 그때나 지금이나 변함이 없으십니다.

강순희　내가 운 나쁜 사람이 아니었어요. 그 전쟁 통에도 한국은행 다니다가 우리 신랑 만났고, 남북통일 가정이라고 했는데, 그 박정희 새끼 때문에….

유시민　박정희만 안 만났으면 끝까지 행복한 인생이었을 겁니다. 이름 뒤에 '새끼'를 붙이실 만해요. 지금은 어떠세요? 어떤 마음이 드세요? 그 사람 죽은 지 46년 세월이 흘렀잖아요.

강순희　진짜 나쁜 놈이에요. 지금 살아 있어서 내 눈에 띈다면 당장 달려가서 잡아 뜯어주고 싶어. 얼마나 악랄한 놈인지 몰라요. 사형당할 뻔했다가 동료들 팔아먹고 자기 목숨 구한 놈이잖아. 인혁당 사람들, 절대로 못 죽이는 상황이었는데 죽였으니까 자기도 그렇게 된 거지. 내가 윤보선 씨한테 들은 얘기가 있어요. 박정희가 그랬대요. 자기가 제일 크게 실수한 게 인혁당 여덟 명 죽인 거라고. 그런 말을 측

근한테 했대요. 윤보선 씨가 그 얘기를 듣고 나한테 전해 준 거였어요. 박정희도 그랬고 옆에서 보좌한 놈들도 그랬고, 머리가 제대로 안돌아간 것이지. 머리가 제대로 된 사람이었으면 그런 짓 안 했지. 죽이지 않고 다른 방법을 쓸 수 있었잖아요.

유시민　글쎄요, 박정희가 진짜 그런 말을 했을까요? 했다 하더라도 진심으로 후회하고 반성한다는 뜻은 아니었을 것 같아요. 그러니까 어머니 삶에서 제일 미운 사람이 박정희인 거죠?

강순희　그렇죠. 제일 미운 사람이죠.

유시민　박정희보다 더 미운 사람은 없다는 거죠?

강순희　전두환이니 뭐니 그런 것들은 다 돌대가리들이다 싶고, 뭐그런가 보다 하는데, 박정희는 진짜로 씹어 먹고 싶을 정도로 미워요. 그때는 자다가도 눈물이 났는데, 진짜 그놈은, 그 딸도 정말 참…. 사람들이 인혁당에 대해 물어봤잖아요. 그랬더니 두 개의 판결이 있다나 뭐라나. 그때 법은 그때 법이고 지금 법은 지금 법이고, 뭐 그런 말도 했잖아요? 아이고 미쳐!

유시민　2012년 대선 때 새누리당 후보였습니다. 라디오 인터뷰에서 인혁당재건위 사건에 대해 질문이 나오니까 '그 부분에 대해서는 대법원판결이 두 가지로 나오지 않았느냐'면서 '역사의 판단에 맡겨야 한다'고 했어요. 그게 2012년 9월 10일 인터뷰였는데, 박근혜가 인혁당 사건에 대해서 전에 한 말과 다르지 않았습니다. 2005년 국정원에서 인혁당재건위 사건이 조작된 거라고 발표했을 때는 '한마디로 가치가 없는 모함'이라고 했죠. 2007년 재심에서 무죄 판결이 났을 때는 이렇게 말했어요. '지난번에도 법에 따라 한 것이고, 이번에도 법에 따라 한 것인데 그러면 법 중 하나가 잘못된 것 아니겠느냐.'

강순회　그런 사람이 대통령을 했으니 대한민국이 뭐가 돼요? 재심이 뭔지 알긴 아나? 나만도 못한 돌대가리예요. 내가 했어도 백배는 잘했을 거야.

유시민　그래도 대한민국이 안 망하고 살아남았습니다.

강순회　박근혜가 결국 사과를 하긴 하지 않았던가요?

유시민　하긴 했죠. 하지만 가짜 사과였어요. 2012년 대통령선거 때 후보로서 면피용으로 했던 말이었지요. '지난 시절 피해를 입으신 분들께 딸로서 죄송스럽다고 여러 번 말씀드렸다. 그게 사과가 아니라고 말한다면 진정한 화해의 길로 갈 수 없다.' '5.16과 유신, 인혁당 등은 헌법가치가 훼손되고 대한민국의 정치발전을 지연시키는 결과를 가져왔다고 생각한다. 이로 인해 상처와 피해를 입은 분들과 가족들에게 다시 한 번 진심으로 사과드린다.' 이렇게 말했습니다. 그런데 박정희는 이미 죽었어요. 그래도 어머니는 용서를 안 하신 거죠? 박정희 죽었을 때는 어떠셨어요? 소식 들으셨을 때 어떤 생각 들었는지 기억나세요?

강순회　어휴 그거… 마누라가 먼저 갔죠? 자신도 총 맞아서 죽었잖아요. 그렇게 죽으면 안 되는 거였는데 너무 편하게 죽었어. 감옥에서 죗값을 치르고 죽었어야 하는데.

유시민　본인은 죽었고 딸은 감옥에 갔어요. 오래 있진 않고 나오긴 했지만요. 우 선생님 사형당하신 다음에 몇 달 누워 지내면서 같이 죽어버릴까 하는 생각도 했다고 하셨어요. 그런데도 다시 털고 일어나신 힘은 어디서 나왔는지요?

강순희 애들을 지켜야 했으니까. 우리 4남매, 아들 하나 딸 셋.

유시민 마음의 울분을 가라앉히지 못하셨다는데 몸 건강은 괜찮으셨던가요?

강순희 그랬을 리가요. 몇 달 드러누워 있었던 때였는데, 애들은 다 잠이 들고 나 혼자 방에 누워 있는데 너무너무 분한 거야. 남편이 '5분 소위'로 나라 위해 희생한 사람인데, 설령 잘못을 했다 해도 봐줘야 할 사람인데, 어떻게 사건과 재판을 조작해서 죽일 수가 있나. 어찌 이 따위 세상이 있나 싶어서 못 견디겠더라고. 참다못해 장롱을 주먹으로 막 쳤어요. 아프죠. 그래도 그렇게라도 하지 않으면 못 견딜 것 같았어. 그런 날들이 계속되던 중에 갑자기 눈 한쪽이 안 보이는 거야. 의사가 보고 신경성 망막 이상이라고 했어요. 나중에 조금 회복하긴 했지만 그때는 한 쪽 눈을 거의 쓰지 못했죠.

유시민 조금이라도 나아졌으니 천만다행인데, 어떻게 회복하셨어요?

강순희 병원 약만 먹어서는 안 되겠다고 생각해서 로열젤리니 소간이니 눈에 좋다는 걸 여러 가지 먹었어요. 로열젤리는 따지고 보면 남편 덕분에 먹은 거였죠. 집에 『벌꿀의 세계와 로얄제리의 신비』라는 일본 책이 있었어요. 남편 책인데 읽어 보니까 생生 로열젤리가 몸에 좋다 하더라고요. 원주에서 양봉하는 사람이 로열젤리 채취하면 바로 가져다주었어요. 절대 외상 안 주는 사람이었는데 나한테는 줬어요. 어쨌든 그렇게 해서 예전만큼은 아니지만 시력을 좀 되찾았지.

남다른 인연, 프라이스 신부

유시민　어머니는 뭐든 열심히 하신 것 같아요. 도와주는 사람들도 많았고요.

강순희　그렇게 보이나요? 맞아요. 나는 열심히 살았고 도움도 많이 받았어요. 로열젤리도 그랬죠. 그거 먹고 눈도 좀 나았지만 살림살이도 좋아졌어요. 내가 꿀이랑 로열젤리 장사를 했거든. 값이 비싼 거라 이문이 많이 남았어요. 친정에도 팔고 방송국 피디 친구한테도 팔았어요. 그 친구가 발이 넓어서 많이 팔아줬어. 나를 믿고 사 준 것이지만 자기들이 먹어 봤더니 괜찮았던가 봐요.

유시민　그걸로 자녀 넷 키우면서 살기는 어려우셨을 것 같은데요. 2차 사건 터지고 우 선생님 잡혀가신 후로는 수입이 없어졌지 않나요? 구명운동 하실 때, 그리고 우 선생님 돌아가신 뒤에 어떻게 생활하셨어요?

강순희　그이가 살아 있었을 때부터 이자 수입이 조금 있었어요. 아버지가 사건 터지기 1년 전에 돌아가셨는데 미리 딸들한테 유산을 2백만 원씩 미리 줬어요. 그때는 큰돈이었지. 그 돈을 엄마가 아버지 공장에 맡겨서 이자를 따박따박 보내줬어요. 그 돈에 꿀 장사로 번 것을 보태서 남한테 손 벌리지 않고 애들 공부시켰어요. 사치할 여유는 없었지만 사는 데 큰 지장은 없었어요. 나중에 큰길 쪽으로 이사해서 다시 의상실도 했고, 꿀 장사도 계속 하다가, 50대 들어서는 취직을 했어요.

유시민　취직이라면 성심여대 법인에서 일하신 것 말씀이죠?

강순희　성심여대 장학법인 책임자로 일했어요. 프라이스 신부님 추천으로 들어갔죠. 그때 나 말고 수녀님 한 분이 후보였는데 나이는 내가 더 많았어요. 쉰한 살이었거든. 한국은행 다닌 경력을 인정해 준 것 같아요. 거기서 5년 정도 근무했죠.

유시민　은행 그만두고 20년 가까이 지나서 다시 직장에 나가신 건데 어떠셨어요?

강순희　재미있었어요. 업무 성과도 냈고. 장학법인이라 수익사업으로 매점이랑 자판기 같은 거 운영했고 건물도 있었어요. 그런데 건물을 그냥 놀리고 있는 게 아까워서 말끔하게 수리한 다음 세를 놓았지. 수입이 제법 들어왔어요. 그 건물에 세 들었던 피아노 선생이 우리 둘째 딸 결혼식에 왔던 게 기억나요. 또 막내딸이 성심여대에 다녔어요. 1980년대라 학생들이 데모를 많이 했는데, 걔가 키가 커서 눈에 잘 띄었어요. 출근하다가 막내가 데모하는 게 보이면 수녀님들한테 민망하더라고요. 수녀님들은 아무래도 학교 측이잖아요. 그래서 내가 장학법인에 있는데도 우리 막내 장학금 달라는 얘기를 못 했어. 거기 근무하는 동안 수녀님한테 천주교 교리를 배워서 함세웅 신부님한테 영세를 받았지. 함 신부님이 성심여대 와서 강연도 하셨고.

유시민　취직하신 다음에는 경제적으로는 안정이 되었겠어요.

강순회　그렇죠. 친정에서 이자를 꼬박꼬박 줬고, 월급도 나왔고, 엄마가 가끔 도와주기도 했어요. 나는 생활을 어떻게 꾸려갈지 늘 계산하면서 살았어요. 애들 결혼 대비도 해야 했으니까. 그런데 친정에서 일이 터졌어. 배터리 회사가 부도가 난 거야. 그 바람에 애들 결혼 비용으로 마련했던 천만 원이 날아갔지. 이리저리 머리 써가면서 마련한 돈이었는데.

유시민　당시에는 큰돈이었을 텐데요.

강순회　그럼요. 아버지 돌아가시고 나서 회사를 남동생이 맡았어요. 그날도 아침에 동생이 무슨 대통령상 타고 나서 오후에 부도가 났어요. 누가 상상이나 했나? 그렇지만 부도가 난 걸 어쩌겠어요. 여태까지 친정에서 보태줘서 먹고산 거잖아요. 어쩐지 자꾸 부산에 가보고 싶더라니까. 차라리 성심여대 그만두고 부산 가서 상황을 보고 내 돈을 미리 뺐으면 좋았을 것을 하고 후회하기도 했지. 어쨌든 천만 원을 날렸으니 성심여대 5년 다닌 게 다 헛고생이 된 거예요. 그래도 법적으로 문제 될 일은 없었어요. 동생이 이것저것 처분해서 직원들이랑 거래처에 줄 것 주고 빈손으로 왔기에 '너는 서울대 나온 바보야' 하고 말았어. 걔가 서울대 상대 나왔거든. 그런 말 있잖아요? 회사가 망해도 사장이 자기 먹을 건 남겨둔다는 말. 그래도 차라리 바보 되는 게 나은 거죠?

유시민　그 시기가 1980년대였는데 그때까지도 인혁당 사건을 간첩 사건으로 알던 사람이 많았습니다. 직장 사람들이 불편해하지는 않았나요?

강순희　나한테는 아무도 뭐라 안 했어요. 내가 책임자였고, 또 놀리던 건물을 세놓아서 업무 성과도 냈고 했으니까.

유시민　감히 뭐라 할 사람이 없었다는 거죠?

강순희　내가 프라이스 신부님 추천으로 들어갔잖아요. 수녀님들이 다 프라이스 교수님을 좋아해서 나한테도 잘해줬어요. 학장님이 교황 사진을 선물로 주기도 했고, 김수환 추기경님도 와서 잘해주셨죠. 프라이스 신부님 돌아가셨을 때 얼마나 울었는지 몰라요. 2004년 9월 29일, 잊지도 않아요. 외국인 신부가 죽었는데 한국 여자가 그렇게 운 거야. 서양 장례식에서는 잘 울지 않잖아요. 그렇지만 신부님이 우리 아이들한테 잘해준 게 너무 생각나는 거야. 특히 큰딸한테는 아버지나 마찬가지였어. 그 애가 무역회사 다니다가 미8군에 시험 봐서 들어갔거든. 그거 준비할 때 신부님이 영어 가르쳐 주고, 이력서 쓰는 거 도와주고, 추천서도 써줬어요. 그래서 응시 자격 얻어서 시험을 봤고, 열세 명 중에 혼자 합격한 거예요.

유시민　정말 특별한 인연이었군요.

강순희　큰딸이 미국 사람하고 결혼했는데 결혼식 주례도 프라이스 신부님이 해줬어요. 둘이 잘 살게끔 상담해 주기도 했죠. 둘이 아이들 낳고 세계를 다니면서 잘 살았는데, 다 신부님 덕분이라 생각하니까 저절로 눈물이 났어.

유시민　국제결혼이 흔치 않을 때였는데 괜찮으셨어요?

강순희　처음에는 마땅치 않게 생각했지. 미국사람이라 더 그랬는지도 몰라. 큰딸이 미군부대 들어가니까 좋다는 놈들, 결혼하자는 남자들 많았는데, 내가 다 반대했어. 네가 미국놈이랑 결혼하면 미국놈 물러가라고 1인 데모라도 하겠다고, 절대 안 된다고. 자기도 맏이니까 마음에 걸렸는지 내 말을 듣더라고. 그러다 대사관 다니는 미국 남자를 태권도장에서 만났는데, 내가 반대해도 계속 만나는 거야. 그 사람이 일본으로 전근한 후에도 몇 년 계속 전화하고 하더니 결혼하겠대요. 어떡하나 싶어서 김낙중* 씨한테 물어봤지. 그랬더니 사람 나름이지 않냐고, 미국 사람도 이런 놈 저런 놈 다 있지 않냐고 하는 거야. 알고 보니 괜찮은 사람이었어요. 이태리 이민자 3세인데 자기가 벌어서 공부해 직업 외교관이 됐대요. 딸이 서른 살, 나이가 꽉 찬 데다가 저렇게 서로 좋다 하니 어떡해. 승낙했지.

* 김낙중(1931~2020)은 한국 현대사에서 비슷한 예를 찾아보기 어려울 정도로 독특한 지식인이었다. 경기도 파주에서 태어나 서울대 사회학과에 다니던 중 한국전쟁을 목격하고 평화운동을 시작한 그는 대학을 자퇴하고 이승만 대통령에게 남북통일 방안을 청원했다가 경찰에 체포되었으며 북한 정부의 입장을 알아보겠다고 임진강을 건너 입북했다가 미국 간첩으로 몰려 추방당했다. 평생 남북을 오가면서 북한에서 한 번 남한에서 네 번 간첩죄로 법정에 섰는데 두 번 사형을 구형받았고 한 번 무기징역을 선고받았다. 1998년까지 여러 사건으로 18년 넘는 시간을 감옥에서 보낸 그를 1993년 국제앰네스티는 한국의 양심수로 지정했고 국제펜클럽은 명예회원으로 선출했다. 김낙중은 뒤늦게 고려대학교에서 경제학을 공부하고 한국 노동운동사를 연구했으며 평화통일 방안에 대한 모색을 계속해『한국노동운동사』와『민족통일을 위한 설계』등 많은 저서를 출간했다. 딸의 혼사를 두고 상의한 것을 보면 강순희가 두텁게 신뢰한 사람이었던 듯하다.

유시민   자식 이기는 부모 없다는 말이 맞네요.

강순희   결혼식을 한국에서 했는데, 사위가 주일 미국대사관에 사표를 내고 왔어요. 외국인하고 결혼하는 것이 문제가 된다 하더라고. 우리 딸은 엄마가 자기를 키워줬으니까 엄마랑 들어가겠다고 해서 내가 예식장에 데리고 들어갔어요. 우리 마음대로, 우리 내키는 대로 했죠. 미국대사관 사람들이 결혼식을 다 봤고, 우리 가족하고 인사도 했어. 구명운동 함께 했던 신부님들 목사님들도 다 오셨고. 사위는 사표가 반려되고 필리핀으로 발령이 났지. 큰딸은 필리핀 가서 바로 시민권 받았고. 사위는 나중에 외교관 그만두고 민간회사로 옮겼어요.

유시민   처음에 왜 반대하셨어요?

강순희   글쎄요, 외국인에게 적대감이 있었나? 처음에는 마음에 안 들었지만 지금은 그런 것 하나도 없어요. 구명운동 할 때 외국인 선교사들이 결사적으로 우리 도와줬잖아요. 프라이스 신부님도 우리 애들한테 잘해줬고요. 사위도 우리집 사건 다 알고 이해하고 결혼했어요. 미국대사관에서도 결혼식 보고 사표 반려했으니까, 뭐 우린 떳떳하지.

남편 곁으로

유시민   다른 자녀들 혼인은 순조로웠겠죠?

강순희   그럼요. 큰딸만 그랬지, 아이들 결혼에 간섭하지 않았어요.

나도 연애 결혼했는데, 뭐. 사실 결혼은 둘째 딸이 먼저 했어요. 내가 성심여대 있을 때였는데 친정이 부도난 뒤라 여유가 없어서 조금 들여서 치렀어요. 첫 혼사라고 참 많이 와줬어요. 아버지가 안 계시니까 손님이 얼마나 있겠냐 했을 건데, 사돈댁보다 우리집이 더 많았지. 피로연장 들어가니까 그이 친구들이 수고했다면서 막 박수 쳐 주는데, 너무너무 고맙더라고요. 잊을 수가 없어. 그리고 1년쯤 뒤에 큰딸이 결혼했지. 나는 집을 새로 지었어요.

유시민 집 짓다가 늙는다는 말이 있을 정도로 스트레스가 많다고 하던데, 힘들지 않으셨어요?

강순희 왜 아니겠어요? 성심여대 그만둔 뒤였는데, 돈도 부족했지만 사람을 잘못 쓴 탓에 더 고생했어요. 두 달이면 된다더니 여섯 달 걸렸어. 봄에 시작해서 가을에 끝났으니까. 그때 유행한 스타일로 반지하와 옥탑까지 만들어서 세를 놓기 좋게 했어요. 월세가 제법 나와서 생활비 쓰고 대출금도 갚았어요. 그 무렵에 재미있는 사건이 있었어. 우리집에 손님이 왔는데 젊을 때 권투했던 분이야. 근데 여관집 남자가 우리집을 가리키면서 '저 집이 빨갱이'라고 한 거예요. 우리 손님이 한 대 쳤어. 나는 동네 사람하고 웬 싸움을 했나 했는데 그랬다더라고요. 할아버지여도 젊어서 권투를 한 분이라 그런지 그 남자가 주먹 한 대 맞고 바로 나가떨어졌어요. 찍소리 못하고 들어가더래. 자기네 바로 앞에서 집 헐고 지으니까 거슬리기도 했던가 봐.

유시민 폭력은 좋은 게 아니란 걸 알지만 그래도 속이 시원하네요. 직장 그만두셨고, 생활비는 집 월세로 충당하고, 자녀들은 혼인해서 독립해 나가고, 연세는 더 드셨고, 그 뒤로는 무슨 일로 어떻게 시간을 보내셨어요?

강순희　집 관리하고 산에 다니고 건강 돌보면서 지냈어요. 그러다 아들이 장가를 갔는데 며느리가 학교 선생님이야. 맞벌이니까 두 해 정도 같이 살면서 손녀를 키웠어요. 그러다 병이 났어. 친구 자주 만나고 산에 다니면서 살던 사람이 손녀 돌본다고 묶여 있어서 그랬는지 몰라. 혈압이 오르고 코피가 나고 그러는 거야. 혈압약은 어지러워서 먹다 말았는데, 나중에 파주로 이사 가서, 일흔 넘어서 다시 먹기 시작했어요.

유시민　주변에서 흔히 볼 수 있는 할머니의 일상이었네요. 아드님이 책임감을 많이 느끼셨을 것 같아요.

강순희　우리 아들은 어려서부터 그랬던 것 같아요. 외국 가서 박사학위 할 기회가 있었는데 집안을 책임져야 한다고 안 갔어. 내가 괜찮다고 해도 안 가더라고. 결국 아들은 박사가 못 됐는데 손녀들이 둘다 박사야. 그 애들 키울 때 얼마나 이뻤는지 몰라. 우리 아들 정말 착했어요. 아르바이트한 돈, 취직해서 탄 월급을 다 나한테 줬어. 한 번은 곧 보너스 탄다면서 10만 원만 줄 수 없냐고 하는데 나갈 돈이 많아서 안 된다고 했지. 일부러 그렇게 말한 건데 알았다 하더라고. 보너스 타 왔기에 5만 원 얹어서 15만 원을 줬어요. 아들이 고맙다고 해서, 네가 타 온 월급인데 뭐가 고맙냐고 했지. 그래도 막 고맙대. 그 어려웠던 시기에 사춘기도 티 안 내고 속 썩이는 일 없이 잘 자라주었던 아들이에요.

유시민 아버지가 안 계시면 아들이 일찍 철든다고 합니다.

강순희 아들이 중학생 때 큰집 사촌이 아버지한테 매달리는 걸 봤나 봐. 그게 그렇게 부러웠다 하더라고. 가슴이 아팠죠. 직장 다닐 때는 경찰이 찾아와서 빨갱이들이 포섭하러 올지 모른다고 했대요. 아들이, 나는 아버지가 공산주의자였다고 생각하지 않는다고, 그런 사람들이 와도 말을 듣지 않을 거라고 했대요. 그런 일 있었다는 걸 나는 나중에 알았어요. 경찰이 엄마한테는 절대 얘기하지 말라고 했다는 거야. 우리 아들 찾아간 거 알면 내가 가만두지 않을 줄 알고 그랬는지.

유시민 정보 형사들 사이에 소문이 나 있었는지 모르죠. 강순희는 건드리지 않는 게 좋다고요.

강순희 그랬는지도 몰라. 하여튼 아들 분가해 나가고 나는 막내랑 둘이 살았어. 막내는 독신주의나 뭐 그런 건 아니었는데 좀 늦게 혼인했고, 사는 데 어려움을 겪어서 내 마음이 아파요. 인생이 다 순탄할 수 없는 일이지. 그래도 아이 사랑하면서 열심히 살아가니까 고마운 일이에요. '사랑이 있으면 살아진다. 열심히 살아라.' 마음으로 그렇게 응원하면서 지켜보고 있지요.

유시민 갈현동을 떠나 파주로 옮기셨더라고요.

강순희 살던 집을 팔고 파주로 갔어요. 1998년이었는데, 내가 예순여섯 살이었어. 다른 이유는 아니고, 남편 가까이 있고 싶어서. 남편 묘가 파주에 있거든. 자꾸만 남편 옆에 가고 싶더라고. 파주 이사한 뒤로 묘소에 자주 갔어요. 근처 교회에서 노래 배우고, 수영하고, 산

남편, 아빠, 자식을 잃고 가족은 더 굳세게 단결했고, 봐란 듯이 살았다. 아들을 잃은 시어머니와 남은 가족들 함께 사진관에 가서 찍었다. 첫 만남 때 "법으로 살지 말고 정으로 살자"던 시어머니는 미더운 분이었고, 그리운 사람이다.

책하고, 장어 먹으러 가기도 하고, 오이지 같은 것 만들어 애들한테
주고. 그러면서 십 년 정도 살았지. 그런데 애들이 길이 안 좋다고 자
꾸 나오라는 거야. 그래서 의왕시 청계산 근처에 갔다가 지금은 서울
살아요.

6

마치지 못한 노래

그 사람 건드리지 마시우

유시민 인혁당 가족들하고 꾸준히 연락하며 사셨나요? 사람은 저마다 생각과 처지가 다르니까 함께 활동했지만, 관계의 어려움도 없지는 않았을 것 같습니다.

강순희 왜 없었겠어요? 오죽하면 우스개로 '야, 우리 남편들 다 나오면 다시는 보지 말자!' 하면 다들 '그러자!' 했다니까. 남편들이 살아나왔으면 그랬을지도 몰라. 그런데 죽었으니까 다시 보게 됐죠. 남편들이 죽었으니까 우리가 안 만날 수가 없게 된 거야.

유시민 누구한테 말하기 어려웠던 일, '이제는 말할 수 있다', 뭐 그런 것도 있나요?

강순희 소소한 게 좀 있긴 하지. 이를테면 어떤 자리가 있는데 가자는 이도 있고 안 간다는 이도 있고, 그런 거야. 난 주로 안 간다는 쪽이었어. 남편 죽고 나서 누워 있을 때였는데 대구 가족들이 소복을 입고 올라왔어요. 동우엄마가 와서 기독교회관에 가자는데 나는 안 간다고 했어. 사람 사는 세상이 아니었으니까. 싸움은 사람하고 하는 거예요. 남편들을 죽인 자들인데 누구를 붙들고 뭘 하겠어요? 장소가 기독교회관이라는 것도 마음에 안 들었지. 얘기했잖아요. 상고심 앞두고 마지막 기도회 했을 때 목사님이 민청학련만 얘기하고 우리 사건은 한마디도 하지 않았다고. 난 그때까지도 마음이 안 풀렸거든.

유시민　결국 안 가셨어요?

강순희　나는 안 갔고, 동우엄마는 순해서 남의 말을 잘 들으니까 갔어요. 다 갔는데 나만 빠졌으니까 좋게 보이지는 않았겠지.

유시민　그 뒤로 계속 빠지셨던 건 아니죠?

강순희　같이 가야 할 때는 갔어요. 3.1 명동사건으로 문익환* 목사 잡혀가고 또 풀려났을 때도 갔고. 그분이 수도 없이 잡혀갔다 풀려나고 또 잡혀갔다 풀려나고 했거든.

* 문익환(1918~1994)은 중국 옌볜 조선족 자치주 룽징시에서 태어나 윤동주와 함께 소학교를 다녔다. 도쿄 일본신학교와 한신대학교 신학과를 거쳐 미국 프린스턴 신학교에서 구약성서를 연구했다. 개신교와 천주교의 성서 번역 공동사업에 개신교 대표로 참여할 정도로 널리 인정받는 신학자이자 목사였던 그는 1975년 절친하던 '영원한 광복군' 장준하 의문사 사건을 계기로 민주화운동에 투신했고 그때부터 박정희·전두환·노태우·김영삼 네 정부 동안 인생 절반을 감옥에서 보냈다. 1989년 정부와 협의하지 않고 북한을 방문해 김일성 주석과 회담하고 돌아온 일로 갇혔다가 1993년 김영삼 대통령 시절 풀려난 게 마지막 사건이었다. 통일운동가 문익환에게 대한민국 정부는 국민훈장 모란장을, 조선민주주의인민공화국 정부는 조국통일상을 수여했다. 강순희가 쌍가락지 하나를 주었던 연우무대의 문성근이 문익환 목사의 아들이다.

유시민　3.1명동사건이 아주 큰 일이었습니다. 1976년 삼일절에 명동성당 미사에서 이름난 재야인사들이 유신독재 규탄하는 〈3.1민주구국선언문〉을 발표했거든요. 그때 많이들 잡혀갔죠.

강순희　맞아요. 시끌시끌했어. 내가 큰길 쪽으로 이사하고 의상실을 하던 때였는데 대구 가족들이 문익환 목사 석방됐다고 목사님 댁에 가자면서 우리집에 왔더라고. 같이 가려다가 보니까 대구 형사들이 거기까지 쫓아온 거야. 의상실을 하니까 대문을 늘 열어 놓았거든. 몰래 옆집으로 가서 담을 넘어 그놈들 따돌리고 문 목사님한테 갔어. 그리고선 다들 명동성당에서 구호 외치고 데모했어. '정보부 놈들아! 죽인 사람들 살려내라!' 소리를 질렀더니 또 중부경찰서로 끌고 가는 거야. 형사들이 겁주면서 이름 대라고 하잖아요. 나보고도 그러더라고. 내가 '몰라. 네가 알아 와.' 했더니 옆에서 김지하 씨 어머니가 거들었어. '그 사람 건드리지 마시우.' 그랬더니 형사들이 인혁당 사형수 가족인 거 알고 태도를 바꾸더라고요. 집까지 택시로 모시겠대. 택시 뒷자리에 같이 탔는데 합승으로 뒷자리에 남자가 타고 앞자리에 합승으로 남자가 또 탔어요. 그때는 다 합승할 때였어. 그런데 승객들끼리 싸움이 났어. 뒷자리 놈이 양담배를 피우니까 앞자리 놈이 시비를 건 거야. 차 세우라 하고, 내리라고 하고. 앞자리가 깡패 같은 놈이라 양담배 피운 뒷자리 놈이 혼나게 생겼어. 내가 미안하다고 하면서 동생 대신 사과할 테니 한 번만 봐달라고 했어요. 형사는 가만히 있었지만, 난 형사 믿고 그런 거죠. 내가 그러는데도 깡패 놈이 차를 세우고는 계속 내리라고 난리를 치더라고. 그래서 내가 쏴붙였지. '야, 이 자식아! 너는 누나도 없고 부모도 없냐? 내가 사과했으면 됐지, 네 놈은 뭘 잘했냐?' 그러니까 씩씩대더니 그냥 갔어.

유시민　　양담배 피우다 걸리면 벌금을 많이 내던 때였어요. 1980년대까지 그랬죠.

강순희　　형사는 끝까지 모른 척하면서 가만있었어. 내가 양담배 피운 사람 살려준 거죠. 택시 내릴 때 형사가 나한테 인사하면서 이러더라고요. '열심히 사세요.'

유시민　　정보 형사들이 가족들한테 마냥 못되게 한 것만은 아니었나 봅니다. 그 형사는 어머니가 씩씩하게, 눈치 보지 않고, 어디서나 할 말 하시는 게 신기했을지도 모르죠.

강순희　　경찰하고는 별별 일이 다 있었어요. 서로 부대끼면서 살아서 그런 거였겠지. 2차 사건으로 무기징역 받고 고생하셨던 양반이 있어요, 이성재* 씨라고. 딸이 아팠나 봐요. 하루는 형사가 그게 사실인지 물어본다고 찾아왔더라고. 내가 웃기는 소리 하지 말고, 아픈 애 갖고 뭘 또 조작하려고 하느냐고, 막 뭐라 해서 쫓아냈어. 밤에 술 한 잔 먹고 경찰서에 전화한 적도 있어요. 숙직 형사가 받으면 네놈들이 사람을 죽였다고 욕을 하고 노래를 막 불렀어. 그 노래, '일송정 푸른 솔은~' 같은 거. 내가 정신 줄을 놓은 게 아니야. 일부러 그랬지. 그렇게라도 안 하고는 살 수가 없더라고.

*이성재(1925~2016)는 경기도 광주에서 태어나 서울대 정치학과를 다녔다. 해방정국에서 조선민주애국청년동맹 활동을 하다가 대학에서 제적당했고 4. 19 혁명 이후 사회대중당 중앙집행위원으로 활동했다. 이승만·박정희 정권에서 두 차례 구속되어 4년 넘게 옥살이를 했던 그는 전창일·이수병·우홍선과 혁

신계 정치활동 재개 방안을 논의하다가 2차 사건으로 무기징역형을 받았고 1982년 형집행정지로 풀려났다. 강순희는 딸이 아팠던 일을 이야기했지만, 이성재 자신도 건강이 좋지 않아서 1995년 병을 치료하려고 캐나다로 이주했다가 재심을 시작한 2006년 돌아왔다. 강순희의 구술 기록에 여러 차례 나오는 이성재 씨의 부인 이름은 박순애이다.

남민전의 깃발

유시민 형사들도 알았을 겁니다. 가족들이 얼마나 분하고 아팠는지. 가족들만 그랬던 게 아닙니다. 유신독재와 싸우던 분들이 다 충격을 받았습니다. 나중 남민전 사건 터졌을 때 인혁당 가족들이 또 고생하셨죠? 그 남민전 깃발* 때문에요. 인혁당재건위 사형수 여덟 분의 속옷으로 남민전 깃발을 만들었다고 난리를 쳤습니다. 중앙정보부는 남민전 사건을 1979년 10월 초에, 박정희 죽기 얼마 전에 터뜨렸어요.

* 남민전(남조선민족해방전선준비위원회) 사건은 박정희 정권 말기에 터진 최대 공안사건이다. 1976년 2월 「민족일보」 기자 출신 사회운동가 이재문과 신향식·김병권 등이 반독재·민주화·반외세를 내세운 비밀결사를 조직해 유신독재를 비판하는 유인물을 뿌리고 청년학생위원회를 만들었다. 1차 사건 관련자였던 이재문은 2차 사건 사형수의 속옷을 가족들한테 받아서 조직의 깃발을 제작했다. 공안당국은 남민전 조직원들이 자금을 마련하기 위해 동아건설 회장 최원석의 집을 털려고 했던 사건에서 단서를 발견하고 수사한 끝에 남민전 조직의 존재를 확인하고 1979년 10월 국가보안법 위반 등의 혐의로 84명을 구속하면서 '북한 공산 집단의 대남 전략에 따라 국가 변란을 기도한 간첩단 사건'이라고 발표했다. 법원은 핵심 인사들에게 사형과 무기징역을 선고했지

만 남민전 조직원으로 참여한 이들은 모두 북한 추종자나 간첩이 아니라 민족주의 성향을 가진 자생적 사회주의자들이었다. 2006년 민주화운동보상심의위원회는 관련자 가운데 29명을 민주화운동 관련자로 인정하면서, 사형 선고를 받았으나 고문 후유증으로 옥사한 이재문과 사형이 집행된 신향식 등은 제외했다. 무역회사 해외 파견 근무를 하다가 사건이 터지자 프랑스에 망명했던 홍세화는 후일 『나는 빠리의 택시운전사』라는 베스트셀러 책에서 자신이 겪은 남민전 사건과 망명자 생활에 대해 증언했다.

강순희　그때 형사들이 한밤에 와서 날 데려가려고 했어. 우리 애들이 날 붙들고 못 데려가게 하니까 그놈들이 '이 년들이!'라고 욕을 하더라고. 애들도 안 졌어요. '이 새끼들아!' 욕하면서 덤볐어. 애들 진정시키고 경찰차를 탔는데, 내가 욕하고 노래 불렀을 때 전화 받았던 놈이 있더라고. '아줌마, 일송정 잘 부르시던데.' 이러는 거야. 서부경찰서에 가서 보니까 무기수 양반 아픈 딸 조사한다고 찾아왔다가 쫓겨난 놈도 있었어. 자기가 우리 남편 담당이었대. 그래도 그 사람들이 나한테 막 하지는 않았어요. 악질은 아니었어. 나도 그 사람들하고 싸우려고 했던 건 아니고.

유시민　경찰서에서 뭘 묻던가요?

강순희　그 남민전 깃발을 어떻게 만들었는지 얘기하라는 거였지. 이성재 씨 부인한테 뭘 준 게 생각이 났지만 기억이 흐릿해서 모른다고 했어요. 잘못 말해서 누구 다치면 어떡해요? 그랬더니 정보부에서 우리를 데려가겠다고 한다는 거야. 그렇지만 자기네한테 말하면 정보부에 안 보내고 집에 데려다주겠대. 나중에 알았는데 동우엄마랑 민환엄마, 서울 가족들을 그때 다 잡아다 놨더라고. 그래서 어느 집 부인한테 남편 속옷인지 뭔지를 줬던 것 같다고 했지. 그랬더니 '런닝'이라고 하더라고요. 그렇게 해서 풀려났는데, 집에 와서 책을 막 치웠어. 리영희* 씨 책에 빠져서 『8억인과의 대화』를 읽고 있었는데 그 책도 감췄지. 그러는데 정보부 놈들이 왔어.

* 리영희(1929~2010)는 평안북도 운산 출신으로 국립해양대학에서 공부하고 중학교 영어교사를 하다가 유엔군 연락장교로 복무하면서 한국전쟁 당시 군대의 부패와 양민학살의 실상을 목격했다. 이후 통신사와 신문사의 외신 전문 기자와 논설위원, 한양대학교 신문방송학과 교수 등으로 일하는 동안 여러 차례 국가보안법 위반 등의 혐의로 필화와 옥고를 겪었고 대학에서 두 차례 해직되었다. 강순희가 남민전 사건 당시 읽고 있었다는 『8억인과의 대화』는 현대 중국의 실상을 다룬 책으로 미국의 베트남전쟁 개입을 비판한 『전환시대의 논리』와 함께 유신시대 지식 청년들의 '사상적 은사'였던 리영희의 대표 저서로 알려져 있다. 1977년 출간한 이 책은 당시 한국에서는 중공(中共)이라고 했던 중화인민공화국의 현실을 있는 그대로 알렸다는 찬사와 중국 정치와 사회의 부정적인 면을 간과했다는 비판을 동시에 받았다.

유시민　중앙정보부가 그냥 넘겼을 리 없죠.

강순희　가자고 하기에 나도 준비를 해야 되지 않겠냐 하고는, 목욕하고 머리 다듬고 옷을 든든하게 입었어요. 갔더니 서부경찰서에서 나 조사하던 사람이 또 날 조사하는 거야. 자기도 원치 않았는데 위에서 시켜서 어쩔 수 없이 하는 거라 하더라고. 강순희 상대하려면 좀 지적이어야 한다고 위에서 그랬다나? 지적이긴 뭐, 잘 알지도 못하면서…. 그런데 가만히 생각해 보니까 기억이 나더라고. 우리 남편이 사다 놨던 꽃병이 있었어요. 그걸 남편 산소에 갖다 놨어요. 그런

남편 사후 70년대에는 시국 집회 참여가 일상이었다. 위, 아래 안경 쓴 이가 강순희다.

데 이성재 씨 부인이 우리 집에 지압해 주러 왔다가 그 꽃병을 달라고 하더라고. 산소에 갖다 놔서 없다고 했더니, 그러면 옷이든 뭐든 우리 남편 물건을 아무거나 달라는 거야. 그래서 속옷을 줬지. 그 얘기를 했더니 형사가 막 받아 적더라고. 다음날 아침에 그 사람이 우유를 주고 친절하게 말을 하더니 이러더라고. '아주머니, 알고 준 거 아니에요?' 내가 펄쩍 뛰었어. '내가 미쳤어? 남편 죽었는데 깃발 만들어서 뭐 하겠다고 옷을 줘?' 그랬더니 '그렇죠?' 하면서 씩 웃어요. 그리고 거기 '사장'이라고 하는 놈이 불러서 갔어요. 내 말은 거짓이라고 해도 말이 되긴 한대. 그러면서 저 두 사람은 생각 안 난다고 무조건 모른다고 하니까 얘기 좀 해보래요. 동우엄마와 민환엄마를 만났지. 이성재 씨 부인이 해코지당할까 봐서 모른다 했다더라고.

유시민　　정보부에서는 깃발 만든다는 걸 알고 주었는지 여부를 확인하려고 했겠지요.

강순희　　우리 셋은 그날 풀려났어요. 그런데 정보부에서 또 조사할 게 있다면서 데려갔어. 가니까 혼자 한참 놔두더니 어떤 놈이 와서 이러는 거야. '당신 남편 어떻게 죽었어?' 내가 소리를 질렀지. '인혁당으로 사형 됐어!' 그랬더니 '사형 됐지.' 하더라고. 또 한참 내버려두기에 이것들이 진짜 고문이라도 하려나, 죽기밖에 더하겠나 했는데, 이놈들이 와서 다른 집 부인은 다 당신이 주도해서 했다고 하는데 왜 거짓말하느냐고 하는 거야. 내가 화를 냈지. 남편도 죽은 마당에 내가 뭐 하러 거짓말하겠느냐고. 거짓말은 당신들이 하고 있다고. 결국 정보부 놈들이 내 말이 사실인 것 같다면서 풀어줬어요. 앞으로도 물어볼

거 있으면 언제든지 물어보라고 큰소리치고 나왔어요.

유시민   인혁당 가족들을 이간질하려고 했군요.

강순희   그 일로 정보부 조사를 두 번 받은 건데, 지금이니까 편하게 말하지, 그때는 남자들도 정보부 가자고 하면 벌벌 떨었어요. 그래도 그놈들이 자기들 생각에도 말이 된다 싶으면 때리거나 괴롭히지는 않았어요. 나하고 동우엄마랑 민환엄마, 우리 셋은 있는 그대로 얘기하니까 곱게 돌려보낸 거였어요. 대구 가족들은 고문당하고 얻어맞고 했다고 들었어요. 특히 가깝게 지냈던 전창일 씨 부인이 맞았다는 말 들으니까 너무 무서웠어요. 내가 사방 악을 쓰고 다녔어도 그런 꼴은 안 당했거든. 그런데 친한 사람이 맞았다고 하니까 못 견디겠더라고. 몸서리가 쳐지는 거야. 얼른 잊으려고 보따리 싸서 부산 친정에 갔어.

유시민   그래도 어머니가 용기를 잃지는 않으셨던 것 같습니다. 악을 쓰고 다니는 건 그 후에도 여전하셨거든요. 방송국에 항의해서 라디오 프로그램을 중단시켰던 일도 있지 않았던가요?

강순희   그게 1981년이었을 거예요. 프로그램 이름이 '백화산의 여우, 도예종 사건'이던가, 아무튼 우리 남편들을 죄다 나쁜 사람으로 만들었더라고. 뿔이 나서 가만히 있을 수가 없었지. 프라이스 신부님이 빌려준 녹음기로 녹음을 하고 대구에 연락해서 다 올라오라고 했어요. 같이 여의도 방송국에 가서 피디를 찾았더니 누군지 묻더라고. 나와 보면 안다고 했더니 여자 피디가 나왔어요. 멀쩡하게 생겨 갖고 어떻게 이따위 짓을 하느냐고, 이게 어떤 사건인데 그 따위로 조작하느냐고 했어요. 우리가 누군지 밝히니까 죄송하다고, 반공 프로를 의무적으로 하나씩 해야 해서 그랬다고 하는 거야. 당장 중단하라고 하고 돌아왔는데 나중에 보니까 방송이 계속 나오는 거예요. 전화 걸어서 따졌더니 우홍선 씨는 빼지 않았느냐고 하더라고. 내가 언제 우홍선만 빼라 했냐고 했지. 녹음기 돌아가는 소리가 들렸는지 더 말을 안 하고 그냥 끊었어. 결국 그 프로그램은 없어졌어.

명예회복? 이 명예가 어때서!

유시민 1982년에 인혁당 사건 관련자들이 감형과 형집행정지로 모두 풀려났습니다. 그때 마음이 어떠셨어요?

강순희 좋았죠. 죽은 사람은 죽은 사람이고 산 사람은 산 사람이잖아요. 우리 남편 보듯 했지. 우리 죽은 남편 보듯…. 그래도 우리 다 너무 억울하니까 다시 항의하자, 다시 호소하자, 그렇게 마음을 먹고 자료 정리해서 힘이 되어줄 만한 사람들을 찾아갔어요. 그런데 그러면서 갈등이 생겼고 상처를 받기도 했어. 인혁당 사건은 이제 다 끝난 거 아니냐고 하는 사람도 있었고, 역할 분담하고 힘을 모아야 하는데 손발을 맞추지 못한 경우도 있고 했어요. 결국 다 사람 사는 세상이니까 그런 것이지. 이런 일도 있고 저런 일도 있고, 이런 사람도 있고 저런 사람도 있는 거니까.

유시민 모두가 한마음 한뜻이 되기가 쉬운 건 아니지요. 제가 알기로는 1998년 가서야 일이 되기 시작했습니다. '소위 인혁당사건 진상규명 및 명예회복을 위한 대책위원회'라는 단체를 만든 겁니다. 이돈명* 변호사와 문정현 신부가 공동대표를 맡았죠. 가족들은 국회 앞에서 천막농성을 오래 했습니다. 그때는 어떠셨어요? 참여하셨어요?

* 이돈명(1922년~2011)은 전라남도 나주에서 태어나 조선대학교 정치학과를 졸업하고 판사를 거쳐 민사 전문 변호사로 활동하다가 민청학련 사건을 목격하고 인권운동에 뛰어들었다. 청계피복노조·원풍모방·크리스천아카데미·인혁당재건위·YH사태·10.26사건·부산미문화원 방화·대우자동차 파업·미문화원 점거농성·부천경찰서 성고문 사건 등 박정희·전두환 시대의 중요한 시국사건을 빠짐없이 변론해 '인권변호사의 대부'로 통했던 그는 민주화 이후 일선에서 물러나 모교의 총장을 지냈다.

강순희　나는 참여 안 했어. 천막농성에 안 나갔어요. 그래서 좀 시끄러웠죠.

유시민　왜 안 하셨어요?

강순희　진상규명이니 명예회복이니 하는 게 의미가 있나 싶어서요. 국회 앞에서 천막 치고 농성하는 게 무슨 가치가 있는지 모르겠더라고. 그래서 딱 잘라 거절했어요. 꼭 해야 할 일이라고 생각했으면 왜 안 했겠어요? 진짜 해야겠다 싶은 일이라면 뭔들 못 하겠어요? 지금 하라고 해도 난 그거 안 해요. 하지만 사람마다 생각이 다르니까, 나는 참여 안 하지만 필요한 거 있으면 도울 테니 언제든 오라고 했어요. 구명운동 때는 우리집에 자주 모였거든. 올라와서 우리집에서 지내기도 했고, 크리스마스도 같이 보냈지. 가족들 중에 우리집에 안 와

본 사람 없을 거야. 그런데 우리집에는 오지 않고 농성 안 나온다고 뭐라 하는 눈치더라고. 나는 각자 생각대로 하자고 했어요. 한참 뒤 일이지만, 명예회복 신청도 안 했어요. '민주화운동 관련자 명예회복 및 보상심의위원회'라는 곳에서 민주화운동 관련자로 인정을 받고 보상을 받으면 재판 없이 '화의'로 마무리된다고 했어요. 난 거부했어. 노무현 대통령 때 유인태* 씨가 찾아와서 하라고 했지만, 그때도 싫다고 했어.

* 유인태(1948~)는 충북 제천에서 태어나 서울에서 자랐다. 경기고를 나와 서울대학교 사회학과를 다니다가 민청학련 사건으로 사형선고를 받았다. 감형을 거쳐 1978년 형집행정지로 풀려난 뒤 생업에 종사하다가 민주화 이후 정치에 투신해 서울 도봉구에서 세 번 국회의원에 당선했다. 노무현 대통령 정무수석비서관과 국회 사무총장 등의 공직을 역임했으며 현역에서 은퇴한 후에는 정치비평가로 활동했다.

유시민　　유인태 씨가 노무현 대통령 정무수석비서관이었어요. 그분도 민청학련 사건으로 사형당할 뻔했고요.

강순희　　도대체 어떤 놈이 내 남편 명예를 회복시켜 줄 수 있느냐, 네 깟 것들이 무슨 명예회복을 해주느냐, 이게 나라냐, 나도 힘 있으면 이놈의 세상 확 뒤집어엎고 싶다, 힘이 없어서 못 하는 거다, 이 세상 뒤집어엎으려고 한 게 내 남편의 명예인데, 이 명예가 어때서? 명예회복 같은 거 신청 안 한다, 돈 몇 푼 보상받는 거 안 한다. 내 생각은 그런 거였어. 명예회복 신청해서 보상받으면 더 분하고 더 억울할 것 같았어. 사람이 죽고 없는데 뭐가 필요하단 말이야? 이 세상이 사람

2003/08/29

한 시대를 함께 이겨 온 인혁당 사건 가족들.

사는 세상 같지가 않은 거야. 그래서 신청을 안 했어요. 재심 무죄 판결 나고 나서 한명숙* 총리가 우리를 공관에 초대했어요. 2007년 2월쯤이지, 아마? 한 총리가 왜 여태 명예회복이 안 되었냐고 걱정하기에, 내가 안 한 거라고 이유를 싹 설명하고 재판으로 해결했으니까 이제는 할 거라고 했어요. 그 후에 신청해서 했고.

* 한명숙(1944~)은 평양에서 태어났고 한국전쟁 때 부모와 함께 월남해 서울에서 자랐으며 이화여대와 한신대에서 여성학과 신학을 공부했다. 남편 박성준이 혼인 직후 통일혁명당 사건으로 체포되어 1981년 풀려날 때까지 13년 동안 옥바라지했으며 자신도 1979년 한국 크리스천 아카데미 사건으로 2년 6개월 옥고를 치렀다. 민주화 이후 한국여성민우회 회장과 한국여성단체연합 가족법개정특위 위원장으로 활동하다가 김대중의 권유로 정치에 참여해 국회의원·여성부장관을 지냈고 노무현 정부에서 환경부장관을 거쳐 최초의 여성 국무총리가 되었다. 노무현 대통령 국민장 장의위원장과 노무현재단이사장으로 활동했고 민주당 대통령 후보 경선과 서울시장에 출마하기도 했다. 이명박 정부 검찰의 끈질긴 공격을 받은 끝에 정치자금법 위반으로 징역 2년을 선고받아 복역했는데, 항소심 재판부와 대법원은 완전 무죄를 선고한 1심 판사와 달리 검찰이 증인을 회유하고 증언을 조작한 혐의가 농후하고 증거가 분명치 않았는데도 유죄선고를 내렸다는 비판을 받는다. 법원은 2022년 재심에서 통혁당 사건으로 장기 복역했던 남편 박성준에게 무죄를 선고했다.

유시민   인혁당 가족들이 다 어머니와 같은 생각을 하신 건 아니었지 않나요?

강순희   그렇죠. 하재완 씨 부인 이영교 씨가 열심이었어요. 나랑 생각이 달랐던 거죠. 누가 옳고 누가 틀린 게 아니라 그저 생각이 달랐을 뿐이에요. 다시 그때로 돌아간대도 달라질 건 없어. 그것 가지고 싸우지도 않을 거야. 이영교 씨가 정말 끈질기게 잘했어요. 애 많이 썼어요. 덕분에 우리가 지금 편안하게 된 거라고 봐요. 고마운 일이지. 인정해야죠. 과거 우리 사회 잘못을 더 밝히는 데도 도움 될 거라고 봐요. 이 사건이 조작이고 거짓이라는 걸 내가 밝혔고, 이영교 씨가 그걸 잘 끌고 나갔어요. 1차 사건을 재탕한 것과 공판 기록 조작한 것을 밝혀낸 거, 나는 정말 자부심을 가지고 있어요. 내가 사실은 겁이 많은데, 정보부에 끌려다니면서 그걸 어떻게 해냈나 몰라.

유시민 진상규명을 어느 정도 했기 때문에 재심 개시 결정을 받아낼 수 있었습니다. 김대중 대통령이 2000년에 '의문사진상규명위원회'를 대통령 직속 기구로 만들었어요. 그 위원회가 2002년 9월 12일에 인혁당재건위 사건을 중앙정보부가 허위 조작했다는 조사결과를 발표했고요. 가족들은 석 달 후에 그것을 근거로 법원에 재심을 청구했죠.

강순희 위원회 분들이 나한테 연락을 했어요. 진상규명을 위해서 이야기를 듣겠다는 거야. 나는 살아서 나온 사람들한테 들으라고 했어요. 난 아는 걸 다 말했고, 그 기록들이 많이 남아 있었거든. 그걸 찾아서 보라고 했지. 그런데 법원이 3년이나 지나서 재심 개시를 결정했어.

유시민 맞아요. 2005년 12월 7일 '국정원과거사진실규명위원회'가 조사 결과를 발표했어요. 인혁당과 민청학련 사건이 박정희의 지시로 정보부가 조작한 사건이었다고요. 국정원이 법원에 재심을 권고했죠. 법원은 12월 27일 재심을 개시한다고 결정했고요. 정말 마지못해 재심을 한다는 느낌이었습니다.

강순희 나는 재심하는 것도 싫었어. 유인태 씨가 와서 하라고 했는데 또 안 하겠다고 했어.

유시민   그렇지만 결국 하셨잖아요.

강순희   그때 우리 변호인이 김형태* 변호사였는데, 꼭 해야 한다고 해서. 나는 만약 재판에 지면 변호사비 안 내겠다고 했어요. 이놈의 나라꼴이, 어떤 놈이 무슨 짓을 할지 모르니까….

* 김형태(1956~) 변호사는 서울 출생으로 서울대 법학과에서 공부했다. 민변 창립 회원으로서 수많은 인권 피해자들을 변호했다. 현재 천주교인권위원회 이사장과 인혁당재건위 사건 유가족들이 국가로부터 받은 배상금 일부를 출연하여 설립한 4.9통일평화재단 상임이사를 맡고 있다.

무죄 받았는데 왜 우냐고?

유시민   재판은 어떻게 진행되었나요. 특별히 준비하신 게 있었습니까?

강순희   재심 청구인이 '강순희 외 ○○○'로 나와 있어요. 내가 강 씨라서 그렇게 된 거야. 옛날에 싸울 때도 그랬어. 탄원서니 뭐니 낼 때도 다 '강순희 등 몇 명'이었지. 그러니 안 갈 수가 있나. 아니, 그런데 재판을 죽은 사람만 하더라고. 왜 살아있는 사람은 안 하고 죽은 사람들만 하나? 우리가 총알받이처럼 되는 거 아닌가? 그러면 우리만 더 상처받잖아? 그런 걱정도 했어요. 재판을 제대로 한 것도 아니야. 처음에는 시간만 끌었어요. 1년에 한 번이나 했나? 마지막에 집중적으로 한 거였어요. 재판 과정도 아주 그냥, 말도 못해. 증인으로 나온 경찰 놈들이 다 거짓말을 해. 모른다 하고, 고문 안 했다 하고. 사람들이

웅성웅성하니까 재판장이 '조용히 하시오!' 하더라고. 어떤 형사가 새빨간 거짓말을 하기에 내가 벌떡 일어나서 소리 질렀어요. '야! 이 거짓말쟁이야!' 내가 혈압이 올라서 얼굴이 빨개지니까 옆에 있던 사람이 '아이고, 아이고, 아줌마 쓰러지겠다!' 하는 거야. 내가 일흔여섯 살이었거든. 판사가 간호사 들어오게 했지. 그래도 밖에 나가 쉬고 다시 들어와서 끝까지 다 했어요. 혼내려면 혼내라 하고 소리 질렀더니 좀 낫더라고요.

유시민 법정에서 증언도 하셨죠?

강순희 '재판으로 죽었으니까 재판으로 싸워 보자'고 마음먹었지. 아침에 깨면 그때 일을 떠올리면서 마음속으로 판사 검사하고 막 얘기하는 거야. 혼자 싸우기도 하고 울기도 하면서. 그래서 그랬는지 증언할 때 하나도 안 막혔어. 일사천리로 내가 한 일 다 얘기했지. 증언대에 서니까 변호사가 이름 물어보고 누구와 결혼했냐고 했어. 그 다음부터는 혼자 죽 다 말했어요. 판사들은 질문 안 하고 듣기만 하더라고. 그 호소문 다 있냐고 묻기에 변호사한테 다 제출했다고 했어요. 할 얘기가 더 있었는데 나중에 시간 주겠다고 해서 그만했지. 그런데 나중에 시간 안 줬어요.

유시민 2007년 1월 23일 재심 무죄 판결이 났어요. 어떠셨어요?

강순희 법정 나오면서 막 울었어. 그런데 기자들이 이겼는데 왜 우냐고, 그 따위로 묻는 거야. '이겼으니까 더 억울하지! 이렇게 죄 없는 사람을 죽였으니까!' 그랬는데, 아니 어떻게 기자들이 그렇게 뭘 몰라?

유시민 그러게 말입니다. 재심에서 무죄가 됐다는 건 죄 없이 억울

재심 무죄판결 직후 법정 밖에 모인 인혁당 사건 가족들과 문정현 신부.

하게 죽었다는 걸 국가가 인정한 겁니다. 그러니까 더 눈물이 날 수밖에 없는 건데.

강순희   그렇죠. 죄 없이 산 사람을 그렇게 죽였구나, 죽으러 갈 때 마음이 어땠을까, 그 사형 자리에 갈 때 어땠을까…. 그런 생각을 했어요. 무죄 판결 나기까지 찾아오고 편들어준 정치인 많았는데, 다 잊어버렸어요. 민사재판도 이겼어요. 어떤 기자가 오글 목사랑 마태진 목사를 아냐고, 연락이 되냐고 묻더라고요. 그때 보상금이 나오니까 오글 목사한테 얼마라도 보내야겠다 싶었어요. 우리 정말 힘들 때 도와준 사람들, 잊으면 안 되는 사람들이잖아요. 그때 내가 파주 살았는데, 동우엄마 민환엄마랑 우리집에서 오글 목사한테 전화했어요. 그 돈은 한국에 있는 분들이 써야 된다면서, 자기들은 사는 거 괜찮다고 딱 잘라 거절했어요. 내가 준 쌍가락지 하나, 그 반지 갖고 있다고, 절대로 안 팔 거라고 했고. 선물이라도 보내고 싶더라고요. 셋이 의논해서 오글 목사랑 마태진 목사한테 이불을 좋은 걸로 사 보냈어요. 나중에 이불 너무 좋다고 고맙다고 전화 왔지. 하나 더 말하고 싶은 게, 피해자들 보상하는 것도 중요하지만 가해자 혼쭐내는 것도 꼭 해야 한다는 거예요. 이용택은 국회의원까지 해먹었잖아요. 신직수도 변호사 했고요. 아우, 박정희 똘마니 노릇하던 것들이 말이야. 아니, 왜 피해자는 계속 당하고 가해자는 처벌 안 받아요? 우리 사회는 가해자를 제대로 처벌하지 않아! 어휴, 그놈의 자식들….

유시민   맞습니다. 말할 것도 없죠. 그런데 재심 무죄 판결 날 때까지 길고 힘든 세월이었습니다. 인혁당 가족들이 서로 의지하며 견디셨어요. 말씀 듣다 보니 어머니와 동우엄마, 민환엄마, 세 분이 정말 많은 걸 함께하셨던 것 같습니다. 마음이 잘 맞았나 봐요.

강순희 마음이 아주 잘 통했어요. 누가 의견 내면 바로 다 좋다고 했지. 한 번도 다툰 적이 없어요. 한 식구나 마찬가지였어. 한 달에 한 번은 꼭 만나서 밥 먹었고, 생일도 서로 챙겼어요. 특히 동우엄마는 가까이 살아서 맨날 붙어 다녔어요. 나보다 열세 살 어린데 제일 친했어. 동생 같기도 하고 친구 같기도 하고 그랬지. 호흡이 잘 맞았어. 동우엄마 없었으면 그 힘든 시기를 어떻게 지냈을지 몰라. 여름에는 애들 데리고 같이 바다에 갔고, 어린이날에는 신부님이랑 같이 나들이 다니고 그랬어요.

유시민 남들은 모르는 세 분만의 추억도 많을 것 같아요.

강순희 성심여대 법인 다니기 직전 여름에 셋이서 5박 6일 동해안 여행 간 적 있어요. 나이 더 먹으면 수영복 못 입으니까 마지막으로 입자고 했어. 출발하는 날 버스를 놓치는 바람에 서울역 가서 밤차를 탔어요. 경북 영덕이었지. 새벽에 내렸는데 무서우니까 키 큰 내가 모자 쓰고 가방 메고 남자처럼 앞장섰고, 둘이 따라왔어요. 온천에 가고, 밭에서 수박 먹고, 저녁에는 통닭에 맥주 마시면서 재미있게 놀았어요. 각자 3만 원씩 냈는데 돈이 남았지. 민박집에서 자고 배낭에 고추장 넣어 다니면서 돈을 아꼈으니까. 내가 나이 먹고 다니기 힘들어져서 자주 못 보게 되었지만 진짜 친자매처럼 서로 아끼면서 살았어요. 예전에는 한 달에 한 번씩 우리집에서 모였어요. 동우엄마, 민환엄마랑 박중기* 씨 부인 강민엄마까지 다 모여서 밥 먹고, 재미 삼아

1982년 여름 동우엄마, 민환엄마와 함께 배낭을 꾸려 동해안 일주 여행을 떠났다. 해수욕을 했고, 잘 챙겨먹었다. "누가 뭐래도 우린 서로를 기대며 당당했다"고 기억한다.

고스톱도 치고 그랬지.

* 박중기(1934~)는 경남 밀양 출신으로 이수병·김용원·김금수 등과 사회과학 연구서클 '암장'에서 활동했다. 4. 19 이후 민민청 투쟁국장을 맡았고 1차 사건 때 1년간 옥살이를 했다. 2차 사건 때는 '서울대 유인물 사건'으로 6개월간 수 감되어 있었던 '알리바이' 덕분에 중앙정보부가 엮을 수가 없어서 두 달 동안 고문하고 풀어주었다. 그는 고물과 고철 사업으로 돈을 벌어 2차 사건 피해자 와 유가족들을 헌신적으로 지원했는데, 이돈명 변호사가 감동해 '헌쇠'라는 호 를 지어주었다. 민주화 이후에는 민족민주열사·희생자추모단체연대회의(추 모연대) 의장을 역임했고 4.9통일평화재단 이사를 지냈다. 박중기의 아내 '강 민엄마'의 이름은 윤희숙이다.

7

사랑이 있으니 살아집디다

잘들 놀아라, 나는 간다

유시민 6.25전쟁 때 피난 오셔서 75년을 대한민국에 사셨습니다. 어머니가 살아오신 대한민국, 어땠나요? 어떻게 생각하세요?

강순희 이제는 정치에 관심도 없어요. 난 그저, 오늘 저녁에라도 가면 좋겠어요. 문재인 대통령 되기 전에 만났을 때, 절대로 안철수하고 싸우지 말라고 했어. 1987년 김영삼과 김대중처럼 되면 안 된다고. 김대중 대통령이 똑똑하지만 그땐 어리석었어요. 김영삼은 말할 것도 없고. 내가 김대중이었으면, 김영삼이가 저렇게 대통령 하려고 하니, '이번에 네가 해라, 나는 국무총리 하마.' 했을 것 같아요. 그렇게 하고 그 다음에 했으면 되잖아요? 그랬으면 민주당이 계속 했을 텐데, 둘이 싸우는 바람에 김영삼은 저쪽 당에 가서 5년 후에 되었고, 김대중은 또 5년 후에 대통령 했어요. 둘 다 손해 봤지.

유시민 '당신이 먼저 하시오. 나는 그 다음에 하겠소.' 어느 분이든 그랬다면 좋았겠죠. 두 분이 한편이 되어서 차례로 십 년 집권했으면 대한민국 더 크게 더 빨리 달라졌을 겁니다. 인혁당 재심도 더 신속하게 이루어졌을 것이고요.

강순희 그렇게 하는 게 정상이었겠지. 아줌마도 생각할 수 있는 걸 못 했으니 나라꼴이 뭐가 되었겠어요.

유시민 저는 경상도에서 태어나 이 나라에서만 계속 살았는데요. 이상한 대통령도 많았지만, 그래도 이제는 우리나라가 민주주의도 잘하게 됐습니다. 우 선생님처럼 억울하게 돌아가신 분들이 재심해서 무죄 판결 받은 것도 그렇게 된 덕분이잖아요. 우리나라가 아주 훌륭하지는 않아도 국민이 그동안 열심히 해서 이 정도로 나아졌다, 저는 그렇게 생각을 하거든요. 어머니는 어떠세요?

강순희 나는 그런 생각 안 해요. '잘~들 놀아라, 나는 간다~' 하는 마음이에요. 어휴, 윤석열 봐요. 정말… 그 당은 어째 살인마 대통령이 그렇게 많아?

유시민 다행히 윤석열은 사람 못 죽이고 본인이 감옥 갔어요. 이제 못 나올 겁니다. 부부가 다 갔어요.

강순희 우리나라만 그런 게 아니야. 지금 미국 꼴 봐요. 거기도 다르지 않은 것 같아요.

유시민 미국은 대통령 탄핵도 못 해요.

강순희 미국은 민주당의 그 대통령까지만 해도 괜찮았는데.

유시민 클린턴, 오바마, 그런 대통령들 말입니까?

강순희 아이고, 지금 나와 있는 저것은 뭐…. 나는 이 세상에 대해 믿음이 없어. 인간들이 다 거지발싸개로 만들어 놨어요.

유시민 이렇게 시원한 말은 오랜만에 들어봅니다.

강순희   이제는 정치는 잘 모르겠고, 정치인들 이름도 기억 안 나요. 내가 맨날 기도하는 건 우리 4·9재단 영원하게 해달라는 거, 그리고 문재인 대통령 무사하게 해달라는 거예요.

울면서 불렀던 '임을 위한 행진곡'

유시민   사람들이 우 선생님과 인혁당 사건을 어떻게 알고 기억해 주면 좋겠다고 생각하십니까?

강순희   박정희 정보부가 사건을 조작해서 죄 없는 사람들을 죽였지. 억울하게 죽은 건 맞아요. 그렇지만 뜬금없이 붙잡혀 간 건 아니었어. 물론 인혁당재건위 같은 건 있지도 않았어요. 다만, 통일을 위해서 애쓰고 노력했던 사람들이었다는 거, 그건 알아줬으면 해. '몸은 비록 죽었으나 혁명정신 살아있다.'* 이런 노래 가사가 있어요. 이북에서 학교 다닐 때 배웠어요. 일제 강점기에 독립운동 투사들이 불렀던 노래라는데, 이 노래처럼 그 사람들 몸은 죽었지만 꿈은 살아있어요. 그걸 기억해 주면 좋겠어요. '임을 위한 행진곡'에 '산 자여 따르라' 있죠? 그 말처럼 사람들이 그 정신을 따라줬으면 좋겠어요. 그 노래, 내가 제일 좋아하는 노래거든. 임을 위한 행진곡. 불러 볼까?

  사랑도 명예도 이름도 남김없이
  한평생 나가자던 뜨거운 맹세

동지는 간데없고 깃발만 나부껴

새날이 올때까지 흔들리지 말자

세월은 흘러가도 산천은 안다

깨어나서 외치는 뜨거운 함성

앞서서 나가니 산자여 따르라

앞서서 나가니 산자여 따르라

구절구절 다 가슴을 쳐. 이 노래 들으면 막 가슴이 아프고 그냥 눈물이 나. 이게 그냥 부르는 노래가 아니에요. 울면서 부르게 되는 노래지. 울지 않는 사람을 보면 그런 말 했어. '야, 울 줄 모르는 게 사람이냐?' 얼마 전에 기독교회관에서 기념 행사했는데, 그때도 이 노래 부르니까 남편 구하려고 막 쫓아다녔던 때 거기 왔던 게 생각이 나서 또 눈물이 나는 거야. 참느라 혼났어.

* 이 노래는 '독립군 추도가' 또는 '빨찌산 추도가'라고 하는데 1920년대부터 만주의 항일독립군이 불렀고 당시 조선에 널리 알려졌다고 한다. 느린 단조에 장송곡 느낌이 확연한 이 노래의 가사는 민족주의 성향의 '독립군' 버전과 사회주의 '빨찌산' 버전이 있는데 결정적인 차이는 '독립군'과 '혁명군'이라는 단어다. 강순희가 북한에서 배운 노래는 당연히 '빨찌산' 버전이다. 김일성과 김정일 장례식에서도 연주했던 빨찌산 버전 가사는 다음과 같다. "가슴 쥐고 나무 밑에/ 쓰러진다 혁명군/ 가슴에서 흐르는 피/ 푸른 들을 적신다// 머나멀리 고향산천에/ 부모형제 다 버리고/ 홀로 섰는 나무 밑에/ 한을 품고 쓰러졌다// 산에 나는 까마귀야/ 시체 보고 울지 말아/ 몸은 비록 죽었으나/ 혁명정신 살아 있다" 참고로 '독립군 버전' 가사도 소개한다. "가슴 쥐고 나무 밑에/ 쓰러진다 독립군/ 가슴에서 쏟는 피는/ 푸른 풀 위 질벅해// 산에 나는 까마귀야/ 시

체 보고 우지 마라/ 몸은 비록 죽었으나/ 독립정신 살아 있다"

유시민　오랫동안 우 선생님 그리워하셨죠? 그분을 만나서 고생하신 게 많은데 혹시 원망스러웠을 때는 없었나요?

강순희　잘 맞는 사람 만나서 잘 살았어요. 고생은 했지. 그렇지만 그것도 다 추억이야. 남들은 끔찍하다고 할지 모르지만 구치소 가서 면회하고 교도관들한테 뭐 넣어 달라고 부탁했던 것도 다 추억이에요. 남편 죽은 다음에 3.1 명동사건 나서 문정현 신부님이 잡혀갔을 때 내가 스무 날 동안 옥바라지 했어요. 여동생 수녀님이 있었지만 다른 일 때문에 어렵다고 해서 내가 맡았지. 내가 하고 싶더라고. 무기징역 받은 사람도 옥바라지 해주고 싶었어. 죽어야 나올 사람이잖아요. 내가 사람을 너무 허망하게 잃어서 그랬나 봐. 〈킬리만자로의 눈〉*이라는 영화 보면 여자가 죽어가면서 애인을 만나고 싶어 하는데 정말로 만나거든요. 나도 그 영화처럼 그 사람이 보고 싶어서 혹시 나타날까, 비 맞으면서 걸어 다니기도 했어. 물론 나타났을 리 없죠. 남편 죽고 나서 눈 아팠다 했잖아요? 그거 좀 나은 뒤에 어떤 교수가 쓴 수필을 봤는데, 그거 보면서 정신을 차렸던 게 기억이 나요. 자세히 기억나지는 않는데, 어떤 주막집에서 아기 업은 젊은 여자가 맨날 웃는 얼굴로 손님 시중을 들었는데 어느 날부터 나타나지 않았다는 이야기였어. 그거 읽고 생각했어요. '남편이 없었나 보다. 오죽하면 애를 업고 주막에서 일을 했을까. 정말 열심히 사는구나. 그래, 나도 다 잊어버리고 살자. 우리 신랑은 하늘에 있으니까 나도 하늘나라에 가서 보

면 되지 않겠는가.' 그렇게 마음먹었어요. 나도 천주교 영세를 받은 사람이에요. 그렇지만 죽은 다음에 하늘나라에서 만난다는 게 좀 웃기는 이야기라고 생각해. 세포가 활동을 멈추면 정신도 같이 멈추는 거 아닌가?

* 〈킬리만자로의 눈〉은 헨리 킹 감독이 헤밍웨이의 동명 소설을 각색해 만든 1952년 작품으로 로맨스와 모험을 버무린 영화다. 스페인 내전을 시대 배경으로 삼은 이 작품에는 그레고리 펙과 수전 헤이워드 등이 출연했다.

유시민 종교를 믿지 않으시는 건가요?

강순희 유 작가님은 종교 있으세요?

유시민 저는 종교를 믿은 적이 한 번도 없었습니다. 지금도 그렇고요.

강순희 나는 어떨 것 같아요?

유시민 제 생각에는 안 믿으실 것 같아요. 구명운동 하시면서 신부님들, 목사님들, 스님들 많이 만나셨지만.

강순희 종교라는 건 다 사람이 만들어놓은 거죠.

유시민 저도 그렇게 생각합니다. 신앙은 내면의 영역이니까, 종교가 있건 없건, 뭐 그거야 각자 선택하는 것이죠. 그 말씀 들으니 어머니하고 더 가까워진 것 같습니다. 저도 목사 친구 있고 존경하고 좋아하는 신부님 스님 많습니다만 아무 종교도 믿지 않거든요.

강순희 함세웅 신부님이 나 영세 줬잖아요. 남편은 죽은 사람이라서 내가 받았는데….

유시민 함 신부님은 고통받는 사람들과 가족들한테 영세를 많이 주셨습니다. 그게 그분이 그 사람들을 위로하고 보듬고 격려하는 방법이었습니다. 종교인으로도 인간으로도 정말 훌륭한 분이라고 생각합니다.

강순희 함 신부님도 오래 사셨으니 깨달았을 것 같은데⋯. 우리 딸하고 사위는 교회 열심히 나가요. 걔네한테는 미안한데, 그래도 고백했어요. 자식들한테는 솔직해야 하니까, 다 얘기했어요. 그리고 너희 믿는 것은 내가 반대하고 자시고 할 문제가 아니니까 지지한다고요.

유시민 어머니는 지성인이세요. 그래도 구명운동 때 종교인들이 많이 도와주셨잖아요. 누가 제일 먼저 떠오르시나요? '고마워요' 하고 인사하고 싶은 분 말입니다.

강순희 많아요. 김수환 추기경님, 오글 목사님, 지학순 주교님, 최기식 신부님, 원주하고 인천의 신부님들, 목사님들, 다 우리 편이었어. 공덕귀 여사도 고맙고요. 내가 박정희 때문에 억울한 일 당했지만 사랑도 많이 받았어요. 생각해 보면 난 어렸을 때부터 사랑 참 많이 받았어. 부모 사랑도 많이 받았고, 남편 사랑도 많이 받았고, 직장 상사들한테도 사랑받았어. 내가 참 인덕이 많은 것 같아.

유시민 아쉬운 거는 없으세요? 되게 하고 싶었는데 못 해본 것도 있지 않았나요?

강순희 그런 거 없어요. 내 능력대로, 내가 할 수 있는 거 다 했으니까. '감사합니다' 하면서 살았지. 자식들도 다 고맙고. 나는 나한테 주어진 것으로 최선을 다해서 열심히 살았어요. 아무 여한이 없어요. 아무것도. 지금 유시민 작가님까지 만났잖아요, 죽기 전에. 이런 복이 어디 있어요!

유시민   전쟁 통에도 공부하려고 노력하셨고, 은행 다니면서 야간대학 들어가셨잖아요. 공부에 대한 미련은 있으실 것도 같은데요.

강순희   공부를 더 했으면 어땠을까 하는 아쉬움은 좀 있지. 그랬으면 인생이 달라졌겠죠? 하지만 남편을 만나서 이렇게 살았으니까 후회 없어요. 글쎄? 남편 가고 나서 뭐든 공부했으면 어떻게 됐을까? 젊어서는 판사 변호사나 문학 계통에 관심이 있었으니까 딱 결심하고 체계적으로 했으면 뭘 좀 해냈을지 몰라. 하지만 마음이 그랬다는 거지 정말 하고 싶었던 건 아닌 것 같아요. 정말 하고 싶었으면 어떻게든 했겠지. 마흔셋에 남편 보내고 혼자 애들 넷을 키우면서 먹고살아야 했는데, 뭘.

유시민   후회는 없다고 하셨는데, 그래도 '그때 이렇게 했으면 더 좋았을 걸' 하는 일은 있었을 것 같습니다만.

강순희   그런 건 있지. 후회하는 정도가 아니라 한스러워요. 2차 사건 터지고 나서 정보부 놈 하나가 만나자고 했어요. 친척이 정보 계통에 있는데 거기 통해서 연락이 온 거야. 만났는데 내가 잘못한 게 있어요. 어떻게 해야 남편 살릴 수 있냐고, 남편 좀 살려 달라고 해야 하는데 너무 똑똑한 체를 했어요. 뭘 잘못했다고 잡아갔느냐는 식으로 한 거야. 이빨도 안 들어가게 보였겠지. 그러니까 돈 얘기를 안 꺼내고 그냥 간 거예요. 내가 좀 어리숙하게 굴었으면, 좀 그렇게 보였으면 돈 얼마 가져오라고 했을 거 아녜요? 그러면 그까짓 거, 집이라도 팔아서 해 줬죠. 그랬으면 사형이 아니고 무기라도 됐을 거 아냐. 그런데 누가 그렇게 죽일 줄 알았나? 1차 때도 이북 어쩌고 했지만 풀려

나왔고, 또 다 거짓이라고 했으니까 이번에도 그럴 줄 알았지. 그렇게 죽일 거라고는 상상도 못 했어요.

유시민　그 정보부 사람이 특별한 얘기를 한 건 없었나요?

강순희　오래 걸릴 거라고만 했어요. 그때 내가 바보같이 굴어서 내 남편 잃은 거야. 내가 남편을 죽인 것 같아서 그게 너무 미안하고 가슴 아파요. 천추의 한이야.

유시민　어머니 심정은 이해가 됩니다만, 누구한테 돈을 줘서 도움이 될 사건은 아니었어요. 가슴 치실 일은 아니라고 생각합니다.

내가 자부하는 것들

유시민　스스로 어떤 사람이라고 생각하세요? 누가 '인간 강순희는 어떤 사람인가?' 하고 물으면 뭐라고 하시겠어요?

강순희　나는 불의를 참지 못하는 사람이에요. 학교 다닐 때도 선생님한테 시시비비를 딱딱 따졌어요. 누가 남한테 피해 주는 거를 그냥 볼 수 없어요. 개인적으로 소소하게 잘못하는 일은 뭐라 안 해요. 세상에는 이런 사람도 있고 저런 사람도 있으니까. 하지만 국가를 망쳐놓는다든지 하는 걸 보면 참지 못해요. 만약 윤석열이를 만난다면 가만있지 않죠. '너, 잘못했어!' 그렇게 말할 거야.

유시민　여장부세요. 아흔셋 되신 분이 스스로를 '불의를 참고 보지 못하는 사람'으로 여기신다는 것, 참 대단하십니다.

2011년 4.9통일평화재단이 진행한 구술 작업 때 우홍선 님이 수감 중 입었던 옷을 꺼내 입고 사진을 찍었다.

강순희　나는 이북에서도 고등학교 시험 보러 갔을 때 데모했다고 뭐라 한 선생한테 따졌다고 했잖아요. 육십 명 시험 봐서 서른한 명 붙었는데 내 이름을 마지막에 불렀어. 그 선생이 합격시켜 준 거예요. 그때 가만히 있었으면 떨어졌겠지. 내가 생각해도, 내 인생이 극적인 데가 있어요. 그때부터 그랬어. 어디 그것뿐인가? 전쟁 나서 피난 나올 때도 열여덟 살짜리가 어떻게 가족을 전부 끌고 나올 생각을 했는지 몰라. 평양제1고녀 들어간 거, 부모 형제 다 함께 피난 내려온 거, 우리 남편 사건이 조작이라는 사실을 밝힌 거, 이 세 가지는 지금 생각해도 내가 참 잘했다 싶어요. 기특하다 싶어요.

유시민　남편 잃고 혼자 4남매를 키워내신 것도 대단한 겁니다.

강순희　친정에서 많이 도와줬어요. 넉넉하게 산 건 아니었지만 우리 애들은 크게 어려운 거 모르고 자랐어요. 돈에 쪼들리지는 않았지. 내가 다 책임졌으니까. 내가 다 막았으니까. 지금 생각하면 그래도 부모가 힘든 것을 자식이 알고 고생도 같이 하는 게 좋은 것 같아요. 우리 애들은 다행히 잘못되지는 않았는데, 자기 것을 너무 안 챙기는 것 같더라고요. 어렵게 자라면 자기 것을 잘 챙기는데, 걔들은 안 그랬어요. 돈도 문제였지만 4남매 뒤치다꺼리하는 것도 큰일이었죠. 그렇지만 내가 큰딸이라 원래 식구들을 잘 챙겼어요. 애들 키우면서 고생스럽다고 느끼지 않았어요. 집안일 도와주는 사람이 있기도 했고.

유시민　눈은 더 나빠지셨죠?

강순희　이젠 뭘 읽는 게 힘들어요. 작은 글씨는 못 봐. 큰 글씨만 보여. 옛날에 잘못하면 실명할 수 있다고 진단을 받았는데, 지금 이렇게

라도 보는 게 다행이지.

유시민 책 나오면 읽으셔야 하니까 눈을 잘 지켜야 합니다.

강순희 실명 직전이라는 진단만 안 받았으면 청계산 아래서 계속 혼자 살았을 거예요. 내가 일흔여섯 살부터 십 년이나 거기 살았거든. 애들이 나오라고 하고 아들이 막 데려가려 해도 혼자 사는 게 좋아서 거기 살았는데, 눈이 그렇게 되니까…. 아들 집에 갔더니 사부인이 있었는데, 사부인은 고양이를 좋아해. 근데 나는 동물이 싫어. 고양이 싫어서 나가겠다고 하면 아들이 고양이 내쫓을까 봐서 혼자 살고 싶다고 했어요. 그래서 아들이 집을 얻어줬어요. 지금은 다시 둘째 딸네와 살지만.

유시민 그 말씀 들으니까 저도 어머니 생각이 납니다. 연세 많이 드신 후에도 우리가 어릴 때 살던 대구 집에 혼자 사셨어요. 그런데 어느 날 큰딸한테 전화해서 '이제 혼자는 안 되겠다' 하셨죠. 큰딸 집에 가셨다가 아들 집에 오셨다가 둘째 딸 집에 사시다가, 이렇게 옮겨 다니셨는데, 여쭤보니까 집에서 계단 올라가다가 혼자서 더는 안 되겠다고 판단했다 하시더라고요.

강순희 친정엄마가 아흔셋에 돌아가셨어요. 요양원에 계셨는데, 가시기 일주일 전에 가서 얼마나 울었는지 몰라. 구십이 되어서도 머리카락 염색하시던 엄마가 머리 하얘서 앉아 있는 걸 보니까 마음이 너무 아픈 거야. 내가 제일 속상한 게 내 아이들 먹여 살리느라 엄마를 돌보지 못한 거예요. 지금 어려우니까 나중에 부모에게 잘하겠다고 하는 거 소용없어. 그렇게 되지 않아요. 지금 해야 하면, 나중을 생각하지 말고 바로 지금 해야 해요. 부모는 기다려주지 않아.

유시민　눈 말고는 건강이 괜찮으신가요?

강순희　어디 아프면 살맛이 안 나요. 아프면 내가 답답하니까 사는 날까지는 건강하게 살아야죠. 내가 병원에 안 가요. 역류성 식도염 수술하자 하고 약 먹으라 하는 걸 수술도 안 하고 약도 안 먹어요. 안과만 1년에 두 번 다니는데 그것도 그만 가려고 해. 1년에 두 번씩 며느리가 한의원 보약을 지어 줬는데 그것도 끊었어요. 자꾸 수명 연장하는 것이 싫어. 가는 게 힘들어질까 봐 그런 것 안 먹어요. 혈압약만 먹고 있지. 내가 간땡이가 커서 의사 말 안 듣고 그냥 내 방식대로 해요. 아침에 홍삼하고 꿀 먹고, 요가하고, 잇몸 약 먹고, 코코넛 오일로 풀링해요. 밥은 1시간씩 꼭꼭 씹어 먹고, 먹는 것도 딱 정해 놨어. 하루 세 끼, 정해진 것만 먹고 아홉 시에 자요. 밥 먹고 양치하면 아무리 맛있는 거 있어도 입에 안 대. 그러니까 먹고 싶지도 않아. 배도 안 고파. 집에서 딱 정해진 것만 먹으니까 밖에서 안 먹어요. 구순 때부터 그러고 있어요. 애들한테는 나가서 너희들 먹고 싶은 거 편하게 먹으라고 하지.

유시민　건강관리를 잘 하고 계시는군요. 요가를 옛날부터 하셨나 봐요? 우 선생님 법정에서 봤을 때도 요가 하라고 하셨잖아요.

강순희　옛날에 배웠어요. 우리나라에 들어온 지 얼마 안 됐을 때야. 내가 운동 신경이 좋아서 그런지 잘 따라 하니까 선생님이 나 보고 요가 선생 되라고 했어요. 지금도 아침마다 매트 펴고 해요. 책 나오면 요가도 그만할 거야. 책 생각하면서 하기 싫어 죽겠는데도 기를 쓰고 하는 거야. 옛날에 비하면 지금은 한 이십 퍼센트도 못 하지만 마음을 다스리는 데는 확실하게 도움이 돼요. 아침에 깨면 목이 칼칼하고 가슴이 답답한데 요가 하면 증상이 없어지거든. 정신이 중요하다고 하지만 육체가 괴로우면 못 견뎌요. 근데 또 정신이 약해지면 육체도 약해져요. 그러니 육체를 위해서 정신을 가다듬어야 해요. 마음 다스리는 데는 노래도 도움이 돼요. 슬픈 노래 부르면서 울면 속이 후련해지잖아요. 내가 노래는 좋아하는데 잘하지는 못해요. 심심하면 집에서 노래방 틀고 불러요. 부른 거 또 부르고, 계속 부르는 거야. 그렇게 하고 나면 30분 운동한 거랑 비슷해요.

유시민   운동 계속하시면 병원에 안 가고도 건강하게 지낼 수 있습니다.

강순희   그래야죠. 내가 뭘 더 하겠어요? 안 아프고, 병원 안 가고, 애들 귀찮게 안 하는 거, 그것밖에 없어. 애들은 애들대로 각자 열심히 살면 되고, 나는 내 건강관리 잘하면 되는 거죠. 애들 키울 때도 그랬고 지금도 그렇고, 나는 노력하고 있어요. 지금은 뭐가 최선이겠나? 건강관리 잘해서 애들한테 징징거리지 않는 거, 그거예요. 그래서 애들한테 말했어요. 만약 내가 아무것도 못 하게 되면 조금도 망설이지 말고 병원이나 요양원에 보내라고. 양심의 가책 같은 건 느낄 필요 없다고. 나 돌본다고 너희들이 붙들려 있으면 내가 편하지도 않고 가슴만 아프다고. 너희들은 편안하게 즐겁게 살라고요. 그래도 내가 죽으면 애들이 가슴 아파하긴 할 것 같아. 나이 먹으면 자식들한테 서운해 하기 쉬운데 나는 지금 나만 생각하며 살면 되니까 그것만 해도 너무 감사해요. 전에 친정엄마 보면서 느꼈는데, 바빠서 오랜만에 전화하면 엄마가 서운해 하는 거예요. 그게 나는 안 좋더라고. 그래서 나는 그러지 말아야겠다고 결심했지. 엄마한테 배운 교훈이에요. 엄마가 젊어서는 사리 분별이 정확했는데 나이 드니까 달라졌다 싶었어. 그래서 나는 애들이 전화하면 꼭 고맙다고 해요. 애들한테 전화는 용건 있을 때만 해요. 심심하다고 전화하는 건 없어. 심심하면 친구한테 전화하지. 애들한테 골치 아픈 거는 안 시키고 싶어. 애들 힘들게 하고 싶지 않아. 우리 애들, 아버지 없이 산 세월, 너무 힘들었거든요.

나 하나의 사랑

유시민　살아보니 인생이란 이런 거더라, 인생은 이렇게 살아야 하는 거더라, 혹시 그런 거 있으세요?

강순희　중학교 다닐 때였는데 공책에 '인생이란?' 하고 써놓은 적이 있어요. 담임 선생님이 그거 보고 놀랐어. '야, 순희, 벌써 인생을 생각하냐?' 인생이 뭘까요? 나는 그렇게 생각해요. 자기한테 주어진, 자기 앞에 펼쳐진 운명을 열심히 살아가는 거, 그게 인생이다. 자기에게 주어진 환경과 현실을 받아들이고, 최선을 다해서 극복하며 사는 거, 그게 인생이다. 어려운 문제가 생겨도, 장애물이 닥쳐도, 원망 같은 거 하지 않고 긍정적으로 생각하면서 살아가는 거다. 그런 게 쌓여 인생이 된다. 애들한테 늘 그렇게 얘기했어요. 나도 그렇게 살았고.

인터뷰를 마치며 숙제를 다 끝낸 홀가분한 기분으로 지켜본
두 손녀, 손자사위와 사진을 찍었다.

유시민　살면서 언제 제일 행복했어요?

강순희　한국은행 다니면서 돈 벌고, 저녁에는 학교 가서 공부하고, 애인 있으니까 편지하고 만나고, 약혼하고, 그랬을 때가 제일 행복했던 것 같아. 학교 다닌 건 1년 남짓이었지만 그때 공부도 하고 돈도 벌고 연애도 했으니까. 학교 끝나고 집에 가면 그이가 말도 없이 집 앞에 와 있곤 했어. 그렇게 잠깐 만나고 그랬지. 장교니까 아무래도 좀 자유로웠거든.

유시민　어머니 인생에서 제일 큰 사건, 제일 중요한 사건은 뭐였다고 생각하시나요? 하나만 든다면요.

강순희　남편 사건으로 재판한 거죠. 나한테는 그게 제일 중요해요. 전쟁이 큰일이었지만 그건 세상 사람 모두 겪었잖아요. 남편 사건 재판은 나만 겪었고.

유시민　그러니까 '사람 강순희'의 93년 인생에서 제일 큰 사건은 우홍선을 만난 데서 생긴 것이었네요. 우홍선이라는 남자를 우연히 만나서 혼인하고, 아이 낳고, 그 사건이 나고, 그 다음의 삶은 그 연장이었던 셈이었습니다. 결국 우 선생님이 어머니 삶에서 제일 중요한 사람이겠어요.

강순희　그이 만나서 애들 낳았고 내 삶이 새로 시작된 거였으니까, 그이가 나한테 가장 중요한 사람이죠.

유시민　이야기를 듣다 보니 문득 떠오른 질문입니다. 살면서 제일 좋았던 하루, 또는 제일 좋았던 시간을 떠올릴 수 있으신가요?

강순희　우리 신랑하고 데이트할 때가 제일 좋았지. 범어사 갔을 때.

유시민   역시 그날이었구나. 우홍선 중위하고 첫 데이트한 그날이 강순희 인생에서 제일 행복했던 시간이었군요.

강순희   그때 불렀던 노래가 '나 하나의 사랑'이야. 나 하나의 사랑….

나 혼자만이 그대를 사랑하여
나 혼자만이 그대를 갖고 싶소
나 혼자만이 그대를 사랑하여
영원히 영원히 행복하게 살고 싶소

유시민   어머니는 일제 강점기에 이북에서 태어나, 어려서 만주 하얼빈에 갔고, 돌아와 지금은 갈 수 없는 땅 평안북도 박천과 평양에서 학교를 다녔고, 전쟁 나서 남으로 피난 와서 대전 부산과 서울에서 온갖 일 겪으며 사셨습니다. 자신의 인생이 어떠했다고 생각하시는지요?

강순희   아무 여한이 없어요. 오늘 밤에 죽는다 해도 괜찮아. 남편 일로 좀 힘들었지만 내가 할 수 있는 건 다 했으니까. 신랑도 잘 만났고, 사랑도 잘 했고, 남편 일로 싸울 때도 잘 싸웠어요. 자기한테 주어진 것을 극복하면서 사는 게 인생이잖아요. 나한테 주어진 환경과 조건에서 내 힘껏 노력하고 살았어요. 최선을 다했어요. 남편 죽었을 때는 막 같이 죽고 싶었지. 그런 생각이 든 순간이 여러 번 있었어. 그렇지만 아이들 위해 살아야겠다 싶어서 고비를 넘겼어요. 사랑이 있으니 살아집디다.

유시민　최선을 다했으니 여한이 없다는 말을 이해했습니다. 그런데 사람들은 보통 인생이 어땠느냐고 물으면 행복했다거나 불행했다는 식으로 대답하는 경우가 많은데 어머니 대답은 다르군요.

강순희　사는 동안 행복했고, 지금도 행복해요. 불행하지 않았어요. 행복하게 만났고, 행복하게 살았고, 행복하게 애들 키웠고, 일도 닥치는 대로 행복하게 했고, 남편 때문에 싸울 때도 있는 힘을 다했어요. 행복이란 게 사람마다 달라요. 남들 눈에는 행복해 보여도 그 사람 자신은 행복하지 않다고 생각할 수 있어요. 그래서 '행복했다' '불행했다' 그런 식으로 말하지 않은 거예요. 주어진 운명을 최선을 다해서 노력하며 살았다는 걸로 나는 만족해요.

유시민　강순희의 인생론과 행복론, 잘 들었습니다. 철학이 별거냐, 그런 생각이 드네요. 저도 삶의 마지막 날까지 그렇게 살고 싶다는 생각을 했습니다. 무슨 평가를 하려는 게 아니라 제 감정을 말씀드리는 겁니다. 참 좋네요.

강순희　뭘 지어서 말한 게 아니라 내 가슴속에 있는 그대로 얘기한 거예요.

유시민　이 말씀이 많은 독자들의 마음에 닿아서, 각자 저마다의 인생을 만들어 나가는 데 참고가 되리라 믿습니다. 살아온 이야기를 나누어 주셔서 고맙습니다. 듣고 보니 맞네요. 어머니의 인생이 조선의 역사, 한국의 역사, 우리의 역사였습니다.

사랑해요. 지금도 세상에서 제일 이쁜 우리 엄마!

우구

　　몇 달 전의 일이다. 어머님 이야기의 초고가 나왔다고 했다. 그동안 이 과정에 계속 참여했던 솔아에게 들은 이야기로 어떤 내용인지 대략 짐작하고 있었기에, 솔아가 책상 위에 놓고 간 초고를 2~3일간 방치했다.

　　저녁 약속이 없어 일찍 귀가한 어느 날 초고가 눈에 들어왔고, 침대에 걸터앉아 읽기 시작했다. 그동안 어머님께 수십 번 들었던 이야기이고 또 일부는 직접 겪은 이야기인데, 어느 지점부터인지는 모르겠지만 눈물이 흘렀고 급기야는 어머니를 부르면서 오열했다.

　　그러고 보니 지금까지 우리 가족이 겪은 일을 단 한 번도 어머님 입장에서 생각해 본 적이 없었던 것 같다. 20대에 순수한 사랑으로 결혼해 십여 년간 어려움 속에서도 그 사랑의 힘으로 열심히 살다가 어느 순간 사랑하는 남편을 눈앞에서 빼앗기고 초중고생이던 네 자녀와 남겨졌으나, 또 다른 사랑의 힘으로 자녀들을 키워내며 주어진 삶을 열심히 살아오신 어머님의 인생.

유시민 작가가 어머님께 물었다. 인생에서 가장 행복한 순간이 언제였냐고…. 그 순간은, 그토록 사랑하는 손녀가 당신이 꿈꾸었던 것 중의 하나인 박사 학위를 받은 날도, 손녀가 교수로 임용된 날도 아니었다. 어머님 삶의 일 순위인 자녀들이 작은 성취들을 이룬 날도 아니었다. 어머님이 가장 행복했던 순간이, 결혼 전 범어사에서 비 오는 날 비를 피하며 아버지와 첫 데이트를 하던 때라니…. 아버님이 돌아가신 후 어머님이 느끼셨을 형언할 수 없는 상실감과 하늘이 무너지는 듯했을 절망감이 새롭게 다가왔다.

어머님에 대한 나의 첫 기억은 어느 화창한 초여름날 화려한 색깔의 원피스를 입고 선글라스를 쓴 모습이다. 이 세상에서 우리 엄마가 제일 이쁘다고 느끼면서 자꾸 엄마를 쳐다봤던 기억이 난다. 내 방 서랍장 위에 있는, 환하게 웃으시는 사진 속 어머님은 여전히 이쁘시다. 어머님 환갑 기념으로 찍은 사진인데, 나중에 영정 사진으로 쓰시겠다며 얼굴만 나오는 독사진을 찍으셨다. 김지하 시인 어머님이 "너는 울어도 웃는 것 같다"라고 말씀하셨다는 대목이 새삼 떠올랐다. 어머님은 힘든 일이나 속상한 일이 있어도 지나간 일에 오래 머물지 않고 밝은 표정으로 당신이 지금 할 수 있는 일을 희망을 갖고 준비하셨다. 어머님의 인생은 짧은 행복과 긴 어려움 속에 계셨지만, 과거에 매이거나 현재의 불행한 상황에 좌절하지 않고 항상 오뚝이같이 다시 일어나 최선을 다하는 여정이셨다.

아침 출근길에 어머님께 문안 전화를 드리면 "우리 아들 아픈 데

없지?" 물으시고, 오늘 할 '숙제' 다 했다고 하신다. 요가와 오일풀링 등 어머님이 아침마다 규칙적으로 몇십 년째 꾸준히 하시는 일과가 있는데 그걸 '숙제'라고 표현하시는 거다. 그러면서 "우리 아들 오늘도 파이팅!" 하고 외쳐 주신다. 어머니께 매일 아침 이런 응원을 듣는 아들이 나 말고 또 있을까? 일요일에 집사람과 함께 찾아뵈면 늘 내 손을 꼭 잡고 당신 걱정은 하지 말라고, 지난 한 주도 열심히 사셨다고 말씀하신다.

이제 고령이셔서 하루하루 체력과 시력, 청력, 기억력이 떨어지는 와중에도 어머님에게는 분명한 목표가 있으시다. 건강 관리를 잘 해서 자식들 힘들게 하지 않고 잠자듯이 돌아가시고 싶다고 하신다. 어머님은 이 소망을 이루기 위해 지금도 최선을 다하신다. 현재의 상황이 아무리 어려워도 좌절하지 않고, 주어진 상황에서 긍정적으로 최선을 다하는 어머님의 삶의 방식은 오늘도 현재진행형이다. 어머님의 남은 소망이 꼭 이루어지길 간절히 바라며 응원한다.

어머니! 오늘도 파이팅!

할머니! 대단해요. 자랑스럽습니다

우솔아

할머니 자서전 준비를 옆에서 도우면서 할머니와 할아버지의 연애 시절 이야기를 처음 알게 되었다. 특히 부산 범어사에서 비 올 때 두 분이 처음 데이트하셨다는 내용이 인상적이었고, 호기심이 생겼다. 마침 부산에 있으니, 2026년을 맞아 가족들과 함께 범어사에 갔다. 범어사에 가니, 비가 오던 그날 할머니와 할아버지가 어떤 전각의 처마 밑에서 노래를 부르셨을까, 1950년대의 이곳은 어떤 모습이었을까 궁금해지면서 많은 생각이 들었다.

할아버지에 대한 일을 처음 알게 된 건 중학생 무렵이었다. 집의 책장에 꽂혀 있던 인혁당 관련 책을 우연히 읽고 나서였다. 부모님과 할머니는, 어린 나이에 정치적 선입견을 갖게 될까 봐 내가 성인이 될 때까지는 말씀하지 않으려 했다고 하셨다. 그래서 그 후로도 한동안은 인혁당 사건과 관련된 일을 가족들 아무도 언급하지 않았다.

그러다 2015년, 할머니께서 매년 참석하시는 4.9통일평화재단의 40주기 추모식에 우연히 할머니를 모시고 가게 되었다. 항상 맨 앞자리에 앉으시는 할머니와 다른 유가족분들의 울음소리가 매우 가슴 아프게 들렸던 기억이 난다. 할머니와 다른 유가족분들은 매년 4월 9일 추모식에 참석해 우시곤 했다. 그 이전까지 할머니께서는 당신 자식들에게는 마음 아플까 봐 오지 말라 하시고 매년 혼자 참석하셨는데, 그 후로는 내가 매년 추모식에 할머니와 동행했고, 종종 아빠와 동생, 사촌오빠도 함께했다.

할머니께서는 2025년 50주기 추모식에는 거동이 힘드셔서 참석하지 못하셨다. 아쉬움이 컸지만, 한편으로는 할머니가 추모식에서 그날의 아픈 기억을 다시 떠올리며 눈물을 흘리지 않으셔도 된다는 사실에 안도감이 들기도 했다.

처음 할머니께서 자서전을 쓰고 싶다고 하셨을 때는 약간의 걱정도 있었다. 하지만 유시민 작가님과 유쾌하게 인터뷰하시는 할머니의 모습을 보면서 삶의 역경을 다 이겨내신 할머니가 정말 대단하시다고 느꼈다. 근 100년의 할머니 인생을 자서전 형식으로 정리하고 기록하는 과정에서, 할머니가 부디 옛날의 힘든 기억은 다 잊으시고 좋았던 순간들, 행복했던 기억들만 남기시길 바란다.

형님 덕분에 참 잘 살았어요

이정숙

1974년 4월 18일, 남편이 구속되었다는 소식을 들었을 때 저는 무슨 말인지 몰라 도무지 어찌할 바를 몰랐습니다. 우선 남편이 연행되었다는 서울구치소로 찾아갔습니다. 남편을 보게 해 달라며 면회를 신청했지만 받아들여지지 않았습니다. 그렇게 한 달여의 시간이 흐르자, 구치소 앞을 서성거리는 사람들이 눈에 들어오기 시작했습니다.

그중에는 민청학련 사건으로 구속된 학생들의 어머니들과는 달라 보이는 분이 계셨습니다. 그래서 다가가 인혁당 사건으로 구속된 분의 가족이냐고 물었죠. 그분은 되레 "누구 부인이세요?"라고 물어왔고, 저는 먼저 "이수병 씨의 아내입니다"라고 답했습니다. 그렇게 처음 인연을 맺은 분이 강순희 형님이었습니다. 당시 강순희 형님은 이미 다른 인혁당 사건 구속자 가족들과 만나고 계셨습니다.

가족들 간의 만남이 이어지면서, 이대로 가만히 있어서는 안 되겠다는 생각이 들었습니다. 우리는 남편들의 구명운동을 벌이기로 했습니다. 종로5가 기독교회관에서 열리는 목요기도회에도 나가 억울함을 호소했고, 가톨릭 신부님들과 기독교 목사님들을 만나기 시작했습니다. 정말 안 가본 곳이 없을 만큼 여기저기 다니며 애를 썼습니다.

제가 아이 셋을 키우고 있다는 말을 들은 강순희 형님은, 아이들이 놀라지 않도록 어떻게 해야 하는지 하나하나 알려주었고, "저 사람들에게 얕보이면 안 된다"라며 옷차림과 태도까지 조언해 주었습니다. 정신없이 흔들리던 저에게 형님은 큰 힘이 되어주었고, 그때 저는 정말 천군만마를 얻은 기분이었습니다.

그러나 그런 노력은 끝내 헛되고 말았습니다. 남편들은 형장의 이슬로 사라졌고, 장례마저 정보부의 감시 속에서 치러야 했습니다. 무덤조차 마음 편히 쓸 수 없게 했지요.

그렇게 참담한 나날을 보내던 시기에 우리 구명운동을 많이 도와주셨던 함세웅 신부님이 은평구 응암동 성당의 주임신부로 계셨습니다. 신부님의 권유로 당시 은평구에 살고 있던 형님과 제가 세례를 받게 되었고, 이어서 김용원 선생의 부인 유승옥 형님도 함께했습니다. 그렇게 응암동 성당에서 저와 유승옥 형님, 강순희 형님 셋은 신앙생활을 이어가며 서로를 의지하게 되었습니다.

어느 날 강순희 형님이 맛있는 음식을 사 준다며 명동으로 나오라고 했습니다. 중국집이었는데, 그때까지 외식이란 것을 거의 해보지 못했던 저에게는 참으로 뜻밖의 일이었습니다. 또 한 번은 수유리 4·19탑 근처에서 납작호떡을 사 들고 산에 올라, 노래를 큰 소리로 부르며 해가 질 때까지 놀다 내려온 적도 있었습니다.

그렇게 우리는 남편을 잃은 슬픔을 하루하루 견뎌내고 극복해
나갔습니다. 당시에는 친인척들조차 우리를 멀리하던 시절이었지만,
강순희 형님은 우리를 친동생처럼 대해주었습니다. 모일 때마다 밥
값도 늘 형님이 내셨지요. 아마 형님 역시 우리를 돌보며 자신의 슬픔
을 견디고 계셨을 것입니다.

저는 형님을 만날 때마다 이렇게 말하곤 했습니다.

"형님, 형님이 없었으면 저는 못 살았을 거예요. 형님이 계셔서
정말 좋아요."

2007년, 인혁당 사건이 무죄 판결을 받던 날도 그랬습니다. 기자
들이 강순희 형님께 "무죄를 받아 기쁘지 않느냐"라고 묻자, 형님은
"사람을 죽여놓고 이제 와서 무죄라니, 이게 말이 되느냐"라고 답하셨
습니다. 그 말에 우리는 모두 대성통곡하며, 그 한스럽고 참혹했던 세
월을 다시 꺼내놓을 수밖에 없었습니다.

이후 제 남편의 경희대 후배들이 '이수병선생기념사업회'를 만들
어, 매년 경남 의령에 있는 생가와 묘소를 참배하는 행사를 이어왔습
니다. 하루 일정으로는 어려워 1박 2일로 다녀왔고, 그때마다 유승옥
형님과 강순희 형님이 함께했습니다. 김용원 선생의 묘소가 가까운
함안에 있어 함께 참배하기도 했습니다.

진주에서 마당극을 하는 '큰들' 식구들은 우리가 갈 때마다 따뜻
하게 맞아주었는데, 특히 강순희 형님의 팔순 잔치를 정성껏 준비해
주던 날의 모습은 아직도 눈에 선합니다. 산해진미가 가득한 상을 차

리고, 곱게 한복을 차려입은 형님을 가운데 앉혀 공연과 장기자랑을 이어가던 그날, 형님의 얼굴에 웃음꽃이 만발했던 장면을 저는 잊을 수 없습니다.

이제 저도 여든을 훌쩍 넘기니 몸 여기저기가 성한 곳이 없고, 가고 싶은 곳도 마음대로 갈 수 없어 답답한 날들이 많습니다. 강순희 형님 또한 눈이 잘 보이지 않고 기억력도 예전 같지 않아 마음이 아픕니다. 그런 형님의 삶이 이렇게 한 권의 책으로 남아, 세월 속에 묻히지 않게 되어 참으로 다행이라 생각합니다.

이 귀한 기록을 남기기 위해 애써주신 모든 분들께 깊은 감사의 마음을 전합니다.

산 자를 살리는 기록

이창훈(4.9통일평화재단 사료실장)

저희 재단은 2008년에 만들어졌습니다. 2007년 1월 23일 서울중앙지법에서는 약 일 년간의 재심 과정을 통해 인혁당 사형수 8인에 대해 무죄를 선고했습니다. 무려 32년 만에 억울한 원혼들의 한이 풀리는 순간이었습니다. 그리고 그해 8월에 민사소송을 통해 국가배상 결정이 내려졌습니다. 이후 국가배상을 받은 유가족들이 배상금의 일부를 출연하여 저희 재단이 만들어지게 된 것이죠. 기금이 출연되자 재단의 골격이 갖춰지기 시작했습니다. 사무실도 구하고 법인도 결성하고 어떤 사업을 할지가 결정되었습니다. 저는 법인 출범 이후 3년 뒤인 2011년에 입사하였습니다. 제가 맡은 일은 재단에 출연하신 유가족들과 사건 관련자들을 대상으로 하는 구술 사업이었습니다.

그 사업의 첫 번째 주인공이 강순희 님이셨습니다. 그때만 해도 70대셨던 강순희 님은 기억력이 아주 좋았습니다. 다섯 차례에 걸쳐 총 15시간 16분 동안 인터뷰가 진행되는 동안 한 번도 끊기지 않고 저희 질문에 아주 정확하게 말씀해 주셨습니다.

당시에 강순희 님은 경기도 의왕시 청계로에 있는 아파트에 사셨습니다. 원래는 남편 우홍선 님의 묘소가 있는 경기도 파주시에 사시다가 아드님 댁이 있는 곳으로 이사하신 거죠. 인터뷰가 끝나면 집 근처에 있는 백운호수를 찾아 경치 좋은 식당으로 우리를 데려가 맛난 음식을 사 주시곤 했습니다. 건강도 아주 좋으셨습니다. 요가에, 수영에, 못하시는 게 없는 멋진 노년을 보내고 계셨습니다. 90세가 넘은 지금도 기억력은 떨어져도 정신은 말짱하여 저희와 대화를 나누는 데 아무런 문제가 없으셨습니다. 아마도 지난 시절 자신의 건강을 지키기 위해 규칙적인 운동과 식생활을 해오신 덕분이 아닌가 합니다.

매년 6월 10일을 즈음하여 '민족민주열사희생자범국민추모제'가 열립니다. 우홍선 선생님을 비롯하여 한국 현대사 과정에서 민주화 운동을 비롯한 여러 분야에서 진보적인 사회 변화를 꾀하다가 돌아가신 분들을 추모하는 자리입니다. 2025년에 열린 추모제에서 800여 분을 모셨습니다. 2024년 12.3 계엄 사태를 겪으며 인구에 자주 회자하던 말이 있습니다.

'죽은 자가 산 자를 살린다.'

이 글귀에서 가장 중요한 것이 '기억'입니다. 우리가 민주화를 위해 싸우던 사람들을 기억하지 못했다면 죽은 자가 산 자를 살릴 수 없었기 때문입니다.

강순희 님의 기억이 책으로 만들어져 많은 이들에게 전달되어 과거가 현재를 살리는 기적이 오랫동안 이어지기를 기대해 봅니다.

앞서가는 여성, 33년생 강순희

김세라(작가)

내 눈과 귀가 의심스러울 만큼 강순희 여사의 인생 스토리에는 '파격'의 순간이 넘쳐났다. 특히 남편이 졸업한 학교를 중앙정보부에 조사받으러 가서 알았다는 대목에선, 정말 실화인가 싶었으니까. "학교니 집안이니 하는 것도 안 봤어요. 아예 물어보질 않았어. 그냥 같이 있으면 좋았고, 얘기하면 재미있었지. 그러니까 만났고, 마음에 드니까 결혼한 거야." 상대의 배경과 조건이 궁금하지 않았고 굳이 알려고 하지도 않았다니… 이렇게 순수한 사랑, 이렇게 낭만적인 결혼의 예를 들어보지 못했다. 그런데 뒤집어 보면 배우자감을 정할 때 '환경'의 영향을 완전히 차단했다는 것이고, 그만큼 사람 보는 안목에 자신이 있었다는 얘기가 된다. 이러한 딸의 선택을 지지한 부모님도 예사 분들이 아님은 물론이다.

형식 따위에 구애받지 않는 자유로움은 또 얼마나 멋진가. "신혼 여행 그거, 가면 어떻고 안 가면 어떠냐고 생각했으니까. 우린 그런 형식 안 지키면 어떠냐고 생각했거든." 남들이 다 하는 것이어도 필요성을 느끼지 않으면 과감히 생략했다. 그 시절, 중앙정보부에 조사받으러 갈 때나 옥바라지하러 갈 때 일부러 선글라스 차림에 옷을 '쫙 빼입고' 다닌 일화에서도 남의 시선에 개의치 않는 배포가 드러난다. 후일 장녀를 결혼시킬 때도 신부와 입장할 아버지의 대타 집안의 남자 어른 등 를 세우지 않고 직접 그 역할을 해냈으니, 이 역시 관습에 얽매이지 않는 대범함이다. 이렇게 당차고 멋진 여성이 또 있을까. 우홍선 님이 첫 데이트 후 '고백'의 편지를 보내놓고도, 대구에서 부산까지 한걸음에 내달려온 그 마음이 헤아려진다.

이러한 자신감과 당당함의 원천이 무엇일지 생각해 보곤 했다. 공교롭게도 원고 작업을 진행하던 시기에, 학력 인정학교에 재학 중인 60~70대 여성들을 여러 차례 뵐 일이 있었다. 강순희 여사보다 한 세대 아래쯤 될까. 지독한 가난에 남존여비男尊女卑가 '기본값'이던 시절, 딸로 태어난 죄로 사랑받지 못하고 배우지 못해 주눅 들어 살아온 분들이다. 눈물과 아픔으로 얼룩진 그분들의 생애사를 읽노라면 목이 메고 가슴이 아려왔다.

"나 진짜 부모님 사랑 많이 받았어요." 강순희 여사 인터뷰에 참여하고 기록을 정리하는 과정에서 여러 번 보고 들은 말이자 뇌리에 깊이 박혔던 말이다. 강순희 여사가 겪은 고난에 마음이 아프면서도 강순희 여사가 받은 사랑은 부럽기만 했다. 큰딸을 '살림 밑천'으로 소모하지 않고 귀히 여기고 존중한, 그 부모님의 시대를 앞서간 자식 사랑이 '앞서가는 여성 강순희'를 만든 일등 공신이지 싶다. 그 사랑에 힘입어 자존감 높고 주체적인 여성으로 성장할 수 있었을 테니 말이다. 아울러 그 사랑은 강순희 여사가 남다른 세월을 살아낼 수 있었던 든든한 버팀목이기도 했을 것이다.

역시! 사랑은 힘이 세다!

철학자 강순희

유시민(작가)

이 책은 강순희의 인생 기록이다. 나는 강순희 자신이 의미를 부여한 과거의 사실들 가운데 '집단 창작'에 참여한 사람들이 중요하다고 여긴 사실을 중심으로 책을 엮었다. 현실에서는 '아흔세 살 강순희를 만났지만 2011년 구술 기록에서는 세 살 어린이부터 여고생, 한국은행 직원, 네 아이의 어머니, 우홍선의 아내, 독재자와 싸우는 투사까지 모든 순간의 강순희를 보았다.

그 모두는 '실제 있었던 그대로의 강순희'가 아니라 이미 여든 살에 가까웠던 강순희가 '기억으로 재구성한 강순희'였다. 나는 그 모두가 좋았다. '최선을 다해 운명을 살아내는 사람'을 보았기 때문이다. 자신이 살아낸 시간을 그런 색깔로 되살려낸 '일흔아홉 살 강순희'와 2025년 여름 만났던 '아흔세 살 강순희'도 마찬가지로 좋았다.

오늘의 강순희를 나는 철학자로 여긴다. 인생과 세상사에 대한 세부 정보를 거듭거듭 잃으면서도 삶의 큰 원칙은 더 확고하게 다져

나가는 사람을 가리키는 말로 철학자 말고 어떤 단어를 쓰겠는가. "주어진 운명을 받아들이고 최선을 다해 극복하며 사는 게 인생입니다. 오늘 밤에 죽어도 괜찮아요. 나한테 주어진 환경과 조건에서 내 힘껏 노력하고 살았으니까. 행복이란 게 사람마다 달라요. 남들 눈에는 행복해 보여도 그 사람 자신은 행복하지 않다고 생각할 수 있어요. 그래서 '행복했다' '불행했다' 말하지 않은 겁니다. 주어진 운명을 최선을 다해서 노력하며 살았다는 걸로 나는 만족해요." 이렇게 말하는 사람 말고 누구를 철학자라 하겠는가.

글 쓰는 사람으로서 나는 오래전부터 버나드 쇼와 리영희 선생을 '롤 모델'로 생각해 왔다. 늘 옳은 주장만 했기 때문이 아니다. 그분들도 때로 논리적 오류를 범했고 불완전한 정보에 흔들렸으며 판단 착오에 빠지기도 했다. 그러나 진리에 다가서려고 노력했고 늘 자신을 성찰했으며 사회적으로 의미 있는 글을 쓸 수 없게 되었을 때 글쓰기를 멈추었다. 아흔세 살 강순희를 보면서 나는 그들을 떠올렸다. 나도 아흔세 살까지 산다면 '아흔세 살의 강순희' 같은 사람이 되고 싶다. ◆

사랑이 있으니 살아집니다

초판 1쇄 발행 2026년 3월 25일
　　 2쇄 발행 2026년 3월 31일
2판 1쇄 발행 2026년 4월 8일
　　 2쇄 발행 2026년 4월 20일

지은이 유시민, 김세라
펴낸이 이재정
디자인 윤현정

펴낸곳 도서출판 은빛
출판등록 2013년 4월 26일
주소 서울특별시 용산구 한강대로38가길 17, 201호
전화번호 070-8770-5100

ISBN 979-11-87232-62-9 03810

* 이 책의 내용은 저작권법의 보호를 받는 저작물이므로 무단전재와 복제를 금합니다.